빵 굽는 타자기

빵 굽는 타자기

폴 오스터 지음 | 김석희 옮김

HAND TO MOUTH
by PAUL AUSTER

Copyright (C) Paul Auster, 1997
Korean translation copyright (C) The Open Books Co., 2000, 2022
All rights reserved.

This edition published by arrangement with Carol Mann Agency
through Shinwon Agency Co., Seoul.

이 책은 실로 꿰매어 제본하는 정통적인 사철 방식으로 만들어졌습니다.
사철 방식으로 제본된 책은 오랫동안 보관해도 손상되지 않습니다.

빵 굽는 타자기	7
세 편의 희곡	
로럴과 하디, 천국에 가다	151
정전	199
숨바꼭질	229
액션 베이스볼	255

빵 굽는 타자기

20대 후반과 30대 초반에 나는 손대는 일마다 실패하는 참담한 시기를 겪었다. 결혼은 이혼으로 끝났고, 글 쓰는 일은 수렁에 빠졌으며, 특히 돈 문제에 짓눌려 허덕였다. 이따금 돈이 떨어지거나 어쩌다 한번 허리띠를 졸라맨 정도가 아니라, 돈이 없어서 노상 쩔쩔맸고, 거의 숨 막힐 지경이었다. 영혼까지 더럽히는 이 궁핍 때문에 나는 끝없는 공황 상태에 빠져 있었다.
　누구를 탓할 수도 없었다. 모두가 내 불찰이었다. 나와 돈의 관계는 늘 삐걱거렸고, 애매모호했고, 모순된 충동으로 가득 차 있었다. 그리고 나는 이제, 그 문제에 대해 분명한 태도를 취하지 않은 대가를 치르고 있었다. 내 꿈은 처음부터 오직 작가가 되는 것이었다. 나는 열예닐곱 살 때 이미 그것을 알았고, 글만 써서 먹고살 수 있으리라는 허황한 생각에 빠진 적도 없었다. 의사나 경찰관이 되는 것은 하나의 〈진로 결정〉이지만, 작가가 되는 것은 다르다. 그것은 선택하는 것이기보다 선택되는 것이다.

글 쓰는 것 말고는 어떤 일도 자기한테 어울리지 않는다는 사실을 받아들이면, 평생 멀고도 험한 길을 걸어갈 각오를 해야 한다. 신들의 호의를 얻지 못하면(거기에만 매달려 살아가는 자들에게 재앙이 있을진저), 글만 써서는 입에 풀칠하기도 어렵다. 비바람을 막아 줄 방 한 칸 없이 떠돌다가 굶어 죽지 않으려면, 일찌감치 작가가 되기를 포기하고 다른 길을 찾아야 한다. 나는 이 모든 것을 이해했고 각오도 되어 있었으니까, 불만은 없었다. 그 점에서는 정말 운이 좋았다. 물질적으로 특별히 원하는 것도 없었고, 내 앞에 가난이 기다리고 있다는 것을 알면서도 겁먹지 않았기 때문이다. 내가 원한 것은 재능 — 나는 이것이 내 안에 있다고 느꼈다 — 을 맘껏 발휘할 수 있는 기회를 얻는 것, 그것뿐이었다.

작가들은 대부분 이중생활을 하고 있다. 생계에 필요한 돈은 본업으로 벌고, 남는 시간을 최대한 쪼개어 글을 쓴다. 이른 아침이나 밤늦게, 주말이나 휴가 때. 윌리엄 카를로스 윌리엄스와 루이페르디낭 셀린은 의사였다. 월리스 스티븐스는 보험 회사에 다녔다. T. S. 엘리엇은 한때 은행원이었고, 나중에는 출판업에 종사했다. 내가 아는 이들 가운데 프랑스 시인인 자크 뒤팽은 파리에서 미술관 부관장으로 일하고 있다. 미국 시인인 윌리엄 브롱크는 40년이 넘도록 뉴욕 북부에서 가업인 석탄과 목재상을 경영했다. 돈 드릴로, 피터 캐리, 살만 루슈디, 엘모어 레너드는 광고업계에서 오랫동안 일했다. 교직에 몸담고 있는 작가도 많다. 교직은 오늘날 가장 흔히 볼 수 있는 해결책일 것이다. 작가와 시인 들은 이른바 문예창작과가 개설되어 있는 대학 — 일류 종합 대학이든 시골 구석의 단과 대학이든 — 에 한자리 얻으려고 서로 할퀴고 짓밟으면서 끊임없이 쟁탈전을 벌인다. 누가 그들을 비난할 수 있겠는가? 봉급은 많지 않을지 모르나, 대학은 안정된 직장이고 시간 여유도 많이 생긴다.

내 문제는 그런 이중생활에 전혀 관심이 없다는 데 있었다. 일하기가 싫은 게 아니라, 아침 9시부터 오후 5시까지 직장에 묶여 있는 생활은 생각만 해도 나를 얼어붙게 만들었다. 당시 나는 20대 초반이었다. 취직해서 자리를 잡기에는 너무 젊다는 생각이 들었고, 하고 싶은 일도 많은데 원치도 않는 필요 이상의 돈을 벌기 위해 시간을 낭비하고 싶지는 않았다. 돈이 없으면 없는 대로, 그럭저럭 견디면서 살아가고 싶었다. 당시에는 생활비가 그렇게 많이 들지도 않았고, 부양해야 할 가족이 따로 있는 것도 아니어서, 1년에 3천 달러쯤 되는 수입이면 그럭저럭 비벼 댈 수 있으리라고 생각했다.

나는 1년 동안 대학원에 다녔는데, 컬럼비아 대학에서 수업료 면제에다 2천 달러의 장학금을 주었기 때문이다. 이것은 사실상 공부하는 대가로 돈을 받는다는 뜻이었다. 그렇게 좋은 조건이 있는데도 나는 1년 만에 그만두었다. 학교는 그만하면 충분히 다녔다고 생각했다. 앞으로 5, 6년을 학생으로 지내기는 죽기보다 싫었다. 내가 하고 싶은 일은 책을 말하는 것이 아니라 책을 쓰는 것이었다. 명색이 작가인 자가 대학에 숨어서 고만고만한 생각을 가진 이들에게 둘러싸인 채 너무 평온하게 지내는 것은 옳지 않다는 게 내 신조였다. 그런 생활이 이어지면 자기만족에 빠질 위험이 있고, 작가가 자기만족에 빠지면 죽은 거나 마찬가지다.

내 선택을 변명할 생각은 없다. 실리적인 선택은 아니었지만, 사실 그것은 내가 실리적이고 싶지 않았기 때문이다. 내가 원한 것은 새로운 경험이었다. 세상에 나가서 나 자신을 시험해 보고 싶었다. 이런저런 일들을 경험하면서 되도록 많은 것을 탐색하고 싶었다. 항상 눈을 뜨고 있으면, 나에게 일어나는 일은 뭐든지 유익할 수 있고, 내가 미처 몰랐던 것을 가르쳐 주리라고 생각했다. 이런 태도가 좀 고리타분하게 여겨질지도 모른다. 아마 그럴 것이다. 가족과 친구 들에게 작별을 고하고, 진정한 자아를 발견하기 위해 미지의 곳으로 떠나는 젊은 작가. 좋든 나쁘든, 다른 방식은 나한테 어울리지 않았을 것이다. 나는 원기 왕성했고, 머리는 착상으로 가득 차서 터질 것만 같았고, 발은 어디론가 떠나고 싶어서 근질거렸다. 세상이 얼마나 넓은가를 생각하면, 안전한 곳에 편안히 들어앉아 있을 마음은 조금도 없었다.

이런 것들을 털어놓거나, 그때 내 기분이 어땠는지를 기억하기는 어렵지 않다. 하지만 내가 왜 그런 일을 했는지, 왜 그런 기분을 느꼈는지를 자문하면, 그때부터 고민이 시작된다. 나와 함께 공부한 문학청년들은 모두 장래에 대해 분별 있는 결정을 내렸다. 우리는 부모님의 주머니에 기댈 수 있을 만큼 부유한 집안의 아이들이 아니었다. 대학을 졸업하고 나면 평생 혼자 힘으로 살아가야 할 터였다. 우리는 모두 비슷한 처지였고, 그런 현실을 잘 알고 있었다. 그런데 나는 그들과 다른 길을 택했다. 왜 그랬는지, 그 이유는 아직도 설명할 수가 없다. 친구들은 그렇게 분별 있게 행동했는데, 왜 나는 그렇게 무모했던 것일까?

나는 중산층 가정에서 태어났다. 어린 시절은 풍족한 편이어서, 이 세상의 대다수 사람을 괴롭히는 빈곤과 박탈감은 한 번도 겪어 본 적이 없었다. 배를 곯아 본 적도, 추위에 떨어 본 적도 없다. 가진 것을 잃어버릴지 모른다는 위기감도 느껴 보지 못했다. 안전은 처음부터 보장된 것이었지만, 그렇게 안락하고 풍족한 가정인데도 돈은 끊임없는 화젯거리였고 걱정거리였다. 부모님은 대공황을 겪은 분들이어서, 그 어려운 시절을 결코 잊지 못했다. 궁핍의 경험은 두 분 모두에게 흔적을 남겼지만, 그 상처를 견디는 방식은 정반대였다.

아버지는 인색했고, 어머니는 헤펐다. 어머니는 돈을 마구 써댔고, 아버지는 안 그랬다. 아버지의 정신은 여전히 가난의 기억에 사로잡혀 있었다. 이제는 사정이 많이 달라졌는데도 아버지는 좀처럼 그것을 믿지 못했다. 반면에 어머니는 그 달라진 상황을 마음껏 즐겼다. 비슷한 또래 세대의 많은 미국인들과 마찬가지로, 소비의 미덕을 신봉하면서 쇼핑에 몰두했다. 어머니는 쇼핑을 자기표현 수단으로 개발했고, 때로는 하나의 예술 수준으로까지 끌어올리기도 했다. 상점에 들어가는 것은 변환적인 마력을 금전 등록기에 불어넣는 연금술적 과정에 참여하는 거나 마찬가지였다. 표현할 수 없는 욕망, 추상적인 욕구, 정체불명의 갈망이 일단 금전 등록기를 통과하면, 모든 것이 손으로 만질 수 있는 유형의 물체로 바뀌어 나타났다. 이 기적을 재연하는 데 어머니는 한 번도 싫증을 낸 적이 없었고, 그 결과물인 청구서는 어머니와 아버지 사이에 불화의 씨가 되었다. 이제는 우리도 그 정도 물건은 살 여유가 있다고 어머니는 생각했지만, 아버지는 아니었다. 두 가지 생활 방식, 두 가지 세계관, 두 가지 윤리 철학은 끊임없이 부딪쳤고, 결국 두 분의 결혼 생활을 파경으로 몰아갔다. 돈은 두 분 사이에 단층을 일으키는 불연속선이었고, 갈등의 유일하고도 압도적인 원천이었다. 비극은 두 분이 다 좋은 사람이었다는 점이다. 두 분 다 친절하고 정직하고 부지런했고, 돈이라는 그 격렬한 싸움터만 벗어나면 사이가 꽤 좋아 보였다. 별로 중요하지도 않은 그런 문제가 어떻게 두 분 사이에 그토록 심각한 문제를 일으킬 수 있었는지, 나는 지금도 이해할 수 없다. 물론 돈은 절대로 돈 그 자체만이 아니다. 돈은 언제나 돈 이외의 것이고, 돈 이상의 것이다. 그리고 돈은 언제나 최종 결정권을 쥐고 있다.

어렸을 때 나는 이 이데올로기 전쟁의 와중에 말려든 적이 있었다. 어머니는 옷을 사러 갈 때면 나를 데려가곤 했는데, 어머니가 쇼핑에 빠져들면 그 열광의 회오리에 나도 덩달아 휩쓸려, 어머니가 권하는 옷은 뭐든지 갖고 싶다고 말하곤 했다. 그러다 보니 어머니가 사주는 옷은 언제나 내가 기대한 것보다 많았고, 내가 필요하다고 생각하는 것보다도 많았다. 그것은 저항하기 힘든 유혹이었다. 어머니한테 갖은 아양을 떨면서, 어머니가 시키는 대로 깡충거리는 점원들을 보는 것도 재미있었다. 어머니의 행동이 발휘하는 위력에는 황홀해지지 않을 수 없었다. 하지만 내 행복감에는 늘 적잖은 불안이 섞여 있었다. 청구서를 받아 보고 아버지가 뭐라고 하실지 알고 있었기 때문이다. 실제로 아버지의 반응은 언제나 예상한 대로였다. 아버지는 어김없이 분노를 터뜨렸고, 다음에 나한테 필요한 물건이 있으면 당신이 직접 나를 가게에 데려가서 사주겠노라고 선언하는 것으로 사태가 해결되는 게 보통이었다. 따라서 내 겨울용 재킷이나 신발을 새로 사야 할 때가 오면, 아버지와 나는 저녁을 먹고 나서 뉴저지주의 어둠 속으로 차를 몰고 나가 간선 도로 연변에 있는 할인점을 찾아가곤 했다. 할인점의 눈 부신 형광등 불빛, 블록이 그대로 드러난 벽, 옷걸이에 끝도 없이 걸려 있는 싸구려 옷들이 지금도 눈에 생생하다. 라디오에서는 시엠송이 흘러나오고……〈로버트 홀이 이번 시즌에 / 그 이유를 말해 드릴 겁니다 / 적은 경비 / 붐, 붐, 붐 / 적은 경비!〉 이 노래는 말하자면 〈충성의 맹

세〉나 〈주기도문〉처럼 내 어린 시절의 일부다.

사실 어머니한테 이끌려 흥청망청 싸대는 것도 즐거웠지만, 아버지와 함께 싼 물건을 찾아다니는 재미도 그에 못지않았다. 나는 두 분께 똑같이 충성을 바쳤고, 어느 쪽 진영에 가담할 것인지는 전혀 문제가 되지 않았다. 적어도 재미와 흥분이라는 점에서는 어머니의 방식이 매력적이었지만, 아버지의 고집스러운 태도에도 나를 사로잡는 무언가가 있었다. 확고한 신념을 바탕으로 힘겹게 얻은 경험과 지식, 고결한 목표가 아버지를 세상 사람들 눈에 나쁘게 비칠 위험에도 불구하고 결코 물러서지 않는 사람으로 만들었다. 나는 그런 아버지가 훌륭하다고 생각했고, 세상을 눈부시게 하는 아름다움과 끝없는 매력을 지닌 어머니를 사랑하는 만큼, 그 세상에 저항하는 아버지도 사랑했다. 남들이 어떻게 생각하든 전혀 개의치 않는 듯이 보이는 아버지를 보고 있으면 부아가 치밀 때도 있었지만, 귀중한 가르침을 얻을 수도 있었다. 결국 나는 아버지의 가르침에 스스로 생각한 것보다 훨씬 많은 관심을 기울인 것 같다.

나는 어릴 적부터 전형적인 수완꾼의 기질을 보이기 시작했다. 첫눈이 내릴 조짐이 보이면 재빨리 삽을 들고 뛰쳐나가 이웃집을 돌아다니며 초인종을 누르고는, 큰길에서 집으로 통하는 차도와 집 앞 인도에 쌓인 눈을 치울 사람이 필요하면 나를 고용해 달라고 부탁하곤 했다. 10월에 낙엽이 지면 갈퀴를 들고 이웃집을 돌아다니며, 잔디밭에 쌓인 낙엽을 치울 사람이 필요하지 않느냐고 물었다. 땅바닥에 치울 게 없을 때는 〈잡일〉을 찾아다녔다. 차고 정리, 지하실 청소, 산울타리 가지치기 ─ 일거리가 있는 곳에는 내가 있었다. 여름에는 우리 집 앞 인도에서 한 잔에 10센트씩 받고 레몬차를 팔았다. 부엌 찬장에 굴러다니는 빈 병을 모아서 외발 수레에 싣고 상점으로 가져가 현금으로 바꾸었다. 작은 병은 2센트, 큰 병은 5센트. 이렇게 번 돈은 야구 카드나 스포츠 잡지나 만화책을 사는 데 썼고, 남는 돈은 돼지 저금통에 부지런히 모았다. 나는 정말이지 〈그 부모에 그 아들〉이었고, 부모님의 세계에 활력을 불어넣는 원칙에 한 번도 의문을 품어 본 적이 없었다. 이 세상은 돈으로 말한다. 돈의 말에 귀를 기울이고 돈의 주장에 따르면, 인생의 언어를 배울 수 있다.

한번은 50센트짜리 동전 한 닢을 갖게 되었다. 그 동전 — 지금도 그렇지만 그때도 귀했다 — 이 어떻게 해서 내 손에 들어왔는지는 기억나지 않지만, 누가 주었거나 내가 일을 해서 벌었을 것이다. 어쨌든 그 돈이 나한테 얼마나 중요했고 얼마나 큰 액수였는지, 그 느낌만은 지금도 강렬하게 남아 있다. 당시에는 50센트로 야구 카드 열 벌, 만화책 다섯 권, 막대 사탕 열 개, 눈깔사탕 쉰 개를 각각 살 수 있었다. 원한다면 그것들을 조금씩 섞어서 살 수도 있었다. 나는 50센트짜리 동전을 뒷주머니에 넣고, 이 금액을 어떻게 쓸까 궁리하면서 신나게 가게로 달려갔다. 그런데 도중에 동전이 사라져 버렸다. 도대체 어떻게 사라졌는지, 지금도 생각하면 어리둥절할 뿐이다. 돈을 확인하려고 뒷주머니에 손을 넣어 보니 — 돈이 주머니에 있는 것은 알고 있었지만, 그저 확인하고 싶었을 뿐이다 — 돈이 없었다. 호주머니에 구멍이 뚫려 있었을까? 아니면 마지막으로 동전을 만졌을 때, 뜻하지 않게 동전이 바지에서 빠져나왔을까? 지금도 알 수가 없다. 당시에 나는 여섯 살이나 일곱 살이었고, 그때의 참담한 기분은 아직도 기억에 생생하다. 그토록 조심에 조심을 했건만, 보람도 없이 돈을 잃어버린 것이다. 도대체 어떻게 그런 일이 일어날 수 있었을까? 논리적으로 설명할 방법이 없었기 때문에, 나는 하느님이 벌을 내린 거라고 결론지었다. 이유는 알 수 없지만, 전능하신 분께서 내 주머니에 손을 집어넣어 동전을 빼내 간 게 틀림없다고 확신했다.

나는 조금씩 부모님께 등을 돌리기 시작했다. 부모님을 덜 사랑하게 되었다는 뜻이 아니라, 두 분의 세계가 더 이상 나한테 매력적인 곳으로 여겨지지 않았다는 뜻이다. 열 살, 열한 살, 열두 살로 나이를 먹어 갈수록, 나는 차츰 우리 집에서 망명자나 추방자 신세가 되어 가고 있었다. 이런 변화는 대부분 사춘기 탓으로 돌릴 수 있다. 그것은 내가 성장하고 있다는 증거, 독자적인 생각을 갖기 시작했다는 증거로 볼 수 있다. 하지만 전부 다 그런 것은 아니다. 다른 힘도 동시에 나한테 작용하고 있었다. 이 힘이 나를 떠밀어, 나중에 내가 걸어간 길 위로 나를 올려놓은 것이다. 그것은 단지 부모님의 결혼 생활이 깨지는 것을 지켜봐야 했던 고통만은 아니었고, 작은 교외 도시에 갇혀 있다는 좌절감만도 아니었고, 1950년대 후반 미국의 풍토 때문만도 아니었다. 하지만 그것이 전부 모이자, 갑자기 물질주의에 강력히 반대하는 견해가 생겨났다. 돈이 무엇보다 귀중한 가치라는 정통적 견해를 비난하게 된 것이다. 부모님은 돈을 그렇게 소중히 여겼지만, 그래서 결국 어떻게 되었는가? 부모님은 돈을 벌기 위해 그토록 열심히 노력했고, 돈이면 안 되는 일이 없다고 굳게 믿었지만, 돈으로 문제를 해결할 때마다 새로운 문제가 발생했다. 미국 자본주의는 인류 역사상 최고의 번영기를 창출했다. 미국은 헤아릴 수 없이 많은 자동차와 냉동 채소와 기적적인 샴푸를 생산했고, 아이젠하워가 대통령이 된 뒤에는 나라 전체가 거대한 텔레비전 광고로 바뀌어 버렸다. 더 많이 사고, 더 많이 만들고,

더 많이 쓰라는 선동과, 돈이 열리는 나무 주위를 돌면서 춤을 추라는 부추김이 끊임없이 거듭되었고, 사람들은 남에게 뒤지지 않으려고 발버둥 치다가 발작적인 정신 착란으로 픽픽 쓰러져 죽어 갔다.

 오래지 않아서 나는 이런 생각을 가진 사람이 나 혼자만은 아니라는 것을 알게 되었다. 열 살 때 나는 뉴저지주 어빙턴의 한 과자 가게에서 『매드』라는 잡지를 우연히 보게 되었는데, 그 잡지를 읽었을 때 감각을 마비시킬 정도로 강렬한 쾌감을 느꼈다. 그 느낌을 지금도 잊을 수 없다. 이 세상에는 나와 비슷한 생각을 가진 사람들이 많다는 것, 내가 열려고 애쓰고 있는 문을 이미 열어 버린 사람도 있다는 것을 그 잡지는 나에게 가르쳐 주었다. 미국 남부에서는 소방차 호스가 흑인들을 향해 물줄기를 뿜어 대고 있었고, 러시아인들은 스푸트니크[1]를 발사했다. 나는 관심을 기울이기 시작했다. 아니, 남들이 선전하는 도그마를 그대로 넙죽넙죽 받아먹을 필요는 없었다. 거기에 저항하고, 조롱하고, 그 가면을 벗길 수도 있었다. 미국 생활의 건전한 외양과 지루할 정도의 엄격함은 허울 좋은 속임수, 선전용 허세에 불과했다. 사실을 조사하기 시작하자마자 온갖 모순이 거품처럼 표면으로 떠오르고, 만연해 있는 위선이 드러나고, 사물을 완전히 새로운 관점에서 바라볼 수 있게 되었다. 우리는 〈모두를 위한 자유와 정의〉를 믿으라고 배웠지만, 사실 자유와 정의는 서로 대립할 때가 많았다. 금전 추구는 공정함과는 아무 관계도 없었다. 그것을 추동하는 엔진은 〈나만을 위해서〉라는 사회적 원칙이다. 시장의 본질적인 비인간성을 증명이라도 하듯, 시장을 비유하는

---

[1] 옛 소련이 1957년에 쏘아 올린 세계 최초의 인공위성. 이하 모든 주는 옮긴이주이다.

표현들은 대개 동물의 왕국에서 따온 것이었다. 개판 싸움, 황소와 곰, 쥐 경주,[2] 적자생존…… 돈은 세상을 승자와 패자, 가진 자와 못 가진 자로 나누었다. 이런 구분이 승자에게는 더없이 좋지만, 패자는 어떻게 될까? 내가 입수한 증거에 따르면, 패자들은 버림받고 잊힐 운명이었다. 딱하지만, 그들은 진보를 방해하는 걸림돌이었다. 만약에 당신이 다윈을 최고의 철학자로, 이솝을 최고의 시인으로 받들 만큼 원시적인 세상을 구축했다면, 달리 무엇을 기대할 수 있겠는가? 바깥세상은 정글이 아닌가? 월가 한복판을 어슬렁거리는 저 드레퓌스 사자를 보라. 그보다 더 분명한 메시지가 있을까? 먹느냐 먹히느냐, 둘 중 하나다. 그것이 정글의 법칙이다. 식욕이 동하지 않으면, 늦기 전에 빨리 달아나라.

그곳에는 들어가기도 전에 나와 버렸다. 실업계에는 아예 발을 들여놓지 않겠다고, 나는 열 살 때 이미 결심했다. 내게는 그때가 아마 최악의 시기, 가장 견디기 힘들고 가장 혼란스러운 시기였을 것이다. 나는 새로 발견한 이상주의의 열정에 불탔고, 완전한 인간이 되려고 애썼다. 그러나 완전한 인간에게 요구되는 조건이 너무나 엄격하고 가혹했기 때문에, 나는 수련 중인 꼬마 청교도가 되었다. 조금이라도 사치스러워 보이는 물건은 모두 사절했고, 부모님의 겉치레에 대해서도 경멸하는 태도를 취했다. 세상은 불공평했다. 나는 마침내 그것을 간파했고, 스스로 발견한 사실이었기 때문에 그것은 신의 계시처럼 나를 강타했다. 날이 갈수록 나의 행운을 많은 타인들의 불운과 조화시키기가 점점 어려워졌다. 그동안 나한테 베풀어진 안락과 혜택을 과

---

[2] 개판 싸움은 〈치열한 경쟁〉, 황소와 곰은 〈증권 시장에서 사는 쪽과 파는 쪽〉, 쥐 경주는 〈무의미한 경쟁〉을 뜻함.

연 나는 누릴 자격이 있었는가? 내가 한 일은 아무것도 없다. 단지 아버지가 부자였을 뿐이다. 아버지와 어머니가 돈 문제로 싸우든 말든, 그것은 두 분이 부자라는 사실에 비하면 사소한 문제였다. 처음부터 돈이 있었으니까, 그 때문에 싸운 것이다. 어쩔 수 없이 자가용을 타야 할 때마다 나는 마음이 괴로웠다. 우리 집 자가용은 너무 번쩍거리고 최신식이고 값비싼 것이어서, 우리가 얼마나 잘사는지를 보고 감탄하라고 세상 사람들에게 요구하는 것 같았다. 나는 짓밟힌 사람들, 소외된 사람들, 생존 경쟁에서 탈락한 사람들을 진심으로 동정했기 때문에, 자가용을 타면 부끄러워서 몸 둘 바를 모를 정도였다. 호화로운 승용차를 타는 나 자신도 부끄러웠지만, 그런 것을 허용하는 세상에서 살고 있다는 것도 부끄러웠다.

나의 첫 번째 돈벌이는 중요하지 않다. 나는 부모님한테 얹혀 살고 있었기 때문에, 내가 돈을 벌어서 생활을 꾸려 나가거나 집안 살림에 보탤 필요는 없었다. 따라서 중압감은 전혀 없었고, 중압이 없으면 중요한 것을 잃을 위험도 없다. 내가 번 돈은 모두 내 차지였다. 나는 그게 즐거웠지만, 그 돈을 가지고 생필품을 사는 데 쓸 필요도 없었고, 끼니를 걱정하거나 집세를 제때에 못 낼까 봐 걱정할 필요도 없었다. 나중에는 이런 문제들과 씨름하게 될 테지만, 지금은 나를 이곳에서 멀리 데려다줄 날개를 찾고 있는 고등학생에 불과했다.

나는 열여섯 살 때 두 달 동안 뉴욕주 북부의 여름 캠프에서 웨이터로 일했다. 이듬해 여름에는 뉴저지주 웨스트필드에 있는 모 아저씨의 설비 공사에서 일했다. 이런 일들은 대부분 육체노동이고 머리를 쓸 일이 별로 없다는 점에서 비슷했다. 쟁반을 나르고 접시를 닦는 일은 에어컨을 설치하거나 길이가 12미터나 되는 트레일러에서 냉각 장치를 떼어 내는 일만큼 재미있지는 않았지만, 그 점을 지나치게 강조하고 싶지는 않다. 이것은 사과냐 오렌지냐의 문제가 아니라, 둘 다 초록색을 띤 두 종류 사과의 문제였다. 일 자체는 단조로웠을지 모르나, 나한테는 양쪽 다 만족스러웠다. 주위에는 별의별 성격을 가진 사람이 많았고, 놀라운 일도 많았고, 수용할 만한 새로운 생각도 많았는데, 어떻게 일이 힘들고 지겹다고 투덜거릴 수 있겠는가. 돈을 벌기 위해 시간을 낭비하고 있다는 생각은 한 번도 해본 적이 없었다. 물론 돈도 중요했지만, 단지 돈을 벌기 위해서만 일한 것은 아니었다. 나는 일을 하면서 내가 누구인지를 배우고, 세상에 적응하는 법을 배웠다.

여름 캠프에서 함께 일한 사람들은 모두 열예닐곱 살의 고등학생이었지만, 주방에서 일한 사람들은 전혀 다른 세계에서 온 사람들이었다. 무일푼의 부랑자, 빈민가의 노숙인, 과거가 의심스러운 사내들 — 그들은 캠프 경영자가 뉴욕 길거리에서 끌어모아 데려온 이들이었다. 캠프 경영자는 비록 급료는 적지만 두 달 동안 공기 좋은 곳에서 공짜로 먹고 잘 수 있다는 말로 그들을 설득했다. 하지만 대개는 오래 견디지 못했다. 그들은 작별 인사도 없이 슬그머니 사라져 도시로 돌아가곤 했다. 그리고 하루나 이틀 뒤에는 역시 길 잃은 영혼이 그 사라진 사람의 자리를 메우지만, 새로 온 사람도 오래 견디는 경우는 드물었다. 접시 닦이로 일한 프랭크라는 사내가 기억난다. 험상궂고 무뚝뚝한 데다 알코올 중독자였다. 그런데 어찌 된 일인지 우리는 친구가 되었다. 저녁에 일이 끝나면 우리는 부엌 뒤 계단에 앉아서 이야기를 나누곤 했다. 알고 보니 프랭크는 아주 지적인 데다 책도 많이 읽은 사람이었다. 원래는 매사추세츠주 스프링필드에서 보험 대리인으로 일했고, 알코올 중독자가 되기 전에는 꼬박꼬박 세금을 내는 건전한 시민이었다. 그런데 어쩌다 부랑자가 되었을까? 나는 궁금했지만 감히 물어볼 엄두도 내지 못했다. 그런데 하루는 그가 털어놓았다. 그를 파멸로 내몬 사건들은 복잡하게 뒤얽혀 있었을 테지만, 그 복잡한 사연을 그는 짤막하고 담담하게 이야기했다. 그에게 소중했던 이들이 16개월 사이에 모두 죽었다. 그의 말은 마치 남 이야기를 하듯 냉정하게 들렸지만, 그 낮은 목소리에는 쓰라린 고통이 담겨 있었다. 처음에는 부모가, 다음에는 아내가, 그리고 마지막에는 두 아이마저 세상을 떠났다. 질병, 사고, 매장. 그들이 모두 떠났을 때는 그의 마음도 산산이 조각나 있었다. 「나는 모든 걸 포기했어. 될 대로 되라는 식이었지. 그래서 부랑자가 된 거라네.」

이듬해 여름에 웨스트필드에서는 프랭크보다 더 잊을 수 없는 이들을 알게 되었다. 예컨대 경리를 보는 카먼은 뒤룩뒤룩 살이 찌고 농담을 잘했으며 턱수염이 있었다. 여태껏 내가 알았던 여자 가운데 턱수염이 난 여자는 카먼뿐이다(실제로 그녀는 면도를 해야 했다). 그리고 수리공인 조 맨스필드는 두 군데나 탈장이 되어 있고, 주행 거리가 미터기의 한계를 넘어 57만 킬로미터에 이르는 고물 차를 몰고 다녔다. 조는 두 딸을 대학에 보내고 있었기 때문에, 설비 공사에서 낮일을 끝내면 야간에는 제빵 공장에서 여덟 시간씩 경비원으로 일했다. 그래서 잠들지 않으려고 커다란 밀가루 반죽 통 옆에서 만화책을 읽으며 잠을 쫓았다. 조는 이제까지 내가 만난 사람 가운데 가장 기진맥진한 사람이었고, 가장 정력적인 사람이기도 했다. 그는 박하 담배를 피우고 오렌지 소다를 하루에 열두 병 내지 열여섯 병씩 들이켜는 것으로 자신을 겨우 지탱하고 있었지만, 음식을 입에 넣는 모습은 한 번도 본 적이 없었다. 점심을 먹으면 너무 피곤해서 그냥 쓰러져 버릴 거라고 그는 말했다. 탈장은 몇 해 전에 생겼다. 인부 둘과 함께 대형 냉장고를 받쳐 들고 비좁은 계단을 올라가고 있었는데, 두 인부가 손을 떼는 바람에 수백 킬로그램이나 되는 냉장고를 혼자서 감당해야 했고, 그 무게를 버티려고 용을 쓰는 동안 고환이 음낭에서 쑥 빠져 버렸다. 처음에는 한쪽 불알이 빠지더니, 이어서 또 한쪽 불알도 빠지더란다. 쑥…… 쑥. 이제는 무거운 물건을 들면 안 되지만, 유난히 큰 설비를 운반할 때면 언제나 우리를 거들러 나타나곤 했다. 우리가 깔려 죽지 않도록.

여기서 말한 〈우리〉에는 열아홉 살 먹은 빨강 머리 마이크도 포함되어 있었다. 한쪽 집게손가락이 없고, 땅딸막한 키에 깡마른 체격이었지만, 다부지고 강단이 있어 보였다. 나는 지금까지 마이크처럼 말이 빠른 사람을 만나 본 적이 없다. 그와 나는 에어컨 설치를 맡고 있어서, 가게의 밴 트럭을 타고 이 집 저 집 돌아다니며 많은 시간을 함께 보냈다. 마이크가 입을 열 때마다 쏟아져 나오는 엉뚱한 의견과 독특한 비유는 아무리 들어도 싫증이 나지 않았다. 가령 고객이 너무 건방지다 싶으면 그는 〈개자식〉(대개는 이렇게 말할 것이다)이나 〈건방진 놈〉(일부는 이렇게 말할 것이다)이라고 욕하는 대신, 〈저놈은 마치 제 똥에서는 냄새가 안 나는 것처럼 구는군〉 하고 말했다. 젊은 마이크는 특별한 재능을 갖고 있었다. 그 여름에 나는 그 재능이 발휘되는 것을 여러 번 볼 수 있었다. 에어컨을 주문한 집에 들어가 한창 설치 작업을 하고 있노라면(나사를 돌리거나 창문의 길이를 재고 있노라면) 여자가 방으로 들어오곤 했다. 한 번의 예외도 없이, 언제나 그랬다. 여자는 언제나 열일곱 살이었고, 언제나 예쁘

장했고, 언제나 심심했고, 언제나 〈집 안을 그냥 이리저리 돌아다니고 있는 중〉이었다. 여자가 나타나면 마이크는 기다렸다는 듯이 알랑거렸다. 여자가 들어오리라는 것을 미리 알고 있었던 것처럼, 대사를 미리 연습하여 만반의 준비를 갖추고 있었던 것처럼 보일 정도였다. 반면에 나는 여자가 들어왔을 때는 언제나 방심하고 있었다. 그래서 마이크가 공연(허튼소리와 현란한 제스처와 뻔뻔스러운 넉살의 콤비네이션)을 시작하면, 나는 묵묵히 일에 열중하곤 했다. 마이크가 진담인지 의심스러운 이야기를 떠벌리면, 여자는 미소를 지었다. 마이크가 허튼소리를 계속 늘어놓으면, 여자는 깔깔 소리 내어 웃었다. 2분도 지나기 전에 그들은 오랜 친구가 되었고, 내가 일을 마무리할 때쯤이면 그들은 이미 전화번호를 교환하고 토요일 밤에 만날 장소를 약속하고 있었다. 참으로 웃기는 일, 아니 감탄이 절로 나오는 일이었다. 나는 벌어진 입을 다물지 못했다. 그런 일이 한두 번으로 끝났다면 요행으로 치부할 수도 있었을 것이다. 하지만 이런 장면은 그 여름 동안 적어도 대여섯 번은 되풀이되었다. 결국 나는, 내키지는 않았지만, 마이크가 단순히 운이 좋은 것만은 아니라는 사실을 인정할 수밖에 없었다. 마이크는 자신의 행운을 창조하는 사람이었다.

9월에 나는 고등학교 졸업반이 되었다. 내가 집에서 보낸 마지막 해였고, 부모님이 부부 관계를 유지한 마지막 해이기도 했다. 부모님이 이혼을 결정할 때까지 꽤나 오랜 시간이 걸렸기 때문에, 크리스마스 휴가가 끝날 무렵 그 소식을 들었을 때는 마음이 착잡하기보다 오히려 안심이 되었다.

부모님은 애초부터 어울리지 않는 부부였다. 그런데도 그렇게 오랫동안 이혼을 망설인 것은 자신들보다 〈자식들을 위해서〉였다. 내 짐작이 맞는다면, 이혼의 결정적인 계기는 2, 3년 전에 찾아온 게 아닌가 싶다. 식료품을 사들이는 일은 당연히 어머니 몫이었는데, 하루는 아버지가 그 일을 맡겠다고 나선 것이다. 두 분 사이에는 대판 싸움이 벌어졌다. 두 분이 돈 문제로 한바탕 전쟁을 치른 것은 그때가 마지막이었고, 그 일로 두 분은 마침내 인내의 한계를 넘어서고 말았다. 한계를 넘으면 지푸라기 하나만 더 얹어도 낙타 등뼈가 부러진다. 그 마지막 싸움은 내 마음에 상징적인 마지막 지푸라기로 남아 있다. 어머니가 숍라이트 슈퍼마켓에서 쇼핑용 수레를 가득 채우기를 즐긴 것은 사실이다. 나중에는 손수레가 너무 무거워서 밀 수도 없을 정도였다. 어머니는 나와 누이가 사달라는 것은 뭐든지 사주었고, 그런 일에서 행복감을 느낀 것도 사실이다. 밥상은 늘 푸짐했고, 식료품 저장실에는 언제나 먹을 것이 잔뜩 쟁여 있었던 것도 사실이다. 하지만 우리 집은 그럴 만한 여유가 있었고, 어머니가 슈퍼마켓에 갖다 바치는 돈이 가정 경제를 위협하지 않은 것도 역시 사실이었다. 그런데 아버지의 눈에는 어머니의 낭비벽이 도를 지나친 것처럼 보였다. 그래서 마침내 단호한 조치를 취한 것인데, 불행히도 방향이 빗나가고 말았다. 아내한테 해서는 안 될 일을 한 것이다. 요컨대 아버지는 어머니의 일을 박탈한 것이다. 그때부터 식료품을 사들이는 일은 아버지의 책임이 되었다. (가뜩이나 할 일이 많은 아버지가) 일주일에 한두 번, 때로는 세 번씩 퇴근길에 식료품점에 들러서, 스테이션왜건 뒷좌석에 식료품을 실어 오곤 했다. 어머니가 사들이던 특상품 정육은 목살과 어깨 살로 바뀌었고, 유명 업체에서 만든 제품은 평범한 제품으로 바뀌었다. 학교에서 돌아와 먹곤 했던 간식도 사라졌다. 어머니가 불평하는 것을 들은 기억은 없지만, 이런 변화는 어머니에게 엄청난 좌절감을 안겨 주었을 게 분명하다. 집안 살림은 더 이상 어머니의 책임이 아니었다. 그런데도 어머니는 따지거나 반격하지 않았다. 이런 사실은 어머니가 이미 결혼 생활을 포기했다는 것을 의미한다. 그리하여 마침내 파국이 왔을 때는 극적인 장면도 없었고, 시끄러운 막판 대결도 없었고, 마지막 순간의 회한도 없었다. 가족은 조용히 흩어졌다. 어머니는 (우리 오누이를 데리고) 뉴어크의 위쿼힉에 있는 아파트로 이사했고, 아버지는 그 큰 집에 혼자 남아서 죽는 날까지 살았다.

좀 비뚤어진 심사이긴 하지만, 나는 아주 기분이 좋았다. 진실이 마침내 드러난 것도 기뻤고, 그 결과로 일어난 변화도 나는 기꺼이 받아들였다. 나는 일종의 해방감, 과거가 청산된 것을 알았을 때의 들뜬 기분마저 느꼈다. 내 인생의 한고비는 이제 완전히 끝났다. 내 몸뚱이는 여전히 고등학교에 다니고, 어머니의 이사를 돕는 시늉을 계속하고 있었지만, 마음은 이미 딴 데 가 있었다. 안 그래도 집을 떠날 생각이었는데, 이제 집 자체도 사라져 버렸다. 더 이상 돌아갈 곳도 없었고, 결국 떠나는 것 말고는 선택의 여지가 없었다.

나는 졸업식에도 참석하지 않았다. 그것은 고등학교 졸업이 나한테 별 의미가 없었다는 증거다. 급우들이 사각모에 가운을 입고 졸업장을 받고 있을 때, 나는 이미 대서양 너머에 가 있었다. 학교에서는 내가 일찍 졸업하는 것을 특별히 허락해 주었다. 나는 6월 초에 뉴욕을 떠나는 배표를 샀다. 그동안 저축해 둔 돈은 몽땅 그 여행 경비로 쓰였다. 정확한 액수는 기억나지 않지만, 생일 선물로 받은 돈, 졸업 기념으로 받은 돈, 성년식 때 받은 돈, 여름 방학 때 아르바이트해서 번 돈을 모두 합치면 1천5백 달러쯤 되었다. 당시는 〈하루 5달러로 유럽을 관광할 수 있는〉 시대였다. 아껴 쓰면 실제로 그게 가능했다. 나는 파리에서 하룻밤 숙박비가 7프랑(1달러 40센트)인 호텔에 한 달 넘게 투숙했다. 그리고 이탈리아와 스페인과 아일랜드를 여행했다. 두 달 반 사이에 체중이 10킬로그램 가까이 줄었다. 어디에 가든, 나는 봄에 시작한 소설에 몰두했다. 그 원고는 다행히 사라졌지만, 그 여름에 내가 줄곧 머릿속에 담고 다녔던 스토리는 내가 갔던 장소나 우연히 마주친 사람들만큼이나 나에게는 현실적이었다. 파리에서는 별난 사람들을 몇 명 만나기도 했지만, 여행 중에는 대개 나 혼자 지냈다. 때로는 머릿속에서 목소리가 들릴 만큼 외롭게 지냈다. 그 열여덟 살의 소년은 지금 어떻게 되었을까. 아무도 모른다. 나는 나 자신에게도 수수께끼다. 마음속에서는 설명할 수 없는 혼란이 벌어지고 있다. 나는 중량이 없는, 핏발 선 눈을 가진 생물이다. 내면에서는 절망적인 격동이 파도처럼 굽이치고, 견해나 태도가 갑자기 정반대로 바뀌고, 걸핏하면 기절하고, 상상력이 하늘 높이 날아오르는 경향을 가진 좀 실성한 생물이다. 누군가가 나에게 올바로 접근하면, 나는 솔직하고 매력적이고 사교적인 친구가 될 수 있었다. 그렇지 않으면 나는 마음의 문을 닫고, 존재하지도 않는 듯이 입을 다물었다. 나는 내 존재를 믿었지만, 나 자신을 신뢰하지는 않았다. 나는 대범하면서도 소심하고, 재빠르면서도 굼뜨고, 순진하면서도 충동적이었다. 말하자면 모순이라는 정령에게 바쳐진 걸어다니는 기념비, 살아 숨 쉬는 기념비였다. 내 인생은 이제 막 시작되었을 뿐인데, 나는 벌써 두 방향으로 동시에 움직이고 있었다. 그때는 몰랐지만, 어딘가에 도달하기 위해서는 남보다 갑절은 노력해야 할 터였다.

여행의 마지막 두 주일이 가장 인상적이었다. 내가 더블린에

간 것은 순전히 제임스 조이스와 『율리시스』 때문이었다. 계획이라곤 전혀 없었다. 더블린에 간 목적은 오직 거기에 있기 위해서였고, 그곳에 가기만 하면 나머지 문제는 저절로 해결되리라 생각했다. 여행사에서는 아침밥을 제공하는 하숙집을 소개해 주었다. 하숙집은 도심에서 버스로 15분 걸리는 도니브룩에 있었다. 나는 하숙을 치는 노부부와 두어 명의 하숙생 말고는 아무하고도 이야기를 나누지 않았다. 술집에 발을 들여놓을 용기도 나지 않았다. 여행하는 동안 언제부턴가 발톱이 살 속으로 파고들기 시작했다. 마치 칼끝이 엄지발가락에 박혀 있는 듯한 느낌이었다. 걸어다니기도 힘들었지만, 아침 일찍부터 오후 늦게까지 발에 꽉 끼는 너덜너덜한 신발을 신고 더블린 시내를 절뚝거리며 돌아다니는 것 말고는 아무 일도 하지 않았다. 통증이야 그럭저럭 견딜 수 있었지만, 통증을 견디려고 애쓰다 보면 나 자신 속으로 점점 깊이 침잠해 들어가 사회적 존재로서의 나는 사라져 버리는 듯싶었다. 장기 투숙하고 있는 하숙생 가운데 괴짜 미국인이 하나 있었다. 일흔 살의 퇴직자로, 일리노이주 출신이었는데, 내 발의 상태를 알아차리자마자 자기 어머니 이야기로 내 머리를 채우기 시작했다. 그의 모친도 나처럼 발톱이 살 속으로 파고들어 몇 해 고생했지만, 병원에 가지 않고 집에서 임시변통으로 — 솜에 소독약을 묻혀 바르는 방법으로 — 치료했다는 것이다. 그의 모친은 문제에 과감히 맞서지 않고 회피하다가 결국 〈발가락 암〉에 걸렸다. 암은 발 전체로 퍼진 다음 다리로 퍼지고, 결국은 온몸에 퍼져서 목숨을 앗아 갔다. 그는 모친의 끔찍한 죽음에 대해 이야기하기를 좋아했고(물론 나를 위해서), 그 이야기에 내가 반응을 보이자 그는 싫증도 내지 않고 이야기를 되풀이했다. 그 이야기를 듣고 내 마음이 움직였다는 것은 부인하지 않겠다. 성가신 불편에 불과했던 것이 치명적인 징벌로 변하다니. 조치를 취해야 한다. 미루면 미룰수록 내 앞날은 암담해질 것이다. 나는 시내로 가는 길에 〈불치병 환자를 위한 병원〉을 지나칠 때마다 눈길을 돌리곤 했다. 아무리 애를 써도 노인의 경고를 머릿속에서 몰아낼 수가 없었다. 파멸이 소리 없이 다가오고 있었다. 죽음이 다가오고 있었다. 그 조짐은 도처에 널려 있었다.

토론토 출신의 간호사가 한두 번 나하고 산책한 적이 있었다. 나이는 스물여섯, 이름은 팻 그레이였고, 나와 같은 날 하숙집에 들어왔다. 나는 그녀를 사랑했지만, 그것은 처음부터 이루어질 가망이 없는 열정이었다. 나는 그녀의 상대가 되기에는 너무 젊었고, 내 감정을 솔직히 털어놓기에는 너무 수줍었다. 게다가 그녀는 다른 남자 — 아일랜드 사람 — 를 사랑하고 있었다. 그녀가 더블린에 온 것도 그 때문이었다. 하루는 자정이 지난 시각에 그녀가 애인과 데이트를 마치고 하숙집으로 돌아왔다. 나는 그때까지 자지 않고 소설을 끄적거리고 있었다. 그녀는 내 방에 불이 켜져 있는 것을 보고는, 문을 두드리면서 들어가도 되느냐고 물었다. 나는 이미 침대에 들어가 무릎에 공책을 받쳐 놓고 글을 쓰고 있었다. 그녀가 느닷없이 웃음을 터뜨렸다. 술기운과 흥분으로 두 뺨이 발갛게 달아올라 있었다. 내가 뭐라고 말도 하기 전에 그녀는 양팔로 내 목을 끌어안고 입을 맞추었다. 나는 생각했다. 이건 기적이야. 기적 중의 기적. 내 꿈이 실현됐어. 하지만 내 기대는 깨끗이 빗나가고 말았다. 내가 키스를 되돌려줄 기회도 갖기 전에 그녀는 내게서 몸을 떼고는, 그날 밤 애인한테 청혼을 받았다면서 자기는 세상에서 가장 행복한 여자라고 말했다. 나도 그녀를 위해 기뻐해 줄 수밖에 없었다. 짧은 머리에 순진한 눈빛, 진지한 목소리를 가진 이 솔직하고 아름다운 캐나다 여인은 그 기쁜 소식을 알려 줄 상대로 나를 선택한 것이었다. 마음속에 잠깐 솟아났던 기대는 덧없이 사라졌지만, 나는 실망감을 감추고 그녀를 축하해 주었다. 그래도 그녀의 키스는 내 기분을 들쑤셨고, 내 뼈마디를 녹여 버렸다. 내가 할 수 있는 일이라고는 심각한 실수를 저지르지 않도록 마음을 다잡는 것뿐이었다. 자제력을 잃지 않으려면 나무토막이 될 수밖에 없었다. 나무토막은 확실히 훌륭한 예의범절을 갖추고 있지만, 기쁨을 함께 나눌 상대로는 별로 적당치 않다.

이런 정도를 제외하면, 아일랜드에 대해 언급할 거라고는 고독과 침묵과 산책뿐이다. 나는 피닉스 공원에서 책을 읽었고, 작은 강줄기를 따라 조이스의 〈마텔로 타워〉까지 다녀왔고, 헤아릴 수 없을 만큼 여러 번 리피강을 건넜다. 와츠 폭동이 일어난 건 그 무렵이었다. 오코널가의 신문 가판대에서 주먹만 한 신문 표제를 읽던 일이 생각난다. 어느 초저녁, 사람들이 지친 걸음으로 퇴근하고 있을 때 길거리에서 구세군 악단의 반주에 맞춰 노래하던 소녀도 생각난다. 인간의 비참함과 신의 기적을 토로하는 구슬픈 노래였다. 아무리 막돼먹은 사람도 땅바닥에 엎드려 흐느낄 만큼 청아한 그 목소리는 아직도 내 마음속에 살아 있다. 그런데 놀라운 것은, 그 소녀한테 티끌만 한 관심이라도 보인 사람이 하나도 없었다는 사실이다. 거리를 가득 메운 군중은 소녀를 무심히 지나쳤고, 소녀는 북유럽의 음울한 노을을 받으며 길모퉁이에 서서 노래를 불렀다. 행인들이 소녀에게 무관심한 만큼, 소녀도 그들에게 무관심했다. 누더기를 걸친 작은 새는 절망에 바치는 송가를 속절없이 노래하고 있었다.

더블린은 대도시가 아니어서, 길눈을 익히는 데에는 오랜 시간이 걸리지 않았다. 내 산책은 다소 충동적이었다. 생면부지의 사람들 사이를 유령처럼 돌아다니고 싶은 충동이 나를 사로잡곤 했다. 열흘쯤 지나자 더블린 시내의 거리를 손바닥 들여다보듯 훤히 알게 되었다. 마음속에 더블린 지도가 그려졌다. 그 후 몇 년 동안은 잠들기 전에 눈을 감을 때마다 더블린 시내가 눈앞에 떠오르곤 했다. 졸음이 밀려와 의식이 반쯤 흐릿해질 때면 나는 다시 더블린으로 돌아가 그 시내의 거리를 지나가곤 했다. 왜 그랬는지, 이유는 설명할 수 없다. 거기서 뭔가 중요한 일이 나한테 일어났지만, 그게 무엇인지 정확히 설명할 수가 없다. 아마 뭔가 굉장한 일, 내 깊은 내면과의 멋진 상봉이 일어났을 것이다. 그 고독한 시간 속에서 나는 어둠 속을 들여다보고, 난생처음으로 나 자신을 본 것 같다.

9월에 나는 컬럼비아 대학에 들어갔고, 그 후 4년 동안은 돈 생각을 전혀 하지 않았다. 이따금 이런저런 일을 하긴 했지만, 장래 계획을 세우거나 경제적 준비를 하지는 않았다. 그 4년 동안 내가 한 일은 책과 베트남 전쟁에 관한 궁리와 몽상이었고, 내가 하고 싶은 일을 어떻게 할지 궁리한 게 고작이었다. 생계 문제를 생각했다 해도, 어쩌다 그런 생각이 머리를 스치는 정도였다. 내가 상상한 미래 생활은 기껏해야 한계 생존 — 일상 세계의 변두리에서 빵 부스러기나 주워 먹는 가난한 시인의 생활 — 이었다.

그래도 대학에 다닐 때 한 일들은 유익했다. 다른 건 몰라도 내가 정신노동보다는 육체노동을 더 좋아한다는 사실만은 분명히 알 수 있었다. 2학년 때, 어느 출판사에서 교육용 슬라이드를 제작하기 위한 교재를 쓰는 일을 하게 되었다. 나는 어릴 적에

〈시청각 교재〉의 집중포화를 받았는데, 나만이 아니라 친구들도 그걸 볼 때마다 얼마나 지루했는지 모른다. 교실에서 벗어나 어둠 속에 몇십 분씩 앉아 있는 것은 즐거웠지만(마치 영화관에 가는 것처럼), 스크린에 비친 시시한 영상, 해설자의 단조로운 목소리, 버튼을 눌러 다음 화면으로 넘어갈 때 〈핑〉 하는 소리에는 금세 싫증이 났다. 오래지 않아 시청각 교실은 아이들이 소곤대는 소리와 킬킬대는 소리로 웅성거렸다. 그리고 잠시 후에는 종이를 씹어 똘똘 뭉쳐서 던지는 장난이 시작되곤 했다.

이런 지루함을 다음 세대의 아이들한테까지 강요할 마음은 들지 않았지만, 나름대로 최선을 다해서 거기에 활기를 불어넣을 방법을 찾아보기로 했다. 일을 시작한 첫날, 내 작업을 감독하는 간부가 그 출판사에서 이제까지 만든 교육용 영화를 보고 형식을 익히라고 말했다. 나는 아무거나 하나를 골라냈다. 〈정부〉인지 〈정부 소개〉인지, 뭐 그런 제목이었다. 간부는 영사기에 필름을 건 다음, 나 혼자 남겨 두고 방에서 나갔다. 두세 장면이 지나갔을 때 놀라운 언급이 나왔다. 토가[3] 차림에 턱수염을 기른 남자들이 멍하니 서 있는 그림과 함께, 고대 그리스인들이 민주주의 이념을 창시했다는 해설이 나왔다. 거기까지는 좋았다. 하지만 뒤이어 나온 말은 (〈핑〉 소리와 함께 화면이 미국 국회의사당으로 바뀌면서) 미국이 민주제라는 것이었다. 나는 영사기를 멈추고 복도로 나와서 간부의 사무실 문을 두드렸다. 「잘못된 부분이 있습니다. 미국은 민주제가 아니라 공화제입니다. 거기에는 큰 차이가 있어요.」

그는 나를 쳐다보았다. 마치 내가 스탈린의 손자라고 고백하기라도 한 것처럼. 「그건 자네 같은 대학생을 위한 것이 아니라

---

[3] 고대 그리스 로마 시민이 나들이 때 입은 헐렁한 겉옷.

아동용 필름일세. 그런 세부 사항까지 설명할 여유는 없어.」

「문제는 세부 사항이 아니라 중대한 차이점이라고요. 순수 민주주의에서는 모든 사람이 모든 쟁점에 대해 투표를 합니다. 그런데 우리는 대표를 뽑아서 그 일을 맡깁니다. 그게 나쁘다는 말은 아닙니다. 순수 민주주의가 오히려 위험할 수도 있습니다. 소수의 권리도 보호받을 필요가 있고, 그게 바로 공화제가 하는 일입니다. 〈연방 헌법〉에도 나와 있습니다. 정부는 다수의 횡포를 억제해야 한다고 말입니다. 아이들도 그걸 알아야 합니다.」

대화가 열기를 띠기 시작했다. 나는 내 주장을 관철하고, 영화 속의 해설이 잘못되었다는 것을 입증하려 했지만, 간부는 받아들이지 않았다. 내가 문제를 제기하자마자 그는 나를 말썽꾼으로 낙인찍은 것이다. 그걸로 끝이었다. 일을 시작한 지 20분 만에 나는 해고당했다.

1학년을 마치고 여름 방학 때 얻은 일자리는 그보다는 훨씬 나았다. 캐츠킬에 있는 코모도 호텔에서 구내를 관리하는 일이었다. 그 일자리를 소개해 준 곳은 맨해튼에 있는 뉴욕 직업 소개소였다. 미숙련 노동자와 불우한 사람들, 사회의 생존 경쟁에서 탈락한 약자들에게 일자리를 찾아 주는 정부 기관이다. 호텔 일은 변변찮고 급료도 형편없었지만, 적어도 도시의 번잡함에서 벗어나 더위를 피할 수 있는 기회를 주었다. 나는 친구인 밥 페렐만과 함께 그 일자리를 신청했고, 이튿날 아침에 시외버스 편으로 몬티셀로에 파견되었다. 그것은 내가 3년 전에 본 것과 똑같은 상황이었다. 우리와 함께 버스를 타고 간 이들은 내가 3년 전 여름 캠프에서 웨이터로 일할 때 친하게 지낸 이들처럼 부랑자나 생계가 막연한 빈털터리들이었다. 그때와 차이가 있다면, 이제는 나도 그들과 같은 처지라는 점이었다. 버스 삯은 첫 급료에서 공제되었고, 직업 소개소에 내야 하는 수수료도 마찬가지였다. 따라서 한동안 그 일자리에서 버티지 못하면 한 푼도 벌 수 없었다. 그런데도 일자리가 마음에 들지 않아 사나흘 만에 그만두는 사람도 있었다. 집에서 150킬로미터나 떨어진 곳에서 땡전 한 푼 없는 신세가 된 그들은 아마 사기당한 기분이 들었을 것이다.

코모도 호텔은 보르시벨트[4]에 있는 작고 초라한 호텔이었다. 인근에 있는 콩코드 호텔이나 그로싱어 호텔과는 경쟁 상대가 되지 못했지만, 그래도 그곳에는 좋았던 시절의 추억과 아련한 향수가 감돌고 있었다. 밥과 나는 여름 피서 철이 시작되기 몇 주 전에 도착해서, 7월과 8월의 성수기에 몰려들 손님을 맞기 위해 구내를 정비하는 일을 맡았다. 잔디를 깎고, 흉하게 자라난 나뭇가지를 솎아 내고, 쳐낸 가지를 모으고, 벽에 페인트를 칠하고, 방충망을 수리하는 일이었다. 호텔이 숙소로 내준 오두막은 해변의 간이 탈의실만 한 넓이에 금방이라도 무너질 것처럼 건들거리는 움막이었다. 우리는 그 방 벽을 시 — 괴상한 광시(狂詩), 상스러운 희시(戱詩), 미사여구를 구사한 사행시 — 로 뒤덮고, 버드와이저 맥주를 벌컥벌컥 퍼마시며 웃음을 터뜨리곤 했다. 맥주를 그렇게 많이 마신 것은 달리 할 일이 없었기 때문이지만, 우리가 먹어야 했던 음식을 생각하면 맥주는 영양소 공급원이기도 했다. 당시 호텔 잡역부는 열두어 명뿐이었고, 우리한테 제공되는 음식은 싸구려뿐이었다. 점심이든 저녁이든 메뉴는 늘 똑같았다. 깡통에서 접시에 그대로 쏟아부은 〈왕춘 닭고기 볶음국수〉. 그 후 30년이 지났건만, 지금도 그 음식을 생각하면 입맛이 싹 달아난다.

[4] 뉴욕주 동부의 캐츠킬산맥에 있는 피서지.

그 여름에 나와 함께 일한 케이시와 테디가 아니라면, 이런 일은 구태여 언급할 가치도 없을 것이다. 실내 보수공인 케이시와 테디는 10년이 넘도록 함께 일한 사이였고, 이제는 떨어지려야 떨어질 수 없는 단짝으로 일종의 변증법적 단위를 이루고 있었다. 마치 일심동체처럼 일자리를 찾아 함께 이리저리 떠돌아다니면서, 무슨 일이든 가리지 않고 서로 협력하여 해냈다. 두 사람은 평생 친구였고, 한 꼬투리 속에 든 두 개의 완두콩 같았다. 그렇다고 동성애자는 아니었다. 서로에게 성적인 관심은 전혀 없었다. 그들은 형제보다 더 가까운 친구였다. 케이시와 테디는 스타인벡의 소설에서 걸어 나온 듯이 보이는 전형적인 떠돌이였지만, 함께 있으면 너무 재미있었다. 그들은 재치 있는 농담과 무절제와 활기로 가득 차 있었기 때문에, 그들과 함께 어울리고 싶은 마음을 억누를 수가 없었다. 그들을 보면 이따금 보드빌[5]과 무성 영화 시대의 2인조 코미디언이 생각나곤 했다. 그들에게는 로럴과 하디[6]의 기질이 살아남아 있었지만, 그들은 연예계의 제약에 묶여 있지 않았다. 그들은 현실 세계의 일부였고, 현실이라는 무대에서 연기를 했다.

케이시는 점잖은 조역이었고, 테디는 익살맞은 주역이었다. 케이시는 홀쭉했고, 테디는 뚱뚱했다. 케이시는 백인이었고, 테디는 흑인이었다. 쉬는 날이면 함께 시내까지 걸어가서 술을 퍼마신 다음, 똑같은 머리 모양에 똑같은 셔츠를 입고 볶음국수를 먹으러 돌아오곤 했다. 한 번 신나게 노는 데 가진 돈을 몽땅 써 버리는 것 — 그리고 아무리 작은 액수도 절반씩 똑같이 나누어 똑같은 방식으로 쓰는 것 — 이 그들의 의도였다. 지금도 그들

---

[5] 노래와 춤을 곁들인 희극.
[6] 홀쭉이와 뚱뚱이로 알려진 단짝 코미디언.

의 셔츠를 생각하면 유난히 시끄러웠던 사건이 떠오른다. 똑같은 셔츠를 입고 나타났을 때, 그들은 이미 배꼽이 빠지도록 웃어 대고 있었다. 방금 세상에서 가장 재미난 장난이라도 친 것처럼 서로 삿대질하면서 좀처럼 웃음을 그치지 못했다. 그렇게 요란하고 보기 흉한 셔츠가 또 어디 있을까. 그것은 고상한 취향에 대한 이중의 모독이었다. 케이시와 테디는 나와 밥 앞에서 그 셔츠를 자랑해 보이면서 유쾌하게 웃어 댔다. 이어서 테디는 발을 질질 끌면서 본관 1층의 텅 빈 무도장으로 들어가 피아노를 치기 시작했다. 그는 그 곡을 〈포트와인 콘체르토〉라고 불렀다. 가락도 엉망인 즉흥곡은 그 후 한 시간 넘게 계속되었다. 소음과 술주정이 폭풍처럼 무도장을 휩쓸었다. 테디는 재능이 많은 남자였지만, 음악에는 재능이 없었다. 하지만 희미한 불빛 속에서 얼뜨기처럼 행복하게 피아노 앞에 앉아 있는 그는 자신이나 세상과 화해한 다다이즘의 거장 같았다.

테디는 자메이카에서 태어나, 제2차 세계 대전 때 영국 해군에 들어갔다고 한다. 그런데 그가 탄 배가 전선 어딘가에서 어뢰 공격을 받았다. 구조되기까지 얼마나 걸렸는지는 모르지만(몇 분? 몇 시간? 며칠?), 어쨌든 그를 발견한 것은 미국 배였다. 그때부터 그는 미국 해군이 되었고, 전쟁이 끝났을 때는 미국 시민이 되어 있었다고 한다. 좀 의심스러운 이야기지만, 어쨌든 테디는 그렇게 말했다. 내가 무슨 근거로 그의 말을 의심할 수 있겠는가? 지난 20년 동안 그는 인간이 할 수 있는 일은 전부 다 해본 듯했고, 모든 직업을 다 경험해 본 것 같았다. 외판원, 거리의 화가, 바텐더, 우범 지대의 주정뱅이……. 어떤 직업도 그에게는 중요하지 않았다. 그가 무슨 말을 하든, 거기에는 낮게 그렁거리는 웃음소리가 반주처럼 따라다녔다. 그 웃음은 자신의 우둔함을 비웃는 것 같았다. 그것은 자신을 웃음거리로 만드는 것이 유일한 목적이라는 표시였다. 그는 장소를 가리지 않고 추태를 부렸고, 심술궂은 아이처럼 버릇없이 굴었고, 아무한테나 대들었다. 그와 함께 있으면 인내심이 바닥날 때도 있었지만, 그가 말썽을 피우는 방식에는 감탄할 만한 점도 있었다. 그것은 거의 과학적인 성질을 띠고 있었다. 테디는 일종의 실험을 하고 있는 듯했다. 소동이 가라앉으면 어떤 결과가 일어나는지를 보기 위해 일부러 소동을 일으키고, 그런 심술에서 즐거움을 느끼는 모양이었다. 테디는 무정부주의자인 데다, 야심도 없고 남들이 원하는 것을 원하지도 않았기 때문에, 자신의 규칙이 아닌 남의 규칙에 따라 행동할 필요도 없었다.

그들이 어디서, 어떻게 만났는지는 나도 모른다. 케이시는 테디만큼 화려한 인물은 아니었다. 내 기억에 가장 또렷이 남아 있는 것이 그가 미각도 후각도 전혀 없었다는 점이다. 케이시는 몇 년 전 술집에서 싸우다가 머리를 한 방 얻어맞았는데, 그때부터 후각을 잃어버렸다. 그 결과, 어떤 음식도 종이를 씹는 듯한 맛이 났다. 눈을 가리면, 자기가 지금 무슨 음식을 먹고 있는지도 알 수 없었다. 볶음국수든 캐비아든, 감자든 푸딩이든, 아무 차이가 없었다. 이 불행만 빼면 케이시는 아주 건강하고 원기 왕성했다. 아일랜드계 뉴요커의 말투 때문에, 꿈도 희망도 잃어버리고 자포자기한 젊은이 같은 인상을 주었다. 그가 하는 일은 테디의 농담을 듣고 웃는 것, 그리고 친구가 지나친 행동으로 감옥에 가지 않도록 제동을 거는 것이었다. 그 여름에 테디는 하마터면 감옥에 갈 뻔했다. 하루는 호텔 근처 식당에 저녁을 먹으러 갔는데, 테디가 갑자기 벌떡 일어나더니 메뉴판을 휘두르며 〈일본 놈들이나 먹는 이따위 개밥은 먹지 않겠어!〉 하고 외쳤던 것이다.

하지만 케이시가 테디를 다독였고, 우리는 무사히 식사를 끝낼 수 있었다. 그 식당이 일본 식당이 아니었다는 말은 구태여 덧붙일 필요도 없을 것이다.

객관적인 기준으로 보면 케이시와 테디는 하찮은 족속에 괴팍한 머저리였지만, 그들은 나에게 잊을 수 없는 인상을 남겼다. 그 후 지금껏 그런 사람을 만나 본 적이 없다. 내가 코모도 호텔 같은 곳에 일하러 간 이유도 아마 그것이었을 것이다. 그 일을 직업으로 삼고 싶었기 때문이 아니라, 낙후된 시골이나 세상의 똥구덩이 같은 곳에 잠깐씩 들어가 보면 어김없이 재미난 것을 발견하고, 기대하지도 않았던 것을 배울 수 있기 때문이다. 케이시와 테디가 대표적인 예다. 내가 그들을 만난 것은 열아홉 살 때였는데, 그 여름에 그들과 어울렸던 기억은 아직도 내 상상력에 거름을 주고 있다.

1967년에 나는 컬럼비아 대학이 3학년생을 대상으로 실시하는 파리 연수 프로그램에 참가했다. 고등학교를 마치고 파리에서 보낸 몇 주일이 그곳에 대한 식욕을 돋우어 놓았기 때문에, 파리로 돌아갈 기회가 생기자 얼씨구나 하고 달려든 것이다.

파리는 여전히 파리였지만, 나는 이제 파리를 처음 방문했을 당시의 내가 아니었다. 책 속에 파묻혀 지낸 2년 동안 완전히 새로운 세계가 내 머릿속으로 쏟아져 들어왔고, 인생을 바꾸어 놓는 새로운 피가 수혈되어 혈액의 성분까지 달라졌다. 문학과 철학에서 나에게 아직도 중요한 의미를 지니고 있는 것은 거의 다 그 2년 사이에 나와 첫 대면을 했다. 이제 와서 그때를 돌이켜 보면, 그 많은 책을 어떻게 다 읽었는지 알다가도 모를 일이다. 나는 벌컥벌컥 술잔을 비우듯 엄청나게 많은 책을 읽어 냈고, 책의 나라와 대륙을 모조리 섭렵했으며, 아무리 읽어도 늘 책에 허기져 있었다. 엘리자베스 시대의 극작가들, 소크라테스 이전의 철학자들, 러시아 소설가들, 초현실주의 시인들. 나는 두뇌에 불이라도 붙은 듯, 책을 읽지 않으면 목숨이 꺼지기라도 할 듯, 필사적으로 책을 읽었다. 한 작품은 다음 작품으로 이어졌고, 하나의 사상은 다른 사상으로 이어졌고, 세상사에 대한 생각은 다달이 바뀌었다.

파리 연수는 씁쓸한 실망감만 안겨 주었다. 떠날 때만 해도 나는 원하는 강좌(예를 들면 콜레주 드 프랑스의 롤랑 바르트 강좌)를 모두 들을 수 있을 줄 알고 온갖 거창한 계획을 세웠지만, 연수 프로그램 담당자에게 이 문제를 상의했다가 핀잔만 들었다. 안 돼. 자네는 프랑스어를 배우고, 시험에 통과하고, 수료증을 따고, 여기저기 돌아다니면서 많은 강의에 출석해야 해. 그건 젖먹이한테나 필요한 코스였다. 그런 시시한 강의에 시간을 낭비하는 것은 불합리하다는 생각이 들었다. 나는 따졌다. 저한테는 강의 수준이 너무 낮습니다. 프랑스어는 벌써 다 알고 있다고요. 그런데 왜 거꾸로 돌아가야 합니까? 그는 딱 잘라 말했다. 그게 규정이고 방침이니까.

그는 완고했고, 나를 경멸하는 태도가 역력했다. 내 열의를 건방 떠는 것쯤으로 해석하고, 연수 프로그램에 대한 모욕으로 받아들일 준비가 되어 있었다. 의견 충돌이 일어난 것은 당연한 결과였다. 나는 그에게 개인적인 반감이 전혀 없었지만, 그는 우리의 견해차를 사적인 불화로 전환시키기로 단단히 작정한 것 같았다. 그는 나를 깎아내리고 싶어 했고, 나를 힘으로 누르고 싶어 했다. 대화가 길어질수록 그에 대한 반발심이 커져 갔다. 마침내 더 이상 견딜 수 없는 순간이 왔다. 좋습니다. 그게 방침이라면 그만두겠습니다. 연수도 그만두겠어요. 대학도 그만두고, 전부 다 그만두겠습니다. 이렇게 말하고는 의자에서 일어나 그의 사무실을 나와 버렸다.

미친 짓이었다. 학위를 따고 못 따고는 걱정하지 않았지만, 대학을 등지면 자동적으로 징집 유예 자격을 잃게 될 터였다. 베트남 파병이 빠른 속도로 증강되는 상황에서, 징집 적격자로 자진해서 나선 꼴이었다. 베트남 전쟁을 지지했다면 명분이라도 섰겠지만, 나는 베트남 전쟁에 반대하고 있었다. 무슨 일이 있어도 베트남에는 가지 않겠어. 나를 징집하려 해도 군 복무를 거부하겠어. 나를 체포하면 기꺼이 감옥에 가겠어. 그것은 절대적인 결심, 무조건적이고 확고부동한 입장이었다. 전쟁에는 가담하지 않겠어. 절대로. 그 때문에 인생을 망치는 한이 있더라도.

그런데도 나는 고집스럽게 대학을 그만두었다. 대학을 그만두는 것은 조금도 두렵지 않았고, 망설임이나 불안으로 마음이 흔들리지도 않았다. 나는 눈을 크게 뜬 채 벼랑 아래로 뛰어내렸다. 땅바닥에 곧장 떨어져 호된 꼴을 당할 줄 알았는데, 예상이 빗나갔다. 나는 깃털처럼 공중에 떠 있었다. 그 후 몇 달 동안은 전과 다름없이 자유롭고 행복했다.

나는 마르슈 생제르맹 건너편에 있는 클레망가의 작은 호텔에서 살았다. 마르슈 생제르맹은 오래전에 철거된 시장 터였다. 호텔은 값이 싸면서도 깨끗했다. 2년 전에 머물렀던 싸구려 하숙보다는 몇 급 위였다. 게다가 호텔을 운영하는 젊은 부부는 더없이 친절했다. 주인의 이름은 가스통(뚱뚱한 체격, 작은 콧수염, 하얀 셔츠, 잠시도 벗는 적이 없는 검정 앞치마)이었는데, 대부분의 시간을 1층 카페에서 손님들 시중을 들면서 보냈다. 카페는 동네 사람들의 오락장과 호텔 프런트를 겸하고 있는 비좁고 볼품없는 곳이었다. 내가 모닝커피를 마시며 신문을 읽고, 핀볼에 맛을 들인 것도 그 카페였다. 나는 더블린에서 그랬듯이 파리에서 지낸 몇 달도 많이 걸어다녔지만, 2층에 있는 내 방에서 책을 읽거나 글을 쓰면서 보낸 시간도 무척 많았다. 그때 내가 쓴 글은 거의 다 사라졌지만, 시를 쓰거나 번역했던 것이 기억난다. 때로는 진이 다 빠질 만큼 길고 복잡한 무성 영화 대본을 쓰기도 했다. 대학에 다닌 지난 2년 동안, 나는 많은 책을 읽었을 뿐만 아니라 영화도 많이 보러 다녔다. 단골 극장은 모닝사이드 하이츠에서 브로드웨이를 따라 조금만 걸어가면 되는 세일리아 극장과 뉴요커 극장이었다. 세일리아 극장은 날마다 다른 영화를 두 편 동시 상영으로 틀어 주었고, 학생한테는 입장료를 50센트밖에 받지 않았기 때문에, 나는 강의실에서 보낸 시간 못지않게 많은 시간을 그곳에서 보냈다. 파리는 영화를 보기에는 뉴욕보다 훨씬 좋은 도시였다. 나는 시네마테크와 리브고시[7]의 재개봉관을 단골로 드나들게 되었고, 얼마 후에는 영화의 매력에 흠뻑 빠져 영화감독을 꿈꾸기 시작했다. 파리 영화 학교인 IDHEC에 입학하려고 문의하기까지 했지만, 지원서 양식이 너무 거창해서 보기만 해도 기가 질렸다. 나는 끝내 그 빈칸을 다 채울 엄두가 나지 않았다.

 호텔 방이나 극장에 앉아 있지 않을 때는 서점에 들러 책을 훑어보거나 싸구려 식당에서 식사를 하거나 다양한 사람들을 사귀거나 임질에 걸리면서(이것은 무척 고통스러웠다), 내가 선택한 방침을 나름대로 마음껏 즐겼다. 그 몇 달 동안 내가 얼마나 행복했는지는 아무리 강조해도 지나치지 않다. 나는 흥분과 평온을 동시에 느꼈다. 이 작은 행복이 언젠가는 끝나리라는 것을

---

[7] 센강의 왼쪽 연안.

알고 있었지만, 마지막 순간까지 최후의 심판을 늦추고 행복을 연장하려고 애썼다.

11월 중순까지는 어떻게든 버텨 냈다. 뉴욕으로 돌아왔을 즈음, 컬럼비아 대학의 가을 학기는 이미 절반이 지나 있었다. 학생 신분을 회복할 가망은 전혀 없을 거라고 생각했지만, 학교에 가서 복학 문제를 상의해 보겠다고 부모님께 약속했다. 어쨌든 나는 부모님께 걱정을 드렸으므로, 그만큼 그분들께 빚지고 있다고 생각했다. 그 귀찮은 문제를 처리한 뒤에는 파리로 돌아가서 일자리를 찾아볼 작정이었다. 빌어먹을 징집 영장 따위는 엿이나 먹어라. 〈병역 기피자〉가 된다 해도 어쩔 수 없다고 생각했다.

그런데 일은 처음부터 예상을 빗나갔다. 학생처장을 찾아가 면담을 했는데, 이 양반이 너무나 동정적으로 내 편이 되어 주었기 때문에, 몇 분도 지나기 전에 내 방어망은 무너지고 말았다. 자네가 어리석은 짓을 하고 있다고는 생각지 않네. 자네가 하고자 하는 일을 충분히 이해하고, 그 모험 정신을 높이 평가하네. 하지만 전쟁이라는 문제가 있어. 우린 자네가 원치도 않는 군대에 가는 것을 보고 싶지 않아. 징집을 거부했다는 이유로 감옥에 가는 것은 더욱 보고 싶지 않네. 자네가 복학을 원한다면, 문은 활짝 열려 있네. 내일부터 당장 출석해도 좋아. 공식적으로는 하루도 결석하지 않은 것으로 처리해 주겠네.

그런 양반을 상대로 어떻게 언쟁을 벌일 수 있겠는가? 그분은 단순히 직무를 처리하고 있는 교직원이 아니었다. 그렇다고 하기에는 말투가 너무 차분했고, 내 말을 열심히 들어 주었다. 금세 깨달았지만, 그분의 심중에는 약관의 젊은이가 괜한 실수로 인생을 망치는 것을 막고 싶은 순수한 욕망밖에 없었다. 하고 싶은 일은 나중에 해도 돼. 시간은 얼마든지 있으니까. 안 그런가? 그분도 그렇게 나이가 많지는 않았다. 서른이나 많아 봐야 서른다섯 정도. 그 후 다시는 그분을 만나 뵙지 못했지만, 나는 아직도 그분의 이름을 기억하고 있다. 플랫 학생처장. 이듬해 봄에 학생들의 수업 거부로 대학이 폐쇄되었을 때, 그분은 학교 당국의 처사에 항의하여 사표를 내던졌다. 그 후 그분이 UN에서 일하게 되었다는 소식을 풍문으로 들었다.

컬럼비아 대학의 분규는 1968년 초부터 내가 대학을 졸업한 이듬해 6월까지 계속되었다. 그동안 정상적인 학내 활동은 거의 중단되었다. 캠퍼스는 시위와 연좌 농성과 학사 운영 마비의 전쟁터가 되었다. 폭력 사태와 경찰력의 기습, 격렬한 공방전, 파벌 싸움이 벌어졌다. 과장된 수사적 표현이 넘쳐흐르고, 이데올로기의 경계선이 그어지고, 사방에서 열정이 분출되었다. 사태가 어느 정도 진정되었나 싶으면 그때마다 또 다른 문제가 쟁점으로 떠올랐고, 또다시 소요가 시작되곤 했다. 결국 중요한 성과는 하나도 거두지 못했다. 대학 체육관 부지로 예정된 곳이 바뀌었고, 대학의 많은 요구 사항이 철회되었고, 총장이 바뀌었다. 그것뿐이었다. 수천 명이 그렇게 애를 썼는데도 상아탑은 무너지지 않았다. 하지만 그래도 상아탑은 한동안 기우뚱거렸고, 상아탑을 이루고 있는 돌 가운데 적어도 몇 개는 허물어져 땅바닥에 떨어졌다.

나는 몇몇 활동에만 참여하고, 나머지 활동과는 거리를 유지했다. 대학 건물 하나를 점거하는 데 참여했다가 경찰에게 거친 대접을 받고 유치장에서 하룻밤을 보냈지만, 대개는 방관자나 소극적인 동조자로 남아 있었다. 동참하고 싶은 마음은 굴뚝같았지만, 집단행동은 기질적으로 맞지 않았다. 독불장군의 성향이 깊이 뿌리박혀 있어서, 〈연대(連帶)〉라는 큰 배에는 올라탈 수가 없었다. 좋든 싫든, 나는 내 작은 카누에 남아서 계속 노를 젓고 있었다. 노를 젓는 몸짓은 전보다 필사적이었고, 내가 지금 어디로 가고 있는지도 잘 알 수 없게 되었지만, 그래도 카누에서 내릴 마음은 나지 않았다. 나는 너무 완고하고 고집스러웠다. 어쨌든 카누에서 내릴 기회도 없었을 것이다. 그때 나는 급류를 헤치고 나아가는 중이었다. 노를 붙잡고 있는 것만도 힘에 부칠 정도였다. 내가 잠시라도 주춤했다면 물에 빠져 죽었을 가능성이 적지 않았을 것이다.

실제로 그런 운명을 맞은 사람도 있었다. 일부는 자신의 정의감과 대의명분에 희생되었고, 많은 인명 손실을 초래했다. 1년 선배인 테드 골드는 웨스트 빌리지의 적벽돌 건물 안에서 폭탄을 제조하다가 뜻하지 않게 폭탄이 터지는 바람에 산산조각으로 날아갔다. 내 죽마고우이자 기숙사에서 내 옆방을 사용한 마크 러드는 〈웨더 지하 운동〉에 가담하여 10년이 넘도록 숨어 지냈다. SDS(민주 사회주의 학생 연맹) 대변인으로 활약한 데이브 길버트는 뛰어난 말솜씨를 갖고 있었다. 그의 연설은 나에게 통찰력과 지성의 본보기처럼 보였다. 그런데 지금은 브링크스 강도 사건에 연루된 혐의로 75년 형을 선고받고 복역 중이다. 1969년 여름, 여자 친구가 편지를 부쳐야 한다고 해서 매사추세츠주 서부에 있는 어느 우체국에 들어간 적이 있다. 그녀가 줄을 서서 기다리는 동안, 나는 벽에 붙어 있는 지명 수배자 전단을 살펴보았다. FBI가 눈독을 들이고 있는 열 명의 지명 수배자 가운데 무려 일곱 명이 내가 아는 사람이었다.

그것이 내가 대학에서 보낸 마지막 2년 동안의 풍토였다. 심란한 일도 많았고 소요도 끊이지 않았지만, 그래도 나는 상당히 많은 글을 썼다. 노력에 비해 결과는 신통치 않았다. 장편소설 두 편에 착수했다가 포기했고, 여러 편의 희곡을 썼지만 마음에 드는 것은 하나도 건지지 못했고, 시도 계속 썼지만 결과는 대개 실망스러웠다. 야망은 컸지만 능력이 따르지 못했다. 그래서 걸핏하면 좌절감에 빠졌고, 인생의 낙오자라는 생각이 늘상 따라다녔다. 프랑스 시를 번역한 일에 대해서는 그래도 자부심을 느꼈지만, 번역은 어디까지나 부차적인 일일 뿐, 내가 정작 하고자 하는 일과는 동떨어져 있었다. 그래도 완전히 낙담하지는 않았던 모양이다. 어쨌든 나는 계속 글을 썼고, 『컬럼비아 데일리 스펙테이터』지에 서평과 영화평을 기고하기 시작했다. 내가 쓴 기사는 제법 자주 실렸다. 출발선이 어디인지는 중요하지 않다. 어쨌거나 어딘가에서는 출발해야 한다. 원하는 만큼 빠르게 전진하지는 못했을지 모르나, 그래도 나는 조금씩 전진하고 있었다. 두 발을 딛고 일어나 앞으로 나아가고 있었다. 비틀거리며 한 걸음씩 내딛고 있었지만, 아직은 달리는 법을 알지 못했다.

돌이켜 보면, 그때 나는 산산조각으로 부서져 있었다는 느낌이 든다. 수많은 전투가 동시에 치러졌고, 내 몸뚱이는 넓은 싸움터에 뿔뿔이 흩어져 제각기 다른 천사, 다른 충동, 다른 자아관과 맞붙어 싸우고 있었다. 그래서 때로는 나답지 않게 행동하기도 했다. 내가 아닌 누군가로 변신하여, 잠시 다른 사람의 가죽을 뒤집어쓰고는, 나 자신을 철저히 개조했다고 상상하려 했다. 침울하고 명상적이고 자만심이 강한 구석은 쉴 새 없이 지껄여 대는 냉소적인 재담꾼으로 바뀌곤 했다. 책을 좋아하고 지나치게 열성적인 지식인은 느닷없이 방향을 전환하여, 희극 배우인 하르포 마르크스를 정신적 아버지로 받아들이곤 했다. 이런 별난 행동은 그 밖에도 여러 가지를 생각해 낼 수 있지만, 당시 내 정신 상태를 가장 잘 포착하고 있는 것은 학내 문학잡지인 『컬럼비아 리뷰』에 기고한 종잡을 수 없는 글이었다. 무엇 때문에 그랬는지 지금은 기억조차 없지만, 나는 주제넘게도 〈제1회 크리스토퍼 스마트 상〉을 창설했다. 그때 나는 4학년이었는데, 응모 규정은 가을 호 마지막 페이지에 실렸다. 다음은 본문에서 무작위로 골라낸 문장이다. 〈이 상의 목적은 우리 시대의 위대한 반대파를 인정하자는 것이다...... 모든 세속적인 야심을 거부하고 부자들의 잔칫상에 등을 돌린 재능 있는 사람들...... 우리는 크리스토퍼 스마트를 본보기로 택했다...... 그는 압운대구법(押韻對句法)의 창시자로서, 손쉬운 영광의 길을 박차고, 알코올 중독과 광기, 종교적 광신과 예언적 글쓰기를 선택한 18세기 영국인이다...... 그는 무절제 속에서 자신의 진정한 길을 발견했고, 영국의 전통적 시인들에게 보여 준 초기의 가능성을 거부함으로써 자신의 진정한 위대성을 실현했다. 지난 두 세기 동안 온갖 중상모략을 받으면서 그의 평판은 진흙탕으로 더럽혀졌다...... 크리스토퍼 스마트는 이름 없는 자들의 영역으로 추방되었다. 영웅이 없는 시대에 살고 있는 우리는 이제 그의 이름을 되살리고자 한다.〉

이 상의 목적은 실패자에게 상을 주는 것이었다. 일상적인 좌절이나 실수가 아니라, 엄청난 타락과 자신을 파괴하는 행위가 그 대상이었다. 다시 말하면 가장 많은 것을 가지고 가장 적은 일을 한 사람, 세속적 성공을 보장해 주는 온갖 이점과 재능과 가능성을 가지고 시작했으면서도 결국 아무것도 이루지 못한 사람을 선발하고 싶었다. 여기에 응모할 사람은 자신이나 친지의 실패담을 50단어 정도의 에세이로 써서 제출해야 했다. 당선자에게 주는 상품은 크리스토퍼 스마트의 두 권짜리 〈전집〉이었다. 나를 빼고는 아무도 놀라지 않았지만, 응모한 사람은 하나도 없었다.

물론 그것은 일종의 문학적 치기였지만, 그 배후에는 불안과 혼란이 숨어 있었다. 나는 왜 실패를 정당화하고 싶은 충동을 느꼈을까? 빈정 조의 거만한 말투와 지적 과시의 태도는 무엇 때문인가? 어쩌면 그것은 두려움 — 내가 스스로 선택한 불확실한 미래에 대한 두려움 — 의 표출이었고, 그런 상을 제정한 진짜 속셈은 나 자신을 승자로 선언하는 것이었다는 생각이 든다. 비뚤어진 응모 규정은 인생이 나를 위해 준비하고 있는 타격을 피하고, 돈을 분산 투자하여 위험을 줄이려는 방책이었다. 지는 게 이기는 것이고, 이기는 게 지는 것이었다. 따라서 최악의 사태가 일어난다 해도 나는 정신적 승리를 주장할 수 있을 터였다. 그것은 작은 위안이 되겠지만, 나는 벌써 지푸라기라도 잡고 싶은 심정이었던 게 분명하다. 나는 두려움을 드러내는 대신, 재치 있는 농담과 빈정 조의 어투 속에 그 두려움을 파묻어 버렸다. 그러면서도 그것을 전혀 의식하지 못했다. 나는 다만 내 앞에 놓여 있는 힘든 싸움에 대비하여 나 자신을 단련하면서, 예상되는 패배에 익숙해지려고 애쓰고 있었다. 그 후 몇 년 동안 내가 가장 좋아한 문장은 엘리자베스 시대의 시인인 풀크 그레빌의 〈나는 검은 황소에 짓밟힌 이들을 위해 시를 쓴다〉는 말이었다.

나는 크리스토퍼 스마트를 우연히 만나게 되었다. 진짜 크리스토퍼 스마트가 아니라, 그의 화신(化身) 가운데 하나를. 그는 실패로 끝난 가능성과 시들어 버린 문학적 성공을 보여 주는 살아 있는 표본이었다. 때는 졸업을 몇 주 앞둔 4학년 봄. 한 사내가 컬럼비아 대학 캠퍼스에 불쑥 나타나 소동을 피우기 시작했다. 처음에는 그의 존재를 어렴풋이 알고 있었을 뿐이지만, 그에 관한 풍문의 단편들이 이따금 내 귀에까지 들려왔다. 예를 들면 그가 〈박사〉를 자칭한다는 이야기, 미국의 경제 체제 및 인류의 미래와 관련된 모종의 이유 때문에 낯선 사람들에게 아무 조건 없이 돈을 뿌리고 다닌다는 이야기⋯⋯. 당시에는 그런 별난 짓을 하는 괴짜들이 사람들 입에 자주 오르내렸기 때문에, 나는 별로 관심을 두지 않았다.

하루는 친구 두어 명과 함께 최근에 개봉한 세르조 레오네의 마카로니웨스턴을 보러 타임스 스퀘어로 갔다. 영화가 끝난 뒤, 우리는 신나게 놀면서 그날 밤을 마무리하기로 작정하고 브로드웨이 48번가 교차로에 있는 메트로폴 카페로 몰려갔다. 이곳은 한때 고급 재즈 클럽이었지만, 지금은 가슴을 드러낸 여자들을 감상할 수 있는 현대식 고고 클럽으로 바뀌어 있었다. 벽면 전체가 거울로 장식되고, 현란한 조명이 번쩍거리고, 손바닥만한 반짝이 헝겊으로 그 부분만 아슬아슬하게 가린 여자 대여섯이 무대에서 춤을 추었다. 우리는 구석 자리를 차지하고 앉아서 술을 마시기 시작했다. 눈이 어둠에 익숙해지자, 친구 하나가 반대편 구석에 혼자 앉아 있는 〈박사〉를 발견했다. 친구는 그에게 다가가서 합석을 권했다. 턱수염에 다소 지저분한 꼴을 한 수수께끼의 사내가 내 옆에 앉아서 진 크루파에 대해 뭐라고 중얼거리고, 이곳이 도대체 왜 이렇게 변했느냐고 말했을 때, 나는 댄서들한테서 잠시 눈길을 돌려 그 전설적인, 그러나 잊힌 소설가 H. L. 흄스와 악수를 나누었다.

그는 1950년대에 『파리 리뷰』 창간에 참여했고, 초기에 발표한 두 권의 소설 ─ 『지하 도시』와 『인간은 죽는다』 ─ 로 성공을 거두었지만, 처음에 등장할 때처럼 느닷없이 잠적해 버렸다.

그는 문단에서 잊혔고, 그 후 다시는 그의 소식을 들을 수 없었다.

자세한 속사정은 알 수 없지만, 그가 털어놓은 단편적인 이야기로 미루어 보건대, 그동안 여러 차례의 반전과 불행을 견디면서 심한 고생을 겪은 것 같았다. 충격 요법, 파경으로 끝난 결혼 생활, 거듭된 정신 병원 입원이 언급되었다. 그의 고백에 따르면, 자의가 아니라 신체적인 이유 때문에 글쓰기를 그만둘 수밖에 없었다고 한다. 전기 충격 요법으로 온몸이 망가져, 펜을 잡을 때마다 팔다리가 부어올라 참을 수 없는 통증에 시달리곤 했다는 것이다. 글을 쓸 수 없게 되자, 〈메시지〉를 세상에 전하려면 이제는 말에 의존할 수밖에 없었다. 그날 밤 그는 이 새로운 매체에 얼마나 철저하게 통달했는지를 여실히 보여 주었다. 처음에는 토플리스 바에서, 다음에는 브로드웨이에서 모닝사이드 하이츠까지 거의 70개의 블록을 걸어가면서, 속사포 같은 말투로 두서없는 장광설을 늘어놓았다. 그렇게 거침없는 장광설을 들은 것은 난생처음이었다. 그것은 사회적 소외감을 껴안은 채 자신만의 환상 속에서 살고 있는 관념적 예언자의 횡설수설, 봇물처럼 터져 나오는 열정과 과대망상과 뛰어난 재치, 사실에서 메타포로, 메타포에서 다시 추론으로 넘어가는 편향적인 정신 여행이었다. 사실에서 메타포나 추론으로 넘어가는 속도가 너무나 빠르고 예측할 수도 없었기 때문에, 듣는 사람은 기가 질려서 대꾸 한마디 못 했다. 그는 사명을 띠고 뉴욕에 왔노라고 말했다. 주머니에는 1만 5천 달러가 있는데, 재정과 자본주의 체제에 대한 자신의 이론이 옳다면, 그 돈으로 미국 정부를 타도할 수 있으리라는 것이다.

그것은 실로 너무나 간단했다. 얼마 전에 부친이 세상을 떠나면서 〈박사〉에게 1만 5천 달러를 유산으로 남겨 주었다. 그 돈을 가지고 그는 자신을 위해 쓰지 않고 남들에게 나누어 줄 계획을 세우고 있었다. 특정한 자선 단체나 개인에게 뭉칫돈으로 주는 대신, 모든 사람에게, 온 세상에 골고루 나누어 줄 계획이었다. 이 계획을 실행하기 위해 그는 은행에 가서 수표를 현금으로, 50달러짜리 지폐로 몽땅 바꾸었다. 그는 3백 장의 그랜트 대통령 초상을 명함 삼아 자신을 소개하고, 동조자를 규합하여, 사상 최대의 경제 혁명을 일으킬 작정이었다. 돈은 어차피 허구다. 많은 사람들이 가치를 부여하기 때문에 가치를 얻을 뿐, 실제로는 아무 가치도 없는 종잇장에 지나지 않는다. 이 체제는 신뢰를 바탕으로 돌아간다. 진리나 진실이 아니라, 집단 믿음. 그 믿음이 허물어지면, 그래서 많은 사람들이 체제를 의심하기 시작하면, 그때는 어떻게 될까? 체제 자체가 무너질 것이다. 이론적으로는 그렇다. 한마디로 요약하면, 바로 그것이 〈박사〉의 실험 목적이었다. 그가 생면부지의 낯선 이들에게 건네준 50달러짜리 지폐는 단순한 선물이 아니라, 좀 더 나은 세상을 만들기 위한 투쟁의 무기였다. 그는 자신의 낭비로 모범을 보이고 싶어 했다. 누구든 미몽에서 깨어나 돈의 마법을 깨뜨릴 수 있다는 것을 입증하고 싶어 했다. 돈을 나누어 줄 때마다 그는 받는 이들에게 돈을 되도록 빨리 써버리라고 말했다. 돈을 쓰세요. 남에게 주어 버리세요. 돈이 돌아가게 하세요. 그리고 다음 사람에게도 똑같이 하라고 말하세요. 그러면 하룻밤 사이에 연쇄 반응이 일어날 테고, 수많은 50달러짜리 지폐가 공중을 날아다니게 될 테고, 체제는 고장을 일으켜 엉망이 되기 시작할 것이다. 수천, 아니 수백만 개의 원천에서 파동이 일어나, 중성자 전하(電荷)들이 탁구공처럼 방 안을 이리저리 튀어 다닐 것이다. 그것들이 충분한 속도와 운동량을 얻으면 총알과 같은 파괴력을 갖게 될 것이고, 벽은 갈라지기 시작할 것이다.

이 이론을 그가 얼마나 믿었는지는 나도 알 수 없다. 그가 설령 미쳤다 해도, 그만한 지성을 가진 사람이라면 그것이 얼마나 어리석은 발상인지를 분명 알았을 것이다. 그가 입 밖에 내어 말한 적은 없지만, 속으로는 그것이 얼마나 허튼소리인지를 알고 있었을 것이다. 그렇다고 해서 그가 그 일을 즐기는 데에는 물론 지장이 없었다. 그는 기회가 있을 때마다 자신의 계획을 떠벌렸는데, 그것은 정치적 행위라기보다 일종의 정신적 퍼포먼스였다. H. L. 흄스는 화성의 지령 센터에서 훈령을 받는 정신 분열증 환자가 아니었다. 그는 의식의 얕은 여울에 좌초하여 약탈당하고 불타 버린 작가였지만, 삶을 송두리째 포기하는 대신 자신의 기력을 북돋우기 위해 이 광대극을 만들어 낸 것이다. 돈 덕분에 그는 다시 관객을 얻었다. 사람들이 구경하는 동안은 생기와 의욕이 솟아나, 혼자서 여러 악기를 연주하는 거리의 악사처럼 독창적인 퍼포먼스를 연출했다. 그는 어릿광대처럼 뽐내며 걸어 다니고, 재주를 넘고, 불꽃 사이를 통과하고, 대포에서 튀어 나가는 인간 탄환이 되었다. 짐작컨대 그는 그 순간순간을 마음껏 즐기고 있었다.

그날 밤 그는 우리 일행과 함께 브로드웨이를 걸어가면서 굉장한 쇼를 연출했다. 폭포처럼 쏟아 내는 횡설수설, 요란하게 짖어 대는 웃음소리, 우주 공간을 향해 불러 대는 술주정 노래. 그 사이사이에 느닷없이 돌아서서 낯선 행인들에게 일장 연설을 퍼붓고, 그러다가 갑자기 누군가의 손에 50달러짜리 지폐를 쥐여 주고, 그러고는 내일이 영영 오지 않는다고 생각하고 지금 당장 그 돈을 써버리라고 권유했다. 그날 밤에는 무분별이 그 거리를 지배했고, 〈박사〉는 폭력을 선동하는 자로서 그날 밤의 주역이었다. 거기에 휩쓸리지 않기란 불가능했다. 나도 그의 공연이 아주 재미있었다고 인정할 수밖에 없다. 하지만 순회공연이 거의 다 끝나 집으로 돌아가려 할 때, 내가 그만 중대한 실수를 저지르고 말았다. 그때는 이미 밤 1시나 2시가 되어 있었을 것이다. 옆에서 〈박사〉가 혼잣말처럼 중얼거리는 소리가 들렸다. 「어디 공짜로 하룻밤 묵을 데가 없을까?」 그의 목소리가 너무나 차분하고 태연해서 세상사에 초연하고 무관심하게 들렸기 때문에, 나는 깊이 생각해 보지도 않고 불쑥 대답했다. 「물론 있지요. 원한다면 내 소파에서 주무셔도 좋습니다.」 그는 두말없이 내 초대를 받아들였고, 그를 초대함으로써 내가 나 자신을 어떤 궁지에 밀어 넣었는지, 나는 당연히 알지 못했다.

내가 그를 좋아하지 않았다는 뜻은 아니다. 우리가 사이좋게 지내지 못했다는 뜻도 아니다. 처음 며칠 동안은 사실 만사가 순탄했다. 〈박사〉는 마치 소파에 뿌리라도 내린 듯, 거의 꼼짝도 하지 않았다. 발바닥을 마룻바닥과 접촉시키는 일도 거의 없었다. 이따금 화장실로 나들이하는 것을 빼면, 그가 하는 일이라고는 소파에 앉아서 피자를 먹고 마리화나를 피우고 이야기를 하는 게 전부였다. 나는 그를 위해 피자를 사다 주었고(그의 돈으로), 그가 권하는 마약을 사양하느라 진땀을 뺐다. 내가 마약에는 관심이 없다고 대여섯 번이나 말한 뒤에야 그는 내 말을 알아듣고 더 이상 권하지 않았다. 그러나 이야기는 끝이 없었다. 레퍼토리는 처음 만난 날 밤에 풀어놓은 횡설수설과 똑같았지만, 이제는 논거가 좀 더 풍부해지고 살이 붙고 초점이 분명해졌다. 그는 몇 시간이고 쉬지 않고 입을 놀렸다. 내가 일어나서 방을 나가도, 그는 벽과 천장과 전등을 향해 연설을 계속했다. 사실 그는 내가 나간 것도 알아차리지 못했다.

집이 조금만 더 넓었다면 아무 문제도 없었을 것이다. 아파트에는 방 두 개와 부엌뿐이었는데, 침실은 침대 하나 들여놓으면 여유가 없을 만큼 작았기 때문에, 책상은 거실에 놓여 있었다. 소파도 거실에 놓여 있었다. 그런데 〈박사〉가 소파에 진을 치는 바람에 나는 공부를 할 수 없었다. 봄 학기가 끝나 가고 있었고, 과정을 마치고 졸업하려면 많은 학기 말 리포트를 써야 했지만, 처음 이틀은 아예 시도해 볼 엄두도 내지 못했다. 아직은 여유가 있다고 생각했기 때문에 허둥대지도 않았다. 〈박사〉는 곧 떠날 것이고, 책상을 되찾으면 차분하게 일을 시작할 수 있을 거라고 생각했다. 그러나 셋째 날 아침이 되었을 때, 나는 손님이 떠날 생각이 전혀 없다는 것을 이미 알아차리고 있었다. 그가 내 눈총을 받을 만큼 일부러 오래 머물러 있었다는 뜻은 아니다. 다만 떠난다는 생각이 아예 떠오르지 않았을 뿐이다. 어떻게 해야겠는가? 차마 그를 쫓아낼 수는 없는 노릇이었다. 나는 이미 그에게 깊은 동정심을 느꼈고, 그를 내쫓는 따위의 과감한 조치를 취할 용기는 나지 않았다.

그 후 며칠은 정말 힘들었다. 방 문제를 조정하면 상황이 나아질지 모른다는 생각에 〈박사〉와 방을 바꾸었다. 그런데 〈박사〉를 침실로 밀어 넣고 내가 거실을 차지한 지 사나흘 뒤에 재난이 일어났다. 그날은 공교롭게도 내 평생에 가장 아름다운 일요일이었다. 그리고 재난이 일어난 건 순전히 내 탓이었다. 친구 하나가 농구를 하자면서 나를 부르러 왔다. 〈박사〉를 아파트에 혼자 두고 나가기가 뭣해서, 그를 함께 데려갔다. 만사가 순조로웠다. 나는 농구를 했고, 〈박사〉는 코트 옆에 앉아서 라디오를 들으며 계속 주절댔다. 곁에 아무도 없으면 혼자서 떠들어 댔고,

누군가가 있으면 장광설을 늘어놓았다. 그런데 그날 저녁 집으로 돌아가는 길에 누군가가 우리를 알아보았다. 「아하! 그러니까 〈박사〉가 바로 자네 집구석에 숨어 있었군그래.」 나는 그 사람을 특별히 좋아한 적도 없었고, 〈박사〉가 있는 곳을 비밀로 해달라고 부탁하면서도 가로등에다 대고 말하는 거나 다름없다는 사실을 깨닫고 있었다. 아니나 다를까, 이튿날 꼭두새벽부터 내 아파트 초인종이 울려 대기 시작했다. 캠퍼스의 유명 인사가 발각된 것이다. 일주일 동안 신비롭게도 행방을 감춘 뒤였기 때문에, H. L. 흄스는 추종자들을 기꺼이 만족시켜 주었다. 스무 살 안팎의 젊은이들이 온종일 내 아파트로 몰려와 마룻바닥에 앉아서, 〈박사〉가 나누어 주는 비뚤어진 지혜에 열심히 귀를 기울였다. 그는 철학자의 왕이었고, 형이상학파의 왕자였고, 교수들의 거짓말을 꿰뚫어 보는 자유파의 성인이었다. 젊은이들은 그의 장광설에 조금도 싫증을 내지 않았다.

나는 무척 화가 났다. 내 아파트는 24시간 개방된 모임터로 바뀌었다. 그 책임을 〈박사〉한테 돌릴 수 있으면 좋았겠지만, 그를 탓할 수 없다는 것은 나도 잘 알고 있었다. 그의 추종자들은 초대나 약속도 없이 제멋대로 찾아왔기 때문이다. 청중이 모여들기 시작한 이상, 그들을 쫓아 보내라고 〈박사〉한테 요구할 수도 없었다. 그것은 태양더러 빛을 발하지 말아 달라고 부탁하는 거나 마찬가지였다. 담화는 그에게 유일한 삶의 보람이었고, 망각과 맞서는 마지막 보루였다. 이제는 추종자들이 함께 있었고, 더구나 발치에 앉아서 그의 말을 한마디라도 놓칠세라 열심히 경청했기 때문에, 아직은 모든 것을 잃어버리지 않았다는 착각에 빠져 잠시나마 자신을 속일 수 있었다. 그건 괜찮았다. 그가 다음 세기까지 계속 지껄이든 말든, 내가 아랑곳할 문제가 아니었다. 다만 그 짓을 내 아파트에서 하는 게 싫었을 뿐이다.

동정심과 혐오감 사이에 끼여 고민하다가, 나는 결국 비겁한 타협안을 찾아냈다. 그 무렵에는 내 아파트에 방문객이 없을 때가 드물었지만, 그 드문 소강상태가 어쩌다 찾아온 순간을 노려서 〈박사〉에게 말을 꺼냈다. 당신은 여기 계속 머물러도 좋다. 그 대신 내가 떠나겠다. 나는 할 일이 산더미처럼 쌓여 있다. 당신이 다른 거처를 찾을 때까지 기다리기보다는 차라리 내가 뉴어크에 있는 어머니 아파트로 가서 리포트를 쓰겠다. 정확히 일주일 뒤에 돌아올 테니까, 내가 돌아올 때까지는 집을 비워 주기 바란다. 내가 말하는 동안 〈박사〉는 열심히 듣고 있었다. 나는 말을 끝낸 다음, 내 말을 알아들었느냐고 물었다. 그러자 그는 차분하고 엄숙한 목소리로 대답했다. 「알겠네.」 그뿐이었다. 우리는 곧장 다른 화제로 넘어갔고, 그날 밤 대화를 나누는 도중에 그는 오래전 파리에 갔을 때 이따금 트리스탕 차라와 체스를 두곤 했다는 말을 꺼냈다. 이것은 내가 지금껏 기억하고 있는 몇 가지 구체적인 사실 가운데 하나다. H. L. 흄스에게 들은 이야기는 세월이 흐르는 동안 거의 다 기억에서 사라졌다. 그의 음성이 어땠는지는 기억할 수 있지만, 그가 무슨 말을 했는지는 거의 기억나지 않는다. 그 대단한 말의 마라톤, 이성의 미개척지로 들어가는 강제 행진, 그가 자신의 음모와 은밀한 계획과 비밀 통신에 대해 이야기하는 것을 들으면서 보낸 그 숱한 시간들 — 그 모든 것이 이제는 기억 속에 희미한 얼룩 한 점으로 남아 있을 뿐이다. 그의 말들은 이제 내 머릿속에서 윙윙거리는 소음, 아무 의미도 없고 이해할 수도 없는 벌 떼 소리에 불과하다.

이튿날 아침, 짐을 꾸려 떠날 채비를 하고 있으려니까, 그가 나에게 돈을 주려고 했다. 나는 싫다고 했지만, 그는 경마 도박

꾼처럼 돈뭉치에서 50달러짜리 지폐 몇 장을 빼내어 억지로 쥐여 주면서, 너는 좋은 녀석이라고, 우리는 〈부를 나누어 가져야 한다〉고 계속 고집을 부렸다. 결국 나는 굴복하여 3백 달러를 받았다. 그때도 불쾌했지만, 불쾌하기는 지금도 마찬가지다. 나는 그 사업에 말려들고 싶지 않았다. 그가 벌이고 있는 게임에 동참하기를 끝까지 거부하고 싶었다. 하지만 마침내 내 원칙이 시험대에 오르자, 나는 유혹에 굴복하여 탐욕에 지고 말았다. 1969년에는 3백 달러면 큰돈이었다. 그 돈의 매력은 나보다 강했다. 나는 3백 달러를 주머니에 집어넣고, 〈박사〉와 작별의 악수를 나누고, 서둘러 아파트를 나왔다. 일주일 뒤에 돌아가 보니 아파트는 깨끗이 비어 있었다. 〈박사〉의 흔적은 어디에도 남아 있지 않았다. 그는 약속했던 대로 떠난 것이다.

그 후 나는 〈박사〉를 딱 한 번 다시 보았다. 1년쯤 뒤였다. 나는 4번 버스를 타고 업타운[8]을 달리고 있었다. 버스가 110번가로 구부러졌을 때, 차창 밖에 그가 보였다. 그는 5번가와 만나는 센트럴 파크 북동쪽 모퉁이에 서 있었다. 행색이 안 좋아 보였다. 옷은 구겨지고, 얼굴은 더럽고, 눈은 초점을 잃은 채 전에는 볼 수 없었던 퀭한 표정을 짓고 있었다. 〈마약 중독에 빠졌구나〉하고 나는 중얼거렸다. 그때 버스가 움직였다. 그의 모습이 시야에서 사라졌다. 그 후 며칠, 아니 몇 주일 동안 그를 다시 보게 되기를 기대했지만 끝내 보지 못했다. 그로부터 25년이 지난 뒤, 대여섯 달 전에, 『뉴욕 타임스』를 뒤적이다가 우연히 부고란에서 그가 사망했다는 짤막한 기사를 읽었다.

나는 조금씩 임기응변의 처세술을 배웠고, 상대를 적당히 다

---

[8] 뉴욕 맨해튼의 북쪽 구역.

루는 법도 익혔다. 학창 시절의 마지막 2년은 이것저것 잡다한 일을 하면서 잡문에 대한 취향을 키웠다. 나는 서른 살이 될 때까지 잡문으로 생계를 유지했고, 결국 그것 때문에 인생의 낙오자가 되었지만, 거기에는 어떤 낭만적인 생각이 있었던 것 같다. 가령 나 자신을 아웃사이더로 선언하고, 훌륭한 인생에 대한 일반 통념에 휩쓸리지 않고 혼자 힘으로 해 나갈 수 있다는 것을 입증하고 싶은 욕구 같은 것. 내 입장을 고수하고 물러서지 않으면, 아니 그렇게 해야만 내 인생은 훌륭해질 터였다. 예술은 신성한 것이고, 예술의 부름에 따르는 것은 예술이 요구하는 어떤 희생도 치르는 것, 목적의 순수성을 끝까지 지키는 것을 뜻했다.

  프랑스어 지식이 생계에 도움이 되었다. 그리 드문 재주도 아니었지만, 나는 번역 일감을 얻을 수 있는 정도의 실력은 되었다. 예술 관련 기사를 몇 편 번역했고, 프랑스 대사관에서 보내온 서류를 번역한 적도 있었다. 그 지루하기 짝이 없는 서류는 직원 개편에 관한 것이었는데, 1백 쪽이 넘는 분량이었다. 봄에는 몇 달 동안 고등학생에게 개인 교습을 해준 적이 있었다. 토요일 아침마다 로어타운[9]에 있는 학생네 집에 가서 시 문학에 대해 대화를 나누었다. 한번은 친구에게 덜미를 잡혀, 컬럼비아 대학을 방문한 프랑스 작가 장 주네와 야외 연단에 나란히 서서 〈흑표당〉[10]을 옹호하는 그의 연설을 통역한 적도 있다(무보수로). 주네는 귀 뒤에 빨간 꽃을 꽂은 채 돌아다녔고, 캠퍼스에 있는 동안 줄곧 입가에 웃음을 머금고 있었다. 그로부터 얼마 지나지 않은 어느 날 저녁에 나는 웨스트엔드에서 우연히 친구 하나를 만났다. 우리가 만난 곳은 브로드웨이 114번가에 있는 유서

---

9 뉴욕 맨해튼의 남쪽 구역.
10 1966년에 조직된 흑인 해방 운동 단체.

깊은 학생 전용 클럽이었다. 그는 얼마 전부터 포르노 전문 출판사에서 일하기 시작했다면서, 외설 소설 쓰는 솜씨를 시험해 보고 싶으면 작품 한 편당 1천5백 달러에 사줄 테니 한번 써보라고 말했다. 나는 기꺼이 그 일에 덤벼들었지만, 30장 정도 쓰고 나자 영감이 차츰 사라졌다. 섹스라는 그 한 가지 일을 묘사하는 데에도 방법이 수없이 많다는 것을 비로소 깨달았다. 그래서 내 머리에 저장되어 있던 동의어는 금세 바닥이 나버렸다. 나는 포르노를 쓰는 대신, 겉만 요란한 학생용 잡지에 서평을 쓰기 시작했다. 나는 그 잡지가 별로 성공하지 못하리라는 것을 알아차렸기 때문에, 내 기사에 필명을 사용했다. 폴 퀸. 고료는 서평 하나당 25달러였다.

1969년 말에 징병 추첨 결과가 발표되었을 때, 나는 운 좋게도 297번을 뽑았다. 눈을 가리고 뽑은 제비 덕택에 나는 어떻게든 무사히 빠져나갔고, 지난 몇 해 동안 나를 괴롭혔던 악몽도 갑자기 사라졌다. 그 예기치 않은 행운을 누구에게 감사해야 할까? 나는 엄청난 고통과 고난을 면했고, 그야말로 내 인생에 대한 지배권을 되찾았고, 헤아릴 수 없는 안도감을 맛보았다. 감옥은 이제 더 이상 문제가 되지 않았다. 지평선이 사방으로 훤히 트였다. 나는 어느 쪽으로든 마음대로 걸어갈 수 있었다. 가벼운 차림으로 여행한다면 세상 끝까지라도 갈 수 있었다. 두 다리만 버텨 준다면 그 어떤 것도 나를 막을 수 없을 터였다.

몇 달 동안 유조선에서 일하게 된 것도 운이 좋았기 때문이다. 선원증이 없으면 배에서 일할 수 없고, 배에 일자리가 없으면 선원증을 얻을 수 없다. 이런 배타적인 고리를 끊어 줄 사람이 주위에 없으면, 그 안으로 들어가기는 아예 불가능하다. 나를 위해 그 일을 해준 사람은 어머니의 두 번째 남편인 노먼 시프였다.

어머니는 아버지와 이혼한 지 1년쯤 뒤에 재혼했는데, 1970년 당시에는 의붓아버지와 내가 절친한 사이가 된 지 벌써 5년이 다 되어 가고 있었다. 의붓아버지는 너그러운 마음씨를 지닌 훌륭한 분으로서 언제나 변함없이 내 편이 되어 주었고, 막연하고 허황한 내 야심을 성원해 주었다. 그분이 1982년에 쉰다섯 살의 아까운 나이로 세상을 떠난 것은 내 인생에서 가장 큰 슬픔 가운데 하나지만, 내가 대학원 공부를 1년 만에 그만두고 학교를 떠날 준비를 하고 있을 때만 해도 그분의 건강은 상당히 좋은 편이었다. 그분은 주로 노사 협상을 전문으로 하는 변호사였는데, 〈에소〉[11] 선원 노조의 법률 고문을 맡고 있었다. 이런 점에 생각이 미치자, 나는 의붓아버지한테 〈에소〉 유조선에 일자리를 구해 줄 수 있느냐고 물었다. 그러자 그분은 문제없다고 대답했다. 그리고 정말로 그 일을 척척 처리해 주었다.

유조선을 타기까지는 복잡한 사무 절차를 거쳐야 했고, 뉴저지주 벨빌에 있는 노조 본부까지 가야 했고, 맨해튼에서 신체검사를 받아야 했고, 뉴욕 지역으로 들어오는 배에 자리가 날 때까지 무한정 기다려야 했다. 그동안 나는 미국 인구 조사국에 임시직을 얻어, 1970년도 할렘[12]의 인구 조사를 위한 자료를 수집했다. 어둠침침한 임대 아파트 계단을 오르내리고, 아파트 문을 두드리고, 사람들이 정부의 공식 서류에 기입하는 일을 돕는 것이 내 일이었다. 물론 모든 사람이 도움을 청하지는 않았고, 백인 대학생이 자기네 복도를 돌아다니는 것을 경계의 눈길로 바라보는 사람도 적지 않았지만, 내가 시간을 낭비하고 있는 것은 아니라는 느낌이 들 만큼 나를 환대해 주는 사람도 많았다. 한 달

---

11 세계 최대의 석유 회사인 엑슨 그룹 산하의 정유 회사.
12 뉴욕 맨해튼 동북부의 흑인 거주 구역.

쯤 거기서 일했을 때 — 예상보다 빨리 — 배에서 나를 불렀다.

그때 마침 나는 공교롭게도 치과에서 사랑니 하나를 막 뽑으려던 참이었다. 내 이름이 명단에 오른 이후, 나는 의붓아버지가 언제든지 나한테 연락을 취할 수 있도록 아침마다 그분과 함께 그날의 내 일정을 확인했다. 치과에 가 있는 나를 찾아낸 사람도 의붓아버지였다. 그때만큼 우스꽝스러운 타이밍도 없을 것이다. 내 잇몸에는 이미 마취제가 주입되었고, 의사가 펜치를 집어 들어 충치를 공격하려는 순간, 접수계원이 들어와서 나한테 전화가 왔다고 말했다. 아주 급한 일이라는 거였다. 나는 목에 턱받이를 두른 채 의자에서 내려왔다. 그다음에 내가 안 것은, 짐을 꾸려서 뉴저지주 엘리자베스항에 정박해 있는 〈에소 플로렌스〉호에 탈 때까지 세 시간밖에 여유가 없다는 사실이었다. 나는 의사에게 사과의 말을 중얼거리고는 급히 뛰쳐나왔다.

사랑니는 그 후에도 일주일 동안 내 입 안에 남아 있었다. 마침내 이가 뽑혔을 때, 나는 텍사스주 베이타운에 있었다.

〈에소 플로렌스〉호는 〈에소〉사가 거느리고 있는 선단에서 가장 낡은 유조선으로, 지나간 시대의 보잘것없는 유물이었다. 문이 두 개인 쉐보레를 미끈하게 빠진 리무진 옆에 나란히 세워 보면, 〈에소 플로렌스〉호와 요즘 나오는 초대형 유조선을 비교했을 때의 느낌을 조금은 이해할 수 있을 것이다. 제2차 세계 대전 기간에 건조된 〈에소 플로렌스〉호는 내가 발을 디뎠을 즈음 헤아릴 수도 없을 만큼 많은 항해 거리를 기록하고 있었다. 배에는 적어도 백 명은 수용할 수 있는 침상이 있었지만, 선내에서 필요한 일을 처리하는 데에는 서른세 명밖에 필요하지 않았다. 그것은 선원들이 저마다 독방을 쓸 수 있다는 의미였다. 우리가 함께 보내야 할 그 많은 시간을 생각하면, 독방이 있다는 것은 엄청난 혜택이었다. 다른 직업에 종사하는 사람들은 저녁마다 집으로 돌아갈 수 있지만, 우리는 하루 종일 좁은 배 안에 함께 갇혀 있었다. 눈을 들 때마다 보이는 것은 언제나 똑같은 얼굴들이었다. 우리는 함께 일하고, 함께 지내고, 함께 먹었다. 프라이버시를 누릴 기회가 전혀 없었다면, 다람쥐 쳇바퀴 돌듯 하는 일상을 도저히 견뎌 낼 수 없었을 것이다.

우리는 대서양 연안과 멕시코만 사이를 왕복하면서, 도중에 있는 여러 도시 — 사우스캐롤라이나주 찰스턴, 플로리다주 탬파, 텍사스주 갤버스턴 — 의 정유소에 들러 항공 연료를 싣거나 부렸다. 내가 처음 맡은 일은 자루걸레로 바닥을 청소하고 침대를 정돈하는 일이었다. 처음에는 일반 선원들의 침대를 정돈하다가, 얼마 뒤에는 고급 선원들의 침대를 정돈하게 되었다. 이런 역할을 전문 용어로는 〈유틸리티맨〉이라고 부르지만, 쉽게 말하면 청소부와 잡역부를 합쳐 놓은 역할이다. 변기를 북북 문지르고 더러운 양말짝을 주워 모으면서 가슴이 설레었다고는 말할 수 없지만, 일단 요령을 터득하자 작업은 믿을 수 없을 만큼 쉬웠다. 일주일도 지나기 전에 나는 청소 기술을 완전히 터득하여, 자질구레한 허드렛일을 끝내는 데 하루에 두 시간 내지 두 시간 반밖에는 걸리지 않게 되었다. 덕분에 시간은 남아돌았고, 그 자유 시간의 대부분을 내 방에서 혼자 보냈다. 나는 책을 읽고, 글을 쓰고, 전에 했던 일은 다 했다. 이제는 정신을 사납게 하는 일이 거의 없었기 때문에 집중력이 좋아져서, 생산성은 오히려 전보다 높아졌다. 여러 가지 점에서 그것은 이상적인 생활, 완벽한 인생처럼 느껴졌다.

그런데 이 행복한 생활도 오래가지 못했다. 한두 달 계속된 뒤에 그 자리에서 〈쫓겨나고〉만 것이다. 항구에 정박하지 않고 항해를 계속하는 기간은 닷새를 넘기는 경우가 드물었고, 부두에 닿으면 대개 선원 몇 명이 교체되곤 했다. 새로 승선한 사람에게는 경력에 따라 일감이 주어졌는데, 그것은 엄격한 연공서열제였다. 회사에 장기 근속한 사람일수록 일감에 대한 발언권이 셌다. 나는 그 계급 조직의 말단이라서 발언권이 전혀 없었다. 고참이 내 일감을 원할 경우에는 달라고 말만 하면 그만이었다. 그러면 내 일감은 그의 차지가 되었다. 행운이 한동안 계속된 뒤, 텍사스주 어딘가에서 마침내 불행이 나를 덮쳤다. 내 후임자는 엘머라는 노총각이었는데, 황소처럼 둔한 근본주의자였다. 재수 없게도 그는 모든 선원들 가운데 최고참이었고, 가장 이름난 유틸리티맨이었다. 내가 두 시간 만에 할 수 있었던 일을 엘머는 여섯 시간이나 붙잡고 있었다. 그는 굼벵이처럼 굼뜬 데다 지능도 모자랐지만, 자기만의 세계 속에서 자기만족에 빠진 채, 남들과는 대화를 나누는 일도 거의 없이 배 안을 어기적어기적 돌아다녔다. 다른 선원들은 그를 철저히 무시했다. 게다가 엘머만큼 먹성이 좋은 사람도 내 평생에 만나 본 적이 없었다. 엘머는 산더미 같은 음식 — 끼니때마다 2인분, 3인분, 4인분 — 을 먹어 치울 수 있었지만, 그를 넋 놓고 쳐다보게 만든 것은 그 엄청난 식욕이 아니라 그 식욕을 채우는 방식이었다. 그는 예절에 대한 강박 관념을 가지고, 까다로울 정도로 세심한 주의를 기울이면서 식사를 했다. 그중에서도 압권은 마무리 정화 작업이었다. 일단 배를 채우고 나면 종이 냅킨을 식탁에 펼쳐 놓고, 그 얇은 종이를 손으로 두드려 구김살을 펴기 시작한다. 냅킨은 평평한 정사각형으로 서서히 변형된다. 그러면 냅킨을 정확히 반으로 접어서, 크기가 8분의 1이 될 때까지 면적을 반분하는 일을 꼼꼼히 되풀이한다. 결국 정사각형은 네 변이 정확하게 일직선으로 맞추어진 직사각형이 된다. 이 단계에서 엘머는 양쪽 끝을 조심스럽게 잡고 입술로 들어 올려 문지르기 시작한다. 그러나 움직이는 것은 머리뿐이다. 머리가 천천히 좌우로 왔다 갔다 하는 동작은 20초 내지 30초 동안 계속되었다. 손은 처음부터 끝까지 미동도 하지 않았다. 커다란 머리가 왼쪽으로, 오른쪽으로, 다시 왼쪽으로 돌아가는 동안 손은 허공에 그대로 있었고, 그동안 그의 눈은 티끌만 한 생각이나 감정도 드러내지 않았다. 〈입술 청소〉는 집요하고 기계적인 절차, 의례적인 정화 행위였다. 청결을 숭상하는 것은 곧 경건함 자체라고, 언젠가 엘머가 나한테 말한 적이 있었다. 냅킨으로 입술을 닦는 모습을 보면, 그가 하느님의 일을 하고 있다는 것을 이해할 수 있었다.

나는 주방으로 밀려났기 때문에 엘머의 식사 버릇을 가까이에서 관찰할 수 있었다. 식당 일은 시간을 네 배나 많이 빼앗아 갔고, 내 생활 전체가 전보다 파란만장해졌다. 이제 내가 맡은 일은 일반 선원들(약 20명)에게 하루 세끼 식사를 제공하고, 접시를 닦고, 식당을 청소하고, 주방장을 대신하여 식단을 짜는 일이었다. 주방장은 낮이고 밤이고 늘상 술에 절어 있어서 식단에 신경을 쓸 형편이 아니었다. 휴식 시간은 짧았고 — 끼니때 사이에 기껏해야 한두 시간 — 전보다 훨씬 부지런히 일해야 했는데도 수입은 오히려 줄어들었다. 전에는 시간이 남아돈 덕에, 저녁에는 한두 시간 보일러실에서 검댕을 긁어내고 페인트칠을 하거나 갑판에서 녹슨 곳을 청소하며 보낼 수도 있었다. 이렇게 자원해서 일하면 급료가 상당히 늘어났다. 식당 일은 이처럼 여러 가지로 손해였지만, 그래도 자루걸레로 바닥을 닦는 것보다는 해볼 만한 일이라고 생각했다. 식당 일은 말하자면 많은 사람을 상대하는 공적인 일이었고, 이제 나는 이리저리 바쁘게 뛰어다녀야 할 뿐만 아니라 사람들에게 빈틈없이 주의를 기울여야 했다. 결국 그것 — 성깔 사나운 사내들의 불평불만을 처리하고, 욕설을 받아넘기고, 받은 만큼 돌려주는 법을 배우는 것 — 이 나의 가장 중요한 일이 되었다.

엘머를 제외하면, 일반 선원들은 대부분 지저분하고 무례했다. 대다수는 텍사스주나 루이지애나주에 살았고, 멕시코계 몇 명과 흑인 한두 명, 이따금 느닷없이 나타나는 수상쩍은 외국인을 제외하면, 배를 지배하는 색조는 하얀 피부와 붉은 목과 푸른 칼라였다. 농담과 음담, 총과 자동차에 대한 이야기로 가득 찬 익살스러운 분위기가 널리 퍼져 있었지만, 대다수의 마음속에는 인종 차별주의적 경향이 깊게 도사리고 있었다. 그래서 나는 친구를 신중하게 골랐다. 함께 커피를 마시던 동료가 남아프리카공화국의 아파르트헤이트[13]에 관해 하는 말(「그들은 깜둥이를 어떻게 다뤄야 하는지 알고 있단 말씀이야」)을 들으면 그다지 기분이 좋지 않다. 내가 대체로 검은 피부에 스페인어를 말하는 이들과 어울렸다 해도, 거기에는 그럴 만한 이유가 있었다. 뉴욕 출신에다 대학까지 나온 유대인은 그 배에서는 화성인처럼 완전히 이질적인 족속이었다. 내 신상에 대해 거짓말로 둘러댈 수도 있었겠지만, 나는 거기에 전혀 관심을 갖지 않았다. 누군가가 내 종교나 고향을 물으면 나는 사실대로 대답했다. 그 사람이 내 종교나 고향을 좋아하지 않는다 해도, 그건 그 사람의 문제라고 생각했다. 내 신분을 감출 생각도 없었고, 단순히 말썽을 피하기 위해 내가 아닌 다른 사람으로 행세할 생각도 없었다. 그곳에 있는 동안 나는 딱 한 번 시답잖은 싸움을 벌인 적이 있었다. 한 녀

---

13 흑인 및 유색인에 대한 인종 차별 정책.

석이 내가 지나갈 때마다 나를 〈새미〉[14]라고 부르기 시작했다. 그는 이 별명이 우스꽝스럽다고 생각하는 모양이었지만, 나는 조금도 우습지 않았기 때문에 그렇게 부르지 말라고 말했다. 이튿날도 그는 나를 새미라고 불렀고, 나는 그렇게 부르지 말라고 다시 말했다. 그런데 그 이튿날도 그가 나를 또다시 새미라고 불렀을 때, 나는 점잖게 말로 해서는 안 되겠다는 것을 깨달았다. 그래서 녀석의 멱살을 움켜쥐고 벽에다 힘껏 밀어붙인 다음, 한 번만 더 나를 그런 식으로 부르면 죽여 버리겠다고, 침착하게 을러댔다. 내가 그런 식으로 말하는 것을 듣고 나 자신도 깜짝 놀랐다. 나는 문제를 폭력으로 해결하는 사람이 아니었고, 누구에게도 그런 식의 협박을 해본 적이 없었지만, 그 짧은 한순간 악마가 내 영혼을 사로잡았던 모양이다. 다행히 내가 싸울 태세를 보인 것만으로도 사전에 뇌관이 제거되었다. 녀석은 싸우지 않겠다는 뜻으로 양손을 내저으며 말했다. 「농담이었어. 장난으로 그런 것뿐이라고.」 그걸로 끝이었다. 조금 뒤에는 그와 친구가 되었다.

나는 하늘과 햇빛뿐인 광대한 공간에 둘러싸인 채 바다에 떠 있는 것을 좋아했다. 갈매기들은 우리가 어디에 가든 따라다니면서, 음식 찌꺼기가 배 밖으로 버려지기를 기다리며 허공을 맴돌았다. 몇 시간이고 끈질기게 공중을 선회하면서, 음식 찌꺼기가 날아갈 때까지는 날갯짓도 거의 하지 않았다. 그러다가 음식 찌꺼기가 바다로 떨어지면, 축구장의 술꾼들처럼 서로 꽥꽥거리며 물거품 속으로 곤두박질치곤 했다. 그 물거품의 장관이라니! 대형 선박의 고물에 앉아서, 하얀 거품을 일으키며 날뛰는 항적의 긴 꼬리를 내려다보는 것만큼 신나는 일은 없다. 거기에는 사

---

[14] 유대인을 경멸 조로 부르는 말.

람을 무아지경에 빠뜨리는 무언가가 있다. 파도가 잔잔한 날에는 밀려드는 강렬한 행복감에 잠길 수도 있다. 거친 날씨도 나름대로 매력이 있다. 여름이 서서히 물러가고 가을로 접어들자, 거센 바람이 휘몰아치고 강한 빗발이 내려치는 험한 날씨가 늘어났다. 그런 날이면 섬 같은 유조선도 장난감 종이배보다 여리고 불안하게 느껴졌다. 더구나 유조선은 두 동강 날 위험이 있는 것으로 알려져 있다. 한 번만 파도를 잘못 맞으면 그걸로 끝장이다. 최악의 항해는 10월 초에 해터러스곶 앞바다를 지날 때였던 것으로 기억한다. 우리는 열두 시간도 넘게 위아래로 들까불리면서 열대성 폭풍우 속을 뚫고 나가야 했다. 선장은 밤새도록 타륜을 붙잡고 있었다. 이튿날 아침 폭풍우의 기세가 누그러진 뒤에도, 선장에게 아침밥을 갖다 드리라는 주방장의 분부를 받고 선교로 올라간 나는 하마터면 쟁반을 받쳐 든 채 배 밖으로 날려 갈 뻔했다. 비는 그쳤어도 바람은 여전히 거셌다.

    그렇긴 하지만 〈에소 플로렌스〉호에서 일하는 것은 해양 모험과는 관계가 없었다. 유조선은 본질적으로 바다에 떠 있는 공장이었고, 나는 색다른 모험을 경험하기보다 나 자신을 산업 노동자로 여기는 법을 배웠다. 나는 이제 수백만 가운데 하나, 고된 노동에 시달리는 수많은 벌레들 중의 하나였고, 내가 하는 일은 미국 자본주의라는 거대하고 가혹한 사업의 하찮은 일부였다. 석유는 부의 주요 원천이었고, 이윤을 내는 기계에 공급되어 그 기계가 계속 돌아가게 하는 원료였다. 나는 거기에 있는 것이 즐거웠고, 짐승의 배 속에 들어간 것이 유쾌했다. 우리가 화물을 싣고 부리는 정유소는 쉭쉭거리며 김을 내뿜는 파이프와 높이 치솟는 불기둥이 미로처럼 얽혀 있는 거대하고 무시무시한 구조물이었다. 밤중에 그런 정유소를 지나가면, 누구라도 최악의 악몽이 현실로 나타난 듯한 기분을 느낄 것이다. 무엇보다도 잊을 수 없는 것은 정유소 부두 근처에 떠 있는 수백 마리의 죽은 물고기였다. 시커먼 기름으로 오염된 악취 나는 물 위에 떠서 무지갯빛으로 반짝이던 그 물고기들을 나는 결코 잊을 수 없을 것이다. 그 광경은 어느 항구에서나 예인선에 이끌려 부두로 들어갈 때마다 우리를 맞아 주는 통상적인 환영 위원회였다. 그 추악한 광경은 너무나 널리 퍼져 있었고, 돈 버는 사업이나 돈 버는 이들에게 돈이 부여한 힘과 너무나 깊이 ― 풍경을 훼손하고 자연계를 완전히 뒤집어 놓을 만큼 ― 관련되어 있었기 때문에, 나는 거기에 대해 경외심마저 품기 시작했다. 사실은 이것이 세상의 참모습이라고 생각했다. 우리가 그것을 어떻게 생각하든, 그 추악함은 진실이었다.

유조선이 어딘가에 정박할 때마다 나는 배에서 내려 뭍에서 얼마 동안 시간을 보내곤 했다. 그때까지 나는 메이슨·딕슨선[15] 남쪽으로는 한 번도 내려가 본 적이 없었고, 잠시 걷다 보면 파리나 더블린에서 마주친 것보다 훨씬 낯설고 이해하기 힘든 장소에 이르곤 했다. 남부는 다른 나라였다. 내가 북부에서 익히 알았던 것과는 다른, 미국 안의 별세계였다. 나는 보통 동료 한두 명과 바싹 붙어 다녔고, 그들이 상륙하면 으레 들르는 곳을 찾아갈 때도 줄곧 따라다녔다. 텍사스주 베이타운이 유난히 기억에 남는 것은 우리가 다른 어느 곳보다 그곳에서 많은 시간을 보냈기 때문이다. 내가 본 베이타운은 날이 갈수록 점점 허물어지고 있는 우울한 곳이었다. 큰길을 따라 한때는 멋진 극장들이 늘어서 있었지만, 지금은 그것이 모두 침례교회로 바뀌었고, 할리우드 영화 제목을 알리는 간판 대신 이제는 성경 구절이 격문

---

[15] 노예 해방 전에 남부와 북부의 경계선.

처럼 차양에 보란 듯이 내걸려 있었다. 우리의 여행은 대개 쇠잔한 동네 뒷골목에 있는 선원 술집에서 끝났다. 선원을 상대하는 술집은 본질적으로 모두 똑같았다. 세상에서 잊힌 눅눅한 모퉁이, 너저분하고 저속한 무허가 건물, 어둠침침한 토굴 같은 주막. 술집 안은 언제나 썰렁했다. 벽에는 그림 한 점 걸려 있지 않고, 술집 주인의 온정도 느낄 수 없었다. 기껏해야 당구대, 컨트리 웨스턴 음악이 저장되어 있는 주크박스, 단 한 가지 음료, 맥주밖에 적혀 있지 않은 메뉴판을 갖추어 놓은 게 고작이었다.

한번은 우리 배가 사소한 수리를 받기 위해 휴스턴의 드라이독에 들어가 있을 때, 급유를 담당하는 프레디라는 덴마크인과 함께 우범 지대의 술집에서 오후를 보냈다. 프레디는 별것 아닌 일에도 웃음을 터뜨리는 시끄러운 사내였고, 영어를 심한 덴마크식 말투로 발음했기 때문에 나는 그의 말을 거의 알아듣지 못했다. 우리는 앞도 안 보일 만큼 눈 부시게 강렬한 햇살을 받으며 길을 가다가, 술 취한 한 쌍의 남녀와 함께 길을 건넜다. 대낮이었는데도 두 사람은 고주망태로 취한 상태였다. 새벽부터 퍼마신 게 분명했다. 그들은 서로 허리에 팔을 두르고 이리저리 비틀거리면서 인도를 걸어갔다. 고개는 맥없이 축 늘어지고 무릎은 휘청거렸지만, 둘 다 온갖 상소리를 퍼부으며 입씨름을 벌일 만한 기력은 남아 있었다. 말투와 목소리로 미루어 보건대, 그들은 말다툼을 몇 년째 계속해 온 것 같았다. 그들은 다음 술집을 찾아가면서 말다툼을 하고 있는 이류 권투 선수, 서로에게 똑같은 욕설을 영원히 되풀이하고 똑같은 노래에 맞춰 똑같은 춤추기를 영원히 계속하는 한 쌍의 무능력자였다. 결국 그들은 프레디와 내가 오후를 보낼 곳으로 선택한 바로 그 술집으로 들어왔다. 나는 그들한테서 3미터도 떨어져 있지 않았기 때문에, 그들이 펼치는 드라마를 지켜보기에는 더없이 좋은 위치에 있었다.

남자가 앞으로 몸을 기울이더니, 탁자 너머에 있는 여자에게 소리를 질렀다. 「달린.」 그러고는 혀 꼬부라진 소리로 느릿느릿 말했다. 「맥주 한 잔 더 가져와.」

그때 달린은 꾸벅꾸벅 졸고 있었다. 그녀가 눈을 떠서 맞은편 남자에게 초점을 맞추기까지는 한참 시간이 걸렸다. 그러고도 한참 지나서야 겨우 입을 열었다. 「뭐라고?」

「맥주 한 잔 가져와. 더블로.」

달린은 선잠에서 깨어나고 있었다. 얼굴이 건방진 표정으로 갑자기 활기를 띠었다. 그녀는 명령에 복종할 마음이 전혀 없는 게 분명했다. 그녀도 지지 않고 맞소리를 질렀다. 「직접 갖다 마셔. 난 당신 노예가 아니란 말이야.」

「이 염병할 여편네야. 넌 내 마누라잖아? 도대체 뭣 때문에 너 같은 여자랑 결혼했지? 맥주나 빨리 가져와!」

달린은 연극적으로 한숨을 내쉬었다. 뭔가 꿍꿍이수작을 부리고 있다는 것은 알겠는데, 그 속셈은 여전히 알 수가 없었다. 그녀는 억지웃음을 흘리며 짐짓 착한 아내의 목소리로 대꾸했다. 「알았어, 찰리. 갖다줄게.」 그리고 탁자에서 일어나 비틀거리며 바 쪽으로 걸어갔다.

찰리는 작지만 남정네다운 승리에 만족하여, 히죽히죽 웃으면서 앉아 있었다. 확실히 그는 어엿한 남편, 부부간에 주도권을 거머쥔 가장이었다. 그렇지 않다고 말할 사람은 그 술집에 아무도 없을 터였다.

조금 뒤에 달린이 마개를 딴 버드와이저 한 병을 들고 탁자로 돌아왔다. 「자, 맥주.」 이렇게 말하고는 손목을 재빨리 움직여 병에 든 맥주를 남편의 머리에 쏟아붓기 시작했다. 머리털과 눈썹에 온통 거품 꽃이 피었다. 황갈색 액체가 얼굴을 타고 줄줄 흘러내렸다. 찰리는 달린에게 덤벼들었지만, 너무 취한 나머지 근처에도 가지 못했다. 달린은 고개를 발딱 젖히고 웃음을 터뜨렸다. 「맥주 맛이 어때? 염병할 맥주 맛이 어떠냐고?」

내가 술집에서 목격한 온갖 장면들 중에서 찰리가 맥주 세례를 받은 그 쓸쓸한 코미디에 맞먹는 것은 하나도 없다. 하지만 종합적으로 가장 야릇한 장면, 기괴함의 핵심 속으로 뛰어드는 듯한 장면을 고르라면, 플로리다주 탬파에 있는 〈빅 메리의 집〉을 고를 수밖에 없다. 그곳은 부두 노동자와 선원 들의 변덕스러운 기질에 영합하는 넓고 휘황찬란한 술집이었다. 유서 깊은 그곳의 주요 특징은 여섯 개의 당구대, 마호가니 목재로 만든 기다란 바, 지나치게 높은 천장, 반라의 댄서들이 나와서 고고 춤을 추는 라이브 쇼였다. 이 댄서들은 그야말로 영업에 없어서는 안 될 감초였고, 〈빅 메리의 집〉을 다른 술집과 구별해 주는 요소였다. 그네들이 미모나 춤 실력 때문에 고용된 게 아니라는 것은 첫눈에 알 수 있었다. 기준은 단 하나, 몸집이었다. 클수록 좋다는 게 빅 메리의 입버릇이었고, 덩치가 클수록 돈도 많이 받았다. 그 효과는 정말 굉장했다. 그것은 군살의 괴기 쇼, 탄력이 넘치는 하얀 비곗덩어리의 행진이었다. 고래 같은 네 여자가 바 뒤편에 있는 무대에서 동시에 춤을 추면, 그것은 마치 『모비 딕』의 주인공을 선발하기 위해 지원자들을 무대로 불러낸 것 같았다. 여자들은 저마다 하나의 대륙이었고, 아슬아슬한 비키니 차림에 잔뜩 치장한 꼴은 그 자체가 숨 막히는 드라마였다. 그네들이 교대로 무대에 나타날 때마다 관객들의 눈은 가차 없는 공격을 받았다. 내가 어떻게 그곳에 가게 됐는지는 기억나지 않지만, 그날 밤 나와 동행한 사람이 동료 선원들 중에서도 비교적 점잖은 두 사람(텍사스 출신의 가정적인 남자 마르티네스와 루이지애나 출신의 열일곱 살 난 도니)이었고, 그들도 나 못지않게 당황해서 쩔쩔맸다는 것은 똑똑히 기억하고 있다. 내 맞은편에 앉은 그들이 입을 딱 벌린 채, 당혹감 때문에 웃음을 터뜨리지 않으려고 기를 쓰던 모습이 지금도 눈에 선하다. 한번은 빅 메리가 다가와서 우리 탁자에 앉았다. 비행선 같은 덩치를 오렌지빛 팬츠 슈트로 감싸고 열 손가락에 모두 반지를 낀 그녀는 우리가 즐거운 시간을 보내고 있는지 알고 싶어 했다. 우리가 아주 신나게 즐기고 있다고 말하자, 그녀는 바에 있는 여자들 중 하나에게 손짓을 보내면서, 하루에 담배를 세 갑씩 피우는 듯한 쉰 목소리로 고함을 질렀다. 「바버라! 네년의 그 살찐 궁둥이를 이리 가져와!」 바버라가 활짝 웃으며 다가왔다. 빅 메리가 배를 쿡쿡 찌르고 풍만한 엉덩이를 꼬집자, 바버라는 깔깔 웃어 댔다. 「이년도 처음엔 말라깽이였다우. 하지만 내가 아주 멋지게 살을 찌웠지요. 안 그래, 바버라?」 메리는 방금 성공적으로 실험을 끝낸 미치광이 과학자처럼 낄낄거리면서 말했고, 바버라는 그 말에 전적으로 동의했다. 두 여자가 이야기하는 것을 들으면서, 내가 모든 것을 잘못 알았다는 생각이 문득 떠올랐다. 나는 항해를 떠난 게 아니라, 가출해서 서커스단에 들어갔던 것이다.

또 다른 친구는 루이지애나주 보걸루사 출신인 주방장 보조(별칭 아침 식사 담당) 제프리였다. 우연히도 우리는 생일이 같았고, 어린애나 다름없는 도니를 빼고는 선원들 중에서 가장 나이가 어렸다. 제프리도 나도 고향을 떠난 것은 그때가 처음이었고, 우리는 주방에서 함께 일했기 때문에 서로를 잘 알게 되었다. 제프리는 인생의 승리자였다. 영리하고 잘생기고 장난치기 좋아하고 여자들과 사귀기를 즐기고 화려한 옷을 좋아했다. 하지만 한편으로는 대단히 실제적이고 야심적이어서, 나름대로 철저한 인생 설계를 세우고, 유조선 주방장 보조라는 지위를 한껏 이용하여 요리의 모든 것을 배우고 있는 견실한 청년이었다. 유조선에서 출세할 생각은 손톱만큼도 없었고, 경험이 풍부한 선원으로 늙고 싶은 마음도 전혀 없었다. 그의 꿈은 고급 레스토랑의 주방장이 되는 것, 가능하다면 고급 레스토랑의 주인이 되는 것이었다. 뜻밖의 불상사가 일어나 그의 꿈을 좌절시키지 않았다면, 지금쯤 바로 그런 일을 하고 있을 거라고 나는 믿어 의심치 않는다. 제프리와 나만큼 닮지 않은 사람도 드물었지만, 우리는 속 편한 친구로 사이좋게 지냈다. 배가 항구에 들어갔을 때 우리가 이따금 함께 상륙하는 것은 자연스러운 일이었지만, 제프리는 흑인인 데다 평생을 남부에서 살았기 때문에, 내가 백인 선원들과 함께 가는 곳이 대부분 그에게는 출입 금지 구역이라는 것을 알고 있었다. 우리가 처음 외출 계획을 세웠을 때 제프리는 그 점을 나한테 분명히 일깨워 주었다. 「나를 데려가고 싶으면, 내가 들어갈 수 있는 곳으로 가야 할 거야.」 나는 원하는 곳이면 어디든 갈 수 있다고 납득시키려 했지만, 제프리는 내 말을 믿으려 하지 않았다. 「북부에서는 그럴지도 모르지. 하지만 여기서는 달라.」 나는 강요하지 않았다. 그와 함께 맥주를 마시러 나가면, 백인 술집이 아니라 흑인 술집으로 갔다. 손님들 피부색이 다르다는 점만 빼면, 분위기는 백인 술집이나 흑인 술집이나 마찬가지였다.

하루는 휴스턴항에 정박해 있을 때인데, 제프리가 댄스 클럽에 가자고 말했다. 나는 평생 춤을 춰본 적도 없었고 댄스 클럽에 가본 적도 없었지만, 음침한 싸구려 술집이 아닌 곳에서 몇 시간을 보낸다는 생각에 마음이 끌려 기회를 잡기로 작정했다.

댄스 클럽은 수백 명의 젊은이가 몰려와 있는 화려한 디스코 홀이었고, 시내에서 가장 열기가 뜨거운 흑인들의 나이트클럽이었다. 무대에서는 악단이 생음악을 연주하고, 환각적인 플래시라이트가 사방 벽에 부딪쳐 튀어나오고, 바에서는 독한 술을 마실 수 있었다. 모든 것이 섹스와 혼란과 요란한 음악으로 고동쳤다. 그것은 텍사스식 〈토요일 밤의 열기〉였다.

멋지게 차려입은 제프리는 4분도 지나기 전에 바 근처를 얼쩡거리는 여자들 가운데 하나와 대화를 텄고, 다시 4분 뒤에는 그녀와 함께 플로어로 나가서 수많은 몸뚱이의 바다 속에 묻혀 버렸다. 나는 탁자에 앉아서 술을 홀짝거렸다. 그 건물 전체에 백인이라고는 나 하나뿐이었다. 귀찮게 구는 사람은 없었지만, 많은 사람들이 이따금 쏘아보는 듯한 시선을 보내왔다. 버번 한 잔을 다 마셨을 때쯤 나는 떠나야 한다는 것을 깨달았다. 나는 전화로 택시를 부른 다음, 주차장에서 기다리려고 밖으로 나갔다. 몇 분 뒤에 나타난 운전사는 나를 보자마자 욕설부터 해댔다. 「염병할! 댁이 여기서 전화한 걸 알았다면 오지 않았을 거요.」 「왜요?」 「여긴 휴스턴에서 제일 형편없는 곳이니까. 지난달에만 살인 사건이 여섯 건이나 일어났단 말이오. 주말마다 누군가가 총에 맞아 뒈지지.」

〈에소 플로렌스〉호에서 보낸 몇 달은 몇 년처럼 길게 느껴졌다. 바다에 떠 있을 때는 시간이 육지와는 다른 식으로 흘러간다. 거기서 겪은 일이 대부분 나에게는 새로운 경험이었고, 그래서 나는 잠시도 경계 태세를 늦추지 않았기 때문에, 내 인생의 비교적 짧은 기간 속에 놀랄 만큼 많은 인상과 기억을 쑤셔 넣을 수 있었다. 그렇게 배를 타고 떠나는 것으로 내가 무엇을 증명하고 싶어 했는지, 지금도 잘 알 수가 없다. 아마 어딘가에 안주하는 것을 피하기 위해서였을 것이다. 아니면 단순히 내가 그 일을 해낼 수 있는지 보기 위해서, 내가 속하지 않은 세계에서도 내 입장을 견지할 수 있는지 알아보기 위해서였는지도 모른다. 그 점에서는 실패했다고 생각하지 않는다. 그 몇 달 동안 내가 무엇을 성취했는지는 말할 수 없지만, 그래도 역시 실패하지 않은 것만은 확실하다.

나는 찰스턴에서 하선 통고장을 받았다. 회사는 집으로 돌아가는 항공 운임을 부담했지만, 원한다면 그 돈을 챙기고 개인적으로 여행 계획을 세울 수도 있었다. 나는 돈을 챙기는 쪽을 택했다. 완행열차를 타면 뉴욕까지 24시간이 걸렸다. 나는 동료인 후안 카스티요와 함께 완행열차를 탔다. 나와 마찬가지로 뉴욕 출신인 후안은 40대 후반이나 50대 초반이었고, 열아홉 개의 으깬 감자 덩어리와 껍질을 이어 맞춘 것처럼 보이는 얼굴과 커다란 머리통을 가진 땅딸보였다. 그는 이번을 끝으로 유조선 근무를 그만두었고, 25년 동안 봉직해 준 데 감사하는 뜻으로 회사에서는 그에게 금시계를 주었다. 집으로 돌아가는 여행 중에 후안은 몇 번이나 그 시계를 주머니에서 꺼내 들여다보았는지 모른다. 하지만 시계를 볼 때마다 몇 초 동안 고개를 저은 다음, 느닷없이 웃음을 터뜨리곤 했다. 한번은 검표원이 통로를 지나다가 멈춰 서서 우리에게 말을 걸었다. 그의 제복 차림이 아주 멋져 보였던 게 기억난다. 흑인인 그는 남부의 구식 신사처럼 말쑥해 보였다. 그는 생색내는 듯한 태도로 이렇게 말문을 열었다. 「철강 공장에서 일하려고 북부로 가시는 모양이죠?」

후안과 나는 기묘한 한 쌍이었던 게 분명하다. 내가 그때 낡아 빠진 가죽 재킷을 입고 있었던 것은 기억나지만, 남들 눈에 내가 어떻게 보였는지, 다른 사람들이 나를 보고 어떻게 생각했는지에 대해서는 전혀 모른다. 내가 가진 유일한 단서는 검표원의 질문이다. 후안은 집에 있는 가족 앨범에 간수하기 위해 동료들의 사진을 찍었다. 나도 갑판에 서서, 그가 셔터를 누르는 동안 그의 카메라를 바라보고 있었던 게 기억난다. 그는 사진을 보내 주겠다고 약속했지만, 끝내 감감무소식이었다.

〈에소〉 유조선을 타고 한 번 더 바다로 나가 볼까도 생각해 보았지만, 결국 그러지 않기로 했다. 봉급은 여전히 나에게 우송되고 있었고(뭍에서는 배에서 일한 날수의 절반에 해당하는 급료를 받았다), 은행 예금이 상당히 든든해 보이기 시작했다. 지난 몇 달 동안 심사숙고한 끝에 내린 결론은, 미국을 떠나 외국에서 한동안 사는 것이 내가 다음에 밟아야 할 단계라는 것이었다. 필요하다면 얼마든지 배를 타고 다시 바다로 나갔겠지만, 밑천은 그만하면 충분히 벌어 둔 게 아닐까 하는 생각이 들었다. 유조선 근무로 번 3, 4천 달러는 새로운 일을 시작하기에 충분한 액수로 여겨졌기 때문에, 나는 선원 일을 계속하는 대신 방향을 바꾸어 파리 이주 계획을 세우기 시작했다.

프랑스는 논리상 필연적인 선택이었지만, 논리적인 이유 때문에 그곳에 갔다고는 생각하지 않는다. 프랑스어를 할 줄 안다는 것, 프랑스 시를 번역하고 있었다는 것, 프랑스에 사는 사람을 여럿 알고 또 그들에게 관심이 있었다는 것 — 이런 점들이 내 결정에 영향을 미친 것은 확실하지만, 그렇다고 결정적인 요인은 아니었다. 프랑스에 가고 싶은 마음을 불러일으킨 것은 3년 전 파리에서 지낼 때의 기억인 듯하다. 나는 그 기억을 아직도 마음에서 몰아내지 못했고, 그 체류가 갑자기 중단되었기 때문에, 그리고 곧 돌아오게 되리라 믿고 파리를 떠났기 때문에, 일을 마무리하지 못했을 때와 같은 미진한 느낌이 늘 나를 따라다녔다. 지금 내가 원하는 것은 쭈그리고 앉아서 글을 쓰는 것뿐이었다. 그때의 자기 성찰과 자유를 되찾을 수만 있다면, 쭈그리고 앉아서 글을 쓰기에는 가장 좋은 상태가 될 것 같았다. 국적을 버릴 생각은 전혀 없었다. 조국을 등지는 것은 내 계획에 들어 있지 않았고, 다시는 미국에 돌아오지 않을 거라는 생각은 단 한 순간도 해보지 않았다. 다만 한숨 돌릴 여유, 내가 정말로 나 자신이 생각하는 그런 인간인지를 결정적으로 알아낼 기회를 갖고 싶었을 뿐이다.

뉴욕에서 보낸 마지막 몇 주 동안 있었던 일 가운데 가장 생생하게 기억나는 것은 조 라일리와 나눈 작별 인사다. 그는 웨스트 107번가에 있는 내 아파트 로비를 어슬렁거리곤 하던 노숙인이었다. 그 아파트는 낡아 빠진 9층 건물이었고, 어퍼 웨스트사이드에 있는 건물들이 대부분 그렇듯이 잡다한 사람들이 모여 살았다. 그 후 4반세기가 지났건만, 나는 전혀 애쓰지 않고도 그들 가운데 상당수를 기억에 되살릴 수 있다. 푸에르토리코 출신의 우체부, 중국인 웨이터, 사자 새끼처럼 생긴 테리어를 기르는 금발의 뚱뚱한 오페라 가수. 검정 모피 코트를 걸치고 다니는 흑인 동성애자는 패션 디자이너였고, 싸움질을 일삼는 클라리넷 주자들이 서로 퍼부어 대는 독설은 벽을 통해 내 방으로 스며들어 밤 시간을 어지럽히곤 했다. 이 회색 벽돌 건물 1층에 있는 아파트 한 채는 중간에 칸막이로 방을 나눠, 휠체어 없이는 꼼짝도 못 하는 두 사내가 각각 한 칸씩을 차지하고 있었다. 그들 중 하나는 브로드웨이 110번가 모퉁이에 있는 신문 가판대에서 일했고, 또 하나는 은퇴한 랍비[16]였다. 랍비는 특히 매력적인 사람이었

---

16 유대교 율법사.

다. 화가처럼 염소수염을 기르고, 머리에는 언제나 검은 베레모를 멋진 각도로 비스듬히 쓰고 있었다. 평소에는 휠체어를 타고 로비로 나와, 아파트 관리인인 아서나 엘리베이터를 타고 내리는 주민들과 잡담을 나누면서 한동안 시간을 보내곤 했다. 하루는 내가 막 아파트 건물로 들어가려는데, 현관 유리문을 통해 그의 모습이 보였다. 랍비는 여느 때와 같은 장소에서 검은 롱 코트 차림의 웬 부랑자와 이야기를 나누고 있었다. 랍비가 부랑자와 대화를 나눈다는 게 이상하게 여겨졌지만, 부랑자가 서 있는 태도와 랍비의 머리가 기울어진 각도로 보아 그들이 서로 잘 아는 사이인 것은 분명했다. 부랑자는 그야말로 무일푼의 빈털터리였다. 때에 전 옷차림, 반쯤 벗겨진 이마는 베인 상처로 얼룩져 있고, 얼굴에는 딱지가 덕지덕지 앉아 있는 알코올 중독자, 방금 시궁창에서 기어 나온 듯이 보이는 타락한 낙오자였다. 문을 열고 로비로 들어가자, 부랑자가 말하는 소리가 들렸다. 거칠고 연극적인 몸짓 — 왼팔을 휘두르며 오른팔 손가락 하나를 쭉 뻗어 하늘을 가리켰다 — 과 함께 그의 입에서 우레처럼 터져 나온 문장은 너무나 뜻밖인 데다 있을 법하지 않은 낱말의 연속이었기 때문에, 처음에는 내 귀를 믿을 수가 없었다. 「그건 그저 신용할 수 없는 관계가 아니었소!」 이 화려하고 문학적인 문장의 음절 하나하나를 그는 청산유수로, 게다가 맛깔스럽게 발음했다. 마치 서투른 비극배우가 빅토리아 시대 멜로드라마의 대사 한 줄을 과장되게 읊조리고 있는 듯했다. 그것은 완벽한 W. C. 필즈[17]였다. 다만 그 음성은 필즈보다 한 옥타브 낮았고, 그것이 창출하려고 애쓰는 효과를 좀 더 확고하게 통제하고 있었다. W. C. 필즈와 랠프 리처드슨[18]을 합치고, 거기에 술집에서 내뱉는

17 미국 배우.

호언장담을 덤으로 곁들인 것 같다고나 할까. 그 음성을 뭐라고 정의하든, 나는 그것과 같은 효과를 내는 목소리를 들어 본 적이 없었다.

랍비에게 인사를 하러 다가가자, 그는 나를 친구에게 소개해 주었다. 그래서 나는 그 별난 신사, 인생의 낙오자 중에서 가장 대단한, 세상에 오직 하나뿐인 조 라일리의 이름을 알게 되었다.

랍비는 나중에 조의 내력을 소상히 말해 주었다. 조는 뉴욕의 부잣집 맏아들로 인생을 시작했고, 한창 잘나가던 시절에는 매디슨가에 화랑을 갖고 있었다. 랍비가 그를 처음 만난 것은 그 무렵 — 조가 몰락의 길을 걷기 전 — 이었다. 그때 랍비는 성직을 떠나 악보 출판사를 경영하고 있었다. 동성애자인 조의 애인은 작곡가였는데, 그 작곡가의 작품을 랍비가 출판했기 때문에 자연스럽게 조를 알게 된 것이다. 그 후 작곡가가 갑자기 세상을 떠났다. 랍비의 설명에 따르면, 조는 전부터 주벽이 있었는데 애인을 잃은 뒤에는 본격적으로 술독에 빠졌고, 인생이 산산이 부서지기 시작했다. 화랑을 잃었고, 가족은 그에게 등을 돌렸고, 친구들도 모두 떠나갔다. 그는 조금씩 밑바닥으로, 밑바닥에서도 맨 밑에 있는 구렁텅이로 가라앉았다. 랍비가 보기에 조는 절망적인 상태였다.

그 후 조가 찾아올 때마다 나는 주머니를 뒤져서 동전 몇 푼을 건네주곤 했다. 이 만남에서 내가 감동한 것은 조가 절대로 가면을 벗지 않았다는 점이다. 디킨스식의 말투 — 그에게는 이런 표현이 너무 쉽게 떠올랐다 — 로 고맙다는 말을 외치면서, 형편이 좋아지면 당장에 돈을 갚겠다고 장담하곤 했다. 「이렇게 인심을 베풀어 주어서 얼마나 고마운지 모르겠네, 젊은이. 정말

18 영국 배우.

로 고맙기 이를 데 없네. 이 돈은 물론 차용금일세. 그러니 변제에 관해서는 조금도 걱정할 필요가 없네. 자네도 알고 있을 테지만, 나는 요즘 사소한 실패를 겪었다네. 자네의 관대함은 내가 재기하는 데 큰 도움이 될 걸세.」그에게 건네는 돈은 잔돈푼을 넘어선 적이 없었다. 이 주머니에서 40센트, 저 주머니에서 25센트, 그때 마침 지니고 있던 잔돈을 찾아서 건네는 게 고작이었다. 그런데도 조의 열의는 시들지 않았고, 자기가 얼마나 비참한 처지인지를 깨달았을 텐데도 결코 내색하는 법이 없었다. 그는 어릿광대 같은 누더기를 걸치고 씻지 않은 몸에서 고약한 냄새를 풍기면서도, 일시적으로 운이 기운 상류층 신사의 태도를 고집스럽게 유지했다. 이런 처신을 일으키는 자존심과 자기기만은 우스꽝스러우면서도 측은했다. 나는 그에게 잔돈푼을 주는 의식을 치를 때마다 마음의 평정을 유지하는 데 애를 먹었다. 웃어야 할지 울어야 할지, 그를 존경해야 할지 동정해야 할지 알 수가 없었다.「어디 보세, 젊은이.」그는 내가 방금 손바닥에 놓아준 동전을 살펴보면서 말을 잇곤 했다.「여기에…… 어디 보자. 지금 내 손에 있는 게…… 흐음, 55센트로군. 거기에다 지난번에 받은 80센트를 더하고, 거기에다 다시…… 으음…… 지지난번에 받은 40센트를 더하면, 자네한테 빚진 돈이 도합 얼마냐. 으음…… 어디 보자. 그러니까 총액이…… 1달러 15센트로군.」조의 덧셈은 언제나 그런 식이었다. 난데없이 엉뚱한 숫자를 골라내고는, 그 숫자가 그럴듯하게 들리기를 기대했다. 나도 맞장구를 쳐주었다.「맞습니다. 1달러 15센트. 다음에 꼭 갚으세요.」

   유조선 근무를 마치고 뉴욕으로 돌아가 보니, 조는 근거지를 잃고 허둥대고 있는 것 같았다. 내 눈에는 전보다 더 망가진 것처럼 보였다. 옛날의 기백은 어디론가 사라지고 완전히 의기소

침하여, 애처롭게 우는소리를 하거나 걸핏하면 절망의 눈물을 흘렸다. 하루는 내 앞에 쓰러져 울면서, 간밤에 어느 골목에서 기습당한 사연을 늘어놓았다. 「놈들이 내 책을 훔쳐 갔어. 상상할 수 있겠나? 그 짐승 같은 놈들이 내 책을 훔쳐 갔단 말일세!」 또 한 번은 한창 눈보라가 몰아치고 있을 때, 내가 9층에 있는 집을 나와 엘리베이터 쪽으로 걸어가고 있는데, 조가 층계에 앉아서 얼굴을 양손에 파묻고 있는 것이 보였다.

「조, 괜찮아요?」

그가 고개를 들었다. 그의 눈에는 슬픔과 고통과 낭패감이 가득 차 있었다. 「아니, 괜찮지 않아. 조금도 괜찮지 않아.」

「제가 도와 드릴 일이 있을까요? 꼴이 말이 아니군요. 정말 형편없어요.」

「그래. 자네가 먼저 말을 꺼냈으니 말인데, 자네가 해줄 수 있는 일이 하나 있다네.」 이렇게 말하고는 느닷없이 내 손을 잡았다. 그리고 내 눈을 들여다보면서 떨리는 목소리로 말했다. 「나를 자네 집으로 데려다주게. 그리고 침대에 누워서 자네와 사랑을 나눌 수 있게 해주게.」

너무나 뜻밖의 요구여서 나는 깜짝 놀랐다. 기껏해야 커피 한 잔이나 수프 한 그릇 정도를 예상하고 있었다. 「안 돼요, 그건. 내가 좋아하는 건 여자지 남자가 아니라고요. 미안하지만 그런 짓은 안 해요.」

그가 다음에 꺼낸 말은 내가 이제껏 들은 말 중에 가장 훌륭하고 재치 있는 말로 아직도 내 마음에 남아 있다. 그는 1초도 낭비하지 않고, 낙담하거나 섭섭해하는 기색은 털끝만큼도 보이지 않고, 어깨만 한번 으쓱하는 것으로 내 대답을 받아넘기고는, 쾌활하고 낭랑한 목소리로 말했다. 「자네가 물었고, 그래서 대답한 걸세.」

　나는 1971년 2월 중순에 파리로 떠났다. 층계에서 만난 이후, 나는 몇 주 동안 조를 보지 못했다. 그러다가 파리로 떠나기 며칠 전에 브로드웨이에서 우연히 마주쳤다. 그는 전보다 훨씬 괜찮아 보였고, 처량한 표정도 얼굴에서 사라졌다. 내가 며칠 뒤에 파리로 떠난다고 말하자, 전과 다름없이 과장되고 자부심으로 가득 찬 청산유수가 그의 입에서 다시 쏟아져 나오기 시작했다. 「자네가 파리 이야기를 꺼내다니, 참으로 묘한 일이군. 정말로 기막힌 우연의 일치야. 실은 며칠 전에 5번가를 걸어가다가 옛 친구인 앙투안을 우연히 만났지 뭔가. 〈커나드 라인스〉의 영화감독 말일세. 나를 보더니 이러더군. 〈조, 별로 좋아 보이지 않는군.〉 그래서 내가 말했지. 〈그래, 앙투안. 그건 사실이야. 요즘에는 별로 좋은 상태가 아니었어.〉 그랬더니 앙투안은 나를 위해 뭔가를 해주고 싶다고, 그러니까 나한테 도움의 손길을 뻗어서 나를 다시금 정상 궤도에 올려놓고 싶다고 하더군. 그날 그 5번가에서 앙투안이 제의한 게 뭔 줄 아나? 나를 파리로 데려가서 조지 5세 호텔에 투숙시키겠다는 거야. 물론 비용은 자기가 부담하고, 게다가 옷가지도 모두 새로 장만해 주겠다고 했지. 그 호텔에는 얼마든지 오래 머물러도 좋다고 말이야. 두 주일이든, 두 달이든, 원한다면 두 해를 머물러도 상관없대. 지금 같아서는 그 제의를 받아들일 생각이지만, 내가 가기로 작정하면 이달이 끝나기 전에 떠날 거야. 그러면 나는 자네와 같은 시기에 파리에 있게 되겠지. 신날 것 같지 않은가? 거기서 나를 만나게 되기를 기대하게. 같이 차를 마시고 식사를 하세. 호텔에 내 앞으로 메시지만 남겨 놓게. 그 호텔은 샹젤리제에 있네. 다음에는 거기서 만나게 되겠군, 친구. 파리의 샹젤리제에서.」 그러고는 나에게 작별의 악수를 하면서, 즐거운 여행이 되기를 바란다고 말했다.

그 후 다시는 조 라일리를 만나지 못했다. 그날 작별 인사를 하기도 전에 나는 그와 만나는 것도 이번이 마지막이라는 것을 알았고, 몇 분 뒤 조가 인파 속으로 사라졌을 때는 그가 벌써 유령이 되어 버린 것 같았다. 파리에서 지내는 동안, 나는 샹젤리제에 갈 때마다 조를 생각했다. 지금도 그곳에 갈 때면 조가 생각난다.

내 돈은 생각했던 것만큼 오래가지 못했다. 파리에 도착한 지 일주일 만에 아파트를 구했는데, 중개 수수료와 보증금, 가스와 전기 요금, 첫 달과 마지막 달 임대료, 보험료 등을 지불하고 나자 돈이 별로 남지 않았다. 그래서 처음부터 빚지지 않고 버텨 나가기 위해 버둥거려야 했다. 프랑스에서 살았던 3년 반 동안 나는 수많은 직업을 전전했다. 프리랜서로 얻은 시간제 일자리를 몇 탕씩 뛰느라 심신이 지칠 대로 지쳐서 얼굴이 파래질 정도였다. 일감이 없을 때는 일을 찾아다녔다. 일감이 있을 때도 더 많은 일을 찾을 방법을 궁리했다. 가장 잘나갈 때도 마음을 놓을 만큼 돈을 번 적이 없지만, 한두 번 위기를 맞긴 했어도 파산만은 용케 면할 수 있었다. 그야말로 흔히 말하는 하루살이였다. 그런 생활 속에서도 나는 꾸준히 글을 썼고, 대부분(대개 산문)이 쓰레기통으로 들어갔지만 그래도 일부(대개 시와 번역)는 살아남았다. 좋든 싫든, 1974년 7월에 뉴욕으로 돌아왔을 때는 글을 쓰지 않는 생활은 생각도 할 수 없게 되었다.

내가 얻은 일감은 대부분 친구나 친구의 친구, 또는 친구의 친구의 친구를 통해서 얻은 것이었다. 외국에 살면 기회가 제한된다. 자진해서 도와줄 사람을 알지 못하면, 시작하는 것조차 거의 불가능하다. 문은 아무리 두드려도 열리지 않을 뿐 아니라, 애당초 두드릴 문을 어디서 찾아야 할지도 알 수 없다. 그러나 나는 운 좋게도 후원자가 몇 명 있었고, 그들은 한두 번씩은 나를 위해 동산을 옮기는 거나 다름없는 수고를 해주었다. 예컨대 나는 미국에 있을 때 자크 뒤팽의 시를 몇 차례 번역했는데, 알고 보니 그는 유럽에서 손꼽히는 미술관인 〈매그 갤러리〉의 출판부장이었다. 그곳에 전시된 미술가들 중에는 미로와 자코메티, 샤갈, 콜더도 들어 있었다. 몇 명만 언급해도 그 정도다. 나는 자크의 주선으로 여러 권의 예술 서적과 도록(圖錄)을 번역하는 일을 맡았고, 파리에 온 지 2년째 되던 해에 돈이 바닥날 위기에 몰렸을 때는 그가 공짜로 방 한 칸을 내주어 위기를 면할 수 있었다. 이런 친절이 없었다면 어떻게 살아남았을지, 상상도 할 수 없다.

한번은 연줄을 통해 『뉴욕 타임스』 파리 지사와 연결되었다. 소개한 사람이 누구인지는 기억나지 않지만, 조젯 라자르라는 편집장은 기회가 있을 때마다 나에게 번역을 맡기기 시작했다. 일요판 서평란에 실을 기사, 사르트르와 푸코의 기명 기사 등등이었다. 어느 여름, 내 주머니가 또다시 바닥을 드러내기 시작했을 때, 그녀가 『타임스』 사무실의 야간 전화 교환수 자리를 얻어주었다. 전화가 울리는 일이 별로 없었기 때문에, 나는 대부분의 시간을 그냥 책상에 앉아서 시를 쓰거나 책을 읽으며 보냈다. 그러던 어느 날 밤, 유럽 어딘가의 주재 기자한테서 긴급 전화가 걸려 왔다. 너무 흥분해서 정신이 나간 듯한 목소리였다. 「시냡스키[19]가 망명했어요. 난 어떻게 해야 하죠?」 그녀가 뭘 어떻게 해야 하는지는 나도 알 턱이 없었지만, 그 시간에는 주위에 편집자가 아무도 없었기 때문에 내가 말해 줄 수밖에 없다고 생각했

[19] 러시아의 작가.

다. 「정보를 추적하세요. 가야 할 곳에 가고, 해야 할 일을 하되, 정보를 놓치지 말고 추적하세요. 어떤 어려움이 있더라도 끝까지 달라붙으세요.」

그녀는 내 조언에 무척이나 고마워하면서 전화를 끊었다.

어떤 일을 시작하는 것과 끝내는 것은 다른 문제였다. 서툰 솜씨로 망쳐 버린 찌개를 어떻게든 먹을 만하게 만들려고 주물럭거리다가는 끝을 낼 수 없는 것과 마찬가지다. 재료를 몇 가지 더 넣고 휘저은 다음, 맛이 더 좋아지는지 확인해 보라. 내가 파리에 거주하는 북베트남 사람들 사이에서 겪은 작은 모험이 좋은 예가 될 것이다. 그 일은 내 친구 앙드레 뒤 부셰가 메리 매카시[20]한테 전화를 받은 것으로 시작되었다. 메리는 프랑스어로 된 시를 영어로 번역할 수 있는 사람을 아느냐고 물었고, 앙드레는 내 이름을 알려 주었다. 그러자 그녀는 나에게 전화를 걸어, 번역 문제를 의논하고 싶으니 자기 아파트로 와달라고 말했다. 때는 1973년 초. 베트남 전쟁은 아직도 질질 이어졌고, 메리 매카시는 몇 해 전부터 그 전쟁에 대한 기사를 쓰고 있었다. 나는 그녀의 기사를 거의 다 읽었는데, 당시 신문 잡지에 발표된 기사 중에서는 최고라고 생각했다. 그녀는 취재하는 과정에서 많은 베트남 사람과 접촉하게 되었다. 북쪽 출신도 있고 남쪽 출신도 있었다. 그들 가운데 하나인 문학 교수가 베트남 시선집을 엮고 있었는데, 메리가 미국에서 출판될 영어판 준비를 도와주겠다고 자청했다. 시는 이미 프랑스어로 번역되어 있으니까, 그것을 다시 영어로 번역하자는 게 그녀의 생각이었다. 그래서 내 이름이 나온 것이고, 그녀가 나를 만나고 싶어 한 것도 그 때문이었다.

20 미국의 작가. 시사 문제에 관심이 많아, 1974년에는 베트남 전쟁을 비판하는 평론집을 내기도 했다.

메리 매카시는 사생활에서는 웨스트 부인으로 불렸다. 남편이 돈 많은 미국인 사업가여서, 파리에 있는 그들의 아파트는 미술품과 골동품, 좋은 가구로 가득 찬 널찍하고 으리으리한 곳이었다. 흑백이 어우러진 제복 차림의 하녀가 점심을 차려 주었다. 마나님의 오른손 옆에는 도자기로 만든 종이 놓여 있어서, 그녀가 종을 집어 들고 가볍게 흔들면 하녀가 식당으로 들어와 분부를 받곤 했다. 메리 매카시가 집 안에서 의전을 처리하는 방식은 인상적이고 〈귀부인〉다운 품격을 지니고 있었지만, 사실 그녀는 내가 기대했던 대로 재치 있고 친절하고 겸손한 여자였다. 그날 오후에 우리는 많은 대화를 나누었고, 몇 시간 뒤에 내가 그곳을 떠날 때는 베트남 시집을 예닐곱 권 팔에 안고 있었다. 첫 단계는 내가 베트남 시를 이해하는 것이었다. 그런 다음, 교수를 만나서 선집을 만드는 작업에 착수하게 될 터였다.

나는 시집을 재미있게 읽었다. 특히 민족 서사시인 『키우의 책』이 재미있었다. 자세한 내용은 기억나지 않지만, 베트남의 전통적 운문 구조가 제기한 형식상의 문제에 흥미를 갖게 된 것은 기억하고 있다. 서양 시에서는 거기에 상응하는 것을 찾아볼 수 없다. 나는 그 일을 제의받은 것이 기뻤다. 보수도 두둑할 뿐 아니라, 배우는 것도 많을 것 같았기 때문이다. 그러나 점심을 같이한 지 일주일쯤 뒤에 메리 매카시가 전화를 걸어서는 긴급 사태가 발생했다고 말했다. 교수가 하노이로 돌아가 버렸다는 것이다. 언제 파리로 돌아올지는 그녀도 알지 못했다. 이렇게 해서 계획은 적어도 당분간 유보되었다.

행운이란 그런 것이다. 나는 베트남 시집들을 옆으로 밀쳐 놓고, 이제는 가망이 없다는 것을 알면서도 그 일이 없었던 일로 끝나 버리지 않기를 바랐다. 며칠이 지난 뒤, 파리에 거주하는 어느 베트남 여인이 전화를 걸어 왔다. 「아무개 교수님한테 당신 이름을 들었어요. 프랑스어를 영어로 번역할 수 있다고 하던데, 사실인가요?」「예, 사실입니다.」「잘됐군요. 일을 좀 부탁하고 싶은데요.」

그 일은 북베트남의 새 헌법을 번역하는 일이었다. 그 일 자체가 꺼림칙하지는 않았지만, 하필 나한테 맡긴 게 수상쩍게 여겨졌다. 그런 문서라면 정부에 있는 사람이 번역하는 게 당연할 터였다. 그리고 베트남어를 프랑스어로 번역한 것을 다시 영어로 중역하는 것도 이상하고, 설령 프랑스어로 번역된 것을 다시 영어로 번역한다 해도 미국은 적국이니까 파리에 사는 미국인에게 그 일을 맡기지는 않을 것이다. 그러나 나는 아무 질문도 하지 않았다. 여전히 베트남 시선집에 기대를 걸고 있었고, 기회를 망치고 싶지 않았기 때문에 그 일을 받아들였다. 이튿날 저녁에 여자가 원고를 전달하기 위해 내 아파트로 찾아왔다. 30대 중반의 생물학자였다. 비쩍 마른 몸에 치장은 전혀 하지 않았고, 태도가 지나치다 싶을 정도로 신중했다. 보수 문제에 대해서는 한마디도 하지 않았다. 그래서 나는 한 푼도 주지 않을 모양이라고 짐작했다. 그 상황이 지닌 복잡 미묘한 정치적 의미 — 우리 두 나라 사이의 전쟁, 그 전쟁에 대한 내 감정 등등 — 를 고려하면, 돈 이야기로 그녀를 압박할 마음은 들지 않았다. 그 대신 나는 내가 읽은 베트남 시에 대해 묻기 시작했다. 얼마 후 나는 그녀를 내 책상에 앉히고, 내 호기심을 자극한 전통 시 형식을 도식으로 설명해 달라고 부탁했다. 그녀가 그려 준 도식은 큰 도움이 되었지만, 내가 장차 참고로 삼기 위해 그것을 가져도 되느냐고 묻자, 그녀는 고개를 젓고는 종이를 구겨서 주머니에 넣어 버렸다. 나는 너무 놀라서 아무 말도 하지 못했다. 그 작은 몸짓 속에서 온 세상이 나에게 모습을 드러냈다. 그것은 종이 한 장조차 의심의 대상이 되는 공포와 배신의 지하 세계였다. 아무도 믿지 마라. 흔적을 남기지 마라. 증거를 없애라. 그녀는 내가 그 도식을 악용하지나 않을까 두려워한 것은 아니었다. 단지 습관적으로 행동했을 뿐이다. 나는 그녀를 딱하게 여기지 않을 수 없었다. 아니, 우리 둘 다 딱하게 여겨졌다. 그것은 전쟁이 도처에 있다는 것, 전쟁이 모든 것을 오염시켰다는 것을 의미했다.

헌법은 여덟 쪽 남짓한 분량이었고, 마르크스·레닌주의의 상투적인 구절 〈제국주의의 앞잡이〉, 〈부르주아 모리배〉 등을 빼고는 무미건조하기 이를 데 없었다. 이튿날 번역을 끝내고 생물학자에게 전화를 걸어 일이 끝났다고 말하자, 그녀는 지나치다 싶을 정도로 기뻐하고 고마워했다. 그리고 그제야 보수 이야기를 꺼냈다. 저녁 한 끼가 보수였다. 그녀의 표현을 빌리면 〈감사의 표시로〉 나를 저녁 식사에 초대했다. 식당은 내가 사는 곳에서 그리 멀지 않은 제5구에 있었고, 나도 거기서 여러 번 식사를 한 적이 있었다. 파리에 있는 베트남 식당 가운데 가장 수수하고 값이 싸지만, 최고의 식당이기도 했다. 벽에 걸린 호찌민의 흑백 사진이 유일한 장식품이었다.

다른 일거리는 복잡 미묘한 점이라고는 전혀 없는 간단명료함의 표본 같은 것이었다. 고등학생에게 영어를 가르치거나, 유대인 학자들의 소규모 국제회의에서 동시통역을 하거나(저녁 식사 포함), 미술 평론가인 데이비드 실베스터를 위해 자코메티가 쓴 글이나 자코메티에 관한 자료를 번역하는 일 등이었다. 이런 일들은 대부분 보수가 형편없었지만, 그래도 어느 정도는 돈이 들어왔다. 냉장고에 음식을 가득 채워 놓지는 못했다 해도, 주머니에 담배 한 갑도 없는 경우는 드물었다. 그래도 그런 잡일만으로는 생계를 꾸려 나가기 힘들었다. 물론 생계를 유지하는 데 다소 도움이 되긴 했지만, 그 수입을 모두 합해 보았자 몇 주, 기껏해야 두어 달밖에는 먹고살지 못했을 것이다. 청구서를 지불하기 위해서는 다른 수입원이 필요했고, 운 좋게도 나는 수입원을 찾아냈다. 좀 더 정확히 표현하면 그 수입원이 나를 찾아냈다. 파리에 온 뒤 2년 동안은 밥을 먹느냐 못 먹느냐가 거기에 달려 있었다.

이야기는 1967년으로 거슬러 올라간다. 대학생 신분으로 파리에 머물고 있을 때, 어느 미국인 친구가 여자를 소개해 주었다. 그녀를 X 부인이라고 부르기로 하겠다. 그녀의 남편인 X 씨는 유명한 구식 영화(서사적인 장대한 스토리, 화려한 볼거리, 대담한 승부) 제작자였다. 그를 위해 일하기 시작한 것은 X 부인을 통해서였다. 파리에 온 지 불과 두어 달 만에 첫 번째 기회가 찾아왔다. 1971년에도 파리에는 여전히 전화가 없는 아파트가 태반이었지만, 그때 내가 세 들었던 아파트에도 전화가 없었다. 나에게 연락을 취할 수 있는 방법은 두 가지뿐이었다. 우체국을 통해 전보를 보내거나, 아니면 내 아파트를 직접 찾아와 문을 두드리는 방법이었다. 어느 날 아침, 눈을 뜬 지 얼마 안 되어 X 부인이 내 아파트를 찾아왔다. 「오늘 백 달러 벌고 싶지 않으세요?」 일은 아주 간단해 보였다. 시나리오를 읽은 다음, 내용을 예닐곱 장으로 요약하는 일이었다. 유일한 제약은 시간이었다. 영화 제작을 후원할 가능성이 있는 인물이 지중해 어딘가에 떠 있는 요트에서 기다리고 있는데, 48시간 안에 영화 개요를 그 사람에게 전달해야 한다는 거였다.

X 부인은 화려한 용모에 폭풍처럼 격렬한 성격을 가진 여자였다. 그렇게 현실과 동떨어진 여자를 만난 것은 난생처음이었

다. 멕시코 태생으로, 열여덟 살인지 열아홉 살인지에 결혼하여 나보다 두어 살 아래인 아들을 두었고, 남편의 궤도에 들어갔다 나왔다 하면서 독립적인 인생을 꾸려 나가고 있었다. 나는 그때만 해도 너무 순진해서 세상 물정을 몰랐기 때문에, 그녀의 그런 생활 방식을 잘 이해하지 못했다. 예술적 기질을 타고난 그녀는 그림과 글에 번갈아 손을 대면서 양쪽 분야에 상당한 재능을 보였지만, 훈련을 받지 않았거나 집중력이 부족한 탓에 그 재능을 충분히 발휘하지 못했다. 그녀의 진정한 재능은 남을 격려해 주는 것이었다. 그녀는 온갖 연령층의 예술가와 지망생 들에게 둘러싸여, 유명·무명의 인사들과 동료 겸 후원자로서 친교를 맺고 있었다. 그녀는 어디에 가든 이목의 초점이 되었다. 검은 머리채를 길게 늘어뜨리고 망토를 걸치고 멕시코산 장신구를 찰랑거리는 화려하고 정열적인 여자, 변덕스럽고 너그럽고 충실하고 꿈으로 가득 찬 여자였다. 나는 이럭저럭 그녀의 친구 명단에 오르는 데 성공했다. 나는 젊은 데다 이제 막 인생을 시작했기 때문에, 그녀는 나를 보살핌이 필요한 친구, 생활고와 싸우면서 이따금 도움의 손길을 필요로 하는 가난한 친구로 생각했다.

그녀 주위에는 물론 나 말고도 그런 친구가 몇 명 있었고, 그들 가운데 두엇이 그날 아침에 나처럼 백 달러를 벌어 보지 않겠느냐는 권유를 받았다. 요즘은 백 달러라면 주머니에 늘 들어 있는 푼돈처럼 들리지만, 당시에는 한 달 치 임대료의 절반이 넘는 액수였고, 나는 그렇게 큰돈을 사양할 수 있는 처지가 아니었다. 작업은 X 부부의 아파트에서 하게 되었다. 제6구에 있는 그 널찍한 아파트에는 천장이 높은 방들이 몇 개나 되는지 헤아릴 수도 없을 정도였다. 일을 시작하는 시간은 11시로 정해졌지만, 나는 30분 여유를 두고 도착했다.

함께 작업할 사람들은 전에도 만난 적이 있었다. 한 사람은 20대 중반의 미국인 피아니스트였는데, 얼굴에 벌써 죽음의 징후가 나타나 있었다. 일자리도 없이 여자들 꽁무니를 따라다니는 게 일이었고, 폐병에 걸려 한동안 입원해 있었다. 또 한 사람은 수십 년 동안 영화계에서 주로 설비 담당 조감독으로 경험을 쌓은 프랑스인이었다. 「벤허」의 전차 경주 장면과 「아라비아의 로렌스」의 사막 장면에도 참여했지만, 부와 명성을 누린 그 시절 이후에는 거듭된 불운의 고초를 겪었다. 신경 쇠약에 걸렸고, 주기적으로 정신 병원에 입원당했고, 일자리도 잃었다. X 부인이 보기에, 그와 피아니스트는 가장 중요한 갱생 대상이었다. 나를 그들과 한 팀으로 만든 것은 X 부인의 일 처리 방식을 보여 주는 한 예에 불과했다. 그녀의 뜻이 아무리 가상하다 해도, 일석삼조를 노리는 복잡하고 비실제적인 계획이 그 뜻을 망쳐 놓았다. 한 사람을 구제하기도 어려운데, 단번에 온 세상을 구할 수 있다고 생각하는 것은 실망을 자초할 뿐이다.

　그렇게 해서, 이제껏 결성된 삼인조 가운데 가장 어울리지 않는 우리 세 사람은 X 부부의 거창한 아파트 식당에 놓여 있는 거창한 식탁 주위에 모이게 되었다. 문제의 시나리오도 거창했다. 3백 쪽(보통 대본의 세 배 길이)에 이르는 그 작품은 대도시의 전화번호부처럼 보였다. 영화에 조금이라도 전문 지식을 가진 사람은 프랑스인뿐이었기 때문에, 피아니스트와 나는 그를 존중하여 그에게 검토를 맡겼다. 그가 맨 처음 한 일은 백지 한 장을 꺼내 출연 배우 명단을 작성하는 것이었다. 프랭크 시나트라, 딘 마틴, 새미 데이비스에 이어 예닐곱 명의 이름이 나열되었다. 그 일이 끝나자, 그는 꽤나 흡족한 듯 식탁을 손등으로 두드렸다. 「이 종이가 보이지?」 그가 물었고, 피아니스트와 나는 고개를 끄덕였다.「믿거나 말거나지만, 이 쪽지 한 장이 천만 달러짜리라네.」그는 명단을 손가락으로 톡톡 두드리고는 옆으로 밀쳐 놓았다. 그러고는 익살을 부리거나 빈정거리는 기색도 없이 자신 있게 덧붙였다.「천만, 아니 1천2백만 달러는 족히 될 거야.」잠시 후에 그는 시나리오를 펼쳤다.「자, 그럼 시작해 볼까?」

시나리오를 읽기 시작하자마자 그는 흥분했다. 첫 페이지 둘째 줄인가 셋째 줄에 나오는 등장인물의 이름이 Z로 시작되는 것을 알아차렸기 때문이다.「아하! Z라…… 이건 아주 중요해. 정신 바짝 차리게, 친구들. 이건 분명 정치 영화일 거야. 내 말 명심하라고.」

「Z」는 2년 전에 대성공을 거둔 코스타 가브라스 감독의 영화 제목이었다. 그 영화는 확실히 정치 문제를 다룬 것이었지만, 우리가 요약해야 하는 시나리오는 그렇지 않았다. 그것은 밀수를 다룬 액션 스릴러였다. 사하라 사막을 주 무대로 트럭과 오토바이, 서로 싸우는 악당들, 그리고 극적인 폭발 장면이 수없이 등장하는 영화였다. 수많은 다른 영화들과 구별되는 특징은 길이가 엄청나게 길다는 것뿐이었다.

일을 시작한 지 1분 30초쯤 지났을 때 피아니스트가 벌써 흥미를 잃어버렸다. 프랑스인이 시나리오를 천천히 읽어 내려가는 동안, 피아니스트는 식탁을 내려다보며 혼자 킬킬거렸다. 시나리오는 갈지자걸음으로 이리저리 비틀비틀하면서 터무니없는 소리를 늘어놓고 있었다. 그때 느닷없이, 그러니까 말머리를 돌릴 때 흔히 쓰는 접속어나 부사도 전혀 없이, 프랑스인이 데이비드 린[21] 이야기를 꺼내더니, 15년 전에 린 감독과 벌인 철학적 토론을 회고하기 시작했다. 그러다가 시작할 때처럼 느닷없이 이

21 영국의 영화감독.

야기를 멈추고는, 식탁에서 벌떡 일어나 방을 이리저리 돌아다니며 벽에 걸린 그림들의 위치를 바로잡기 시작했다. 그 일이 끝나자, 부엌에 가서 커피가 있는지 찾아보겠다고 선언했다. 그러자 피아니스트가 어깨를 으쓱하며 말했다.「나는 피아노나 치러 가야겠습니다.」그렇게 피아니스트도 가버렸다.

나는 그들이 돌아오기를 기다리면서 시나리오를 읽기 시작했다. 달리 할 일이 생각나지 않았기 때문이다. 그들이 돌아오지 않으리라는 것을 알아차렸을 즈음에는 시나리오를 거의 다 읽은 뒤였다. 마침내 X 씨의 부하 직원 하나가 방으로 들어왔다. 그는 젊고 싹싹한 미국인으로(그 또한 X 부인의 특별한 친구였는데, 그 집안의 복잡 미묘한 구성은 내 이해력을 뛰어넘는 것이었다), 내가 7시까지 그런대로 쓸 만한 작품을 만들어 낼 수 있다면 3백 달러가 모두 내 차지가 될 거라고 약속하면서 나 혼자 일을 끝내라고 지시했다. 나는 최선을 다해 보겠다고 말했다. 내가 서둘러 그 집에서 나와 타자기가 있는 내 아파트로 돌아가기 전에 그가 멋진 충고를 해주었다.「한 가지만 명심하세요. 이건 영화지 셰익스피어가 아닙니다. 최대한 통속적으로 요약하세요.」

나는 할리우드 영화 예고편 같은 과장되고 열띤 표현으로 시놉시스를 써냈다. 그들이 통속적인 것을 원한다면, 통속적인 것을 주자. 극장에 죽치고 앉아서 많은 시간을 보낸 덕에, 예고편이 어떤 식으로 소개되는지는 훤히 알고 있었다. 나는 생각나는 진부한 표현을 죄다 동원하고, 과장된 표현을 아낌없이 쏟아부어, 끊임없는 광란의 액션으로 줄거리를 요약했다. 완성된 일곱 장의 시놉시스는 쉬지 않고 고동치는 총천연색 산문으로 이루어진 피비린내 나는 대학살극이었다. 나는 6시 30분에 타이핑을 끝냈다. 한 시간 뒤, 운전사가 딸린 자가용이 나와 여자 친구를 X 부인과 X 씨가 기다리는 레스토랑으로 데려가기 위해 아파트 앞에 도착했다.

X 씨는 땅딸막한 체구의 수수께끼 같은 사내였다. 나이는 50대 중반으로 보였다. 러시아계 유대인인 그는 여러 언어를 유창하게 구사하여, 한자리에서 대화를 나누는 동안에도 프랑스어와 영어와 스페인어를 수시로 넘나들었지만, 결국 어느 언어에서도 편안함을 느끼지 못하는 듯 말투는 늘 거북스러웠다. 그는 30년 남짓 영화를 제작했고, 그동안 좋은 영화와 나쁜 영화, 대작과 소품, 예술 영화와 쓰레기 영화를 후원하면서 헤아릴 수 없는 부침을 겪었다. 그를 돈방석에 앉혀 준 영화도 있었고, 빚더미에 올라앉게 만든 영화도 있었다. 이제까지 나는 우연한 기회에 몇 번 X 씨와 얼굴을 마주쳤을 뿐이지만, 그때마다 만사를 비관적으로 보는 침울한 사람, 쓸데없는 위험을 애써 피하는 빈틈없는 사람, 왠지 신비롭고 불가해한 사람이라는 인상을 받았다. 그가 말을 하고 있을 때도 상대방은 그가 무언가 딴생각을 하고 있다는 것, 머릿속으로는 수수께끼 같은 계산을 하고 있다는 것을 느낌으로 알 수 있었다. 그 계산은 그가 말하는 내용과 관계가 있을 수도 있지만, 전혀 관계가 없었을지도 모른다. 관계가 없었다고 단정하는 것은 아니지만, 관계가 있다고 단정하는 것도 역시 잘못이었을 것이다.

그날 밤 내가 레스토랑에 도착했을 때, 그는 누구나 알아차릴 수 있을 만큼 신경이 곤두서 있었다. 큰돈이 걸려 있는 거래가 예술가를 자처하는 아내의 친구에게 달려 있었다. 그는 결코 낙천적인 사람이 아니었다. 내가 자리에 앉자마자 그는 시놉시스를 보여 달라고 말했다. 식탁에 둘러앉은 사람들이 잡담을 나누는 동안, X 씨는 말없이 웅크리고 앉아서 화려하고 격렬한 내 글을 읽고 있었다. 그의 입가에 조금씩 미소가 번지기 시작했다. 종이를 넘기면서 고개를 끄덕이기 시작했고, 한두 번은 〈좋아, 좋아〉 하고 중얼거리는 소리가 들리기까지 했다. 그러나 고개는 들지 않았다. 마지막 문장을 읽은 뒤에야 마침내 그는 고개를 들고 나에게 평결을 내렸다.

「훌륭해. 내가 원한 게 바로 이걸세.」 그의 목소리에 담긴 안도감은 피부로 느낄 수 있을 정도였다.

X 부인은 〈그러게 내가 뭐랬어요〉 하면서 남편을 타박했고, X 씨는 솔직히 불안했다고 고백했다. 「지나치게 문학적인 글이 될 줄 알았지 뭔가. 하지만 이건 훌륭해. 나무랄 데가 없어.」

그때부터 그는 유쾌하게 떠들어 대기 시작했다. 그곳은 몽마르트르에 있는 크고 화려한 레스토랑이었다. 그는 당장 손가락을 튀겨서 꽃 파는 여자를 불렀다. 꽃 파는 여자가 종종걸음으로 다가오자, X 씨는 장미 열두 송이를 사서 내 여자 친구에게 즉석 선물로 건네주었다. 그러고는 안주머니에서 수표책을 꺼내더니, 3백 달러짜리 수표를 끊어 주었다. 내가 스위스 은행에서 발행한 수표를 본 것은 그때가 처음이었다.

그렇게 어려운 상황에서 약속을 지킨 게 기뻤고, 3백 달러를 번 것도 기뻤고, 그날의 터무니없는 사건에 말려든 것도 기뻤지만, 레스토랑을 나와서 자크마와가에 있는 아파트로 돌아가자, 그 일은 이제 다 끝난 거라고 생각했다. X 씨가 나에 대해 또 다른 계획을 갖고 있을 줄은 꿈에도 생각지 못했다. 그러나 일주일쯤 지난 어느 날 오후, 책상에 앉아서 시를 쓰고 있는데, 요란하게 문을 두드리는 소리가 들렸다. X 씨의 심부름꾼이었다. X 씨의 집을 방문했을 때 그 나이 든 신사가 집 안을 살금살금 돌아다니는 것을 본 적은 있었지만, 그와 이야기를 나누는 즐거움은 한 번도 얻지 못했다. 그는 잠시도 시간을 낭비하지 않고 곧장 용건을 말했다. 폴 오스터 씨인가요? 그가 물었다. 내가 그렇다고 대답하자, 그는 X 씨가 만나고 싶어 한다고 말했다. 언제요? 지금 당장요. 밑에서 택시가 기다리고 있습니다.

비밀경찰에 체포되는 것과 조금은 비슷하기도 했다. 초대를 거절할 수도 있었겠지만, 첩보 영화 같은 분위기가 내 호기심을 자극했기 때문에, 무슨 일인지 알아보러 가기로 마음먹었다. 택시 안에서 내가 이런 식으로 소환된 까닭을 물어보았지만, 노인은 어깨만 으쓱할 뿐이었다. X 씨가 나를 집으로 모셔 오라고 분부했고, 자기는 거기에 따르고 있을 뿐이라는 거였다. 그의 임무는 질문하는 게 아니라 분부에 따르는 것이었다. 그래서 나는 사정도 모른 채 그 이유를 곰곰이 생각해 보았다. 아무리 생각해도 떠오르는 해답은 내가 한 작업에 대해 X 씨가 만족하지 않게 되었다는 것뿐이었다. 그의 아파트에 들어섰을 때쯤에는 돈을 돌려 달라는 요구를 받을 각오가 충분히 되어 있었다.

X 씨는 공단 옷깃이 달린 페이즐리 스모킹 재킷을 입고, 내가 기다리고 있는 방으로 들어왔다. 나는 그가 양손을 맞비비고 있는 것을 알아차렸지만, 그 몸짓이 무엇을 의미하는지는 알 수 없었다.

「지난주에 자네는 일을 아주 잘해 주었네. 그래서 이번에는 일괄 계약을 맺고 싶은데……」

X 씨가 양손을 맞비빈 까닭이 밝혀진 셈이었다. 그것은 거래를 할 준비가 되어 있는 사람의 몸짓이었다. 저번 날 단숨에 휘갈겨 쓴 그 불성실한 원고 덕분에 X 씨와 다시 거래를 하게 될 모양이었다. 그는 지금 당장 착수할 일이 적어도 두 가지 있다고

말했다. 그 말에는 그 일이 잘되면 다른 일도 맡기겠다는 뜻이 담겨 있었다. 나는 돈이 필요해서 그 제의를 받아들였지만, 경계심이 전혀 없었던 것은 아니다. 나는 미지의 영역에 발을 들여놓고 있었다. 처신에 신중을 기하지 않으면 불행한 사태가 벌어질 수도 있다는 것을 나는 깨달았다. 어떻게 알았는지는 모르지만, 어쨌든 나는 그것을 알았다. X 씨는 이제 곧 제작에 들어갈 모험 영화에 나를 캐스팅하고 싶다면서, 그 배역을 맡으려면 펜싱과 승마를 배워 둘 필요가 있을 거라고 말했다. 나는 내 입장을 고수하기로 작정하고 이렇게 대답했다. 「글쎄요. 솔직히 말해서 연기에는 별로 관심이 없습니다.」

지중해에 있는 후원자도 X 씨 못지않게 내 원고가 마음에 든 모양이다. 이제 그 사람은 일을 다음 단계로 가져가고 싶어서, 프랑스어 시나리오를 영어로 번역해 달라고 부탁했다. 이것이 첫 번째 일이었다. 그러나 두 번째 일은 그렇게 평범하지 않았다. X 씨의 설명에 따르면, 아내가 지금 희곡을 쓰고 있는데, 다음 시즌에 런던의 라운드하우스 극장에서 상연할 수 있도록 자금을 대주기로 했다는 것이다. 희곡은 〈케찰코아틀〉[22]에 관한 내용인데, 대부분이 운문이고, 그 태반이 스페인어로 되어 있으니, 그것을 영어로 번역해서 영국에서 공연하기에 알맞은 형태로 만들어 달라는 것이 X 씨의 주문이었다. 나는 좋다고 말했다. 그것으로 우리 이야기는 끝났다. 나는 두 가지 일을 해냈고, 모두 만족스러웠다. 두세 달 뒤에 X 부인의 희곡이 런던에서 공연되었다. 물론 자비 제작이었지만 비평 기사는 호의적이었고, 연극은 대체로 호평을 받았다. 어느 영국인 출판업자가 우연히 그 공연을 보고 깊은 감명을 받은 나머지, X 부인에게 희곡을 소설로 고

22 아즈텍 신화에 나오는 날개 돋친 뱀.

쳐 써주면 책으로 출판하겠다고 제의했다.

그때부터 나와 X 씨 사이에 골치 아픈 문제가 일어나기 시작했다. X 부인은 혼자 힘으로 책을 쓸 능력이 없었고, 그녀를 도와줄 수 있는 사람은 이 세상에 나 하나뿐이라고 X 씨는 생각했다. 다른 상황이었다면 그 일감을 흔쾌히 받아들였겠지만, X 씨는 내가 멕시코에 가서 그 일을 하기를 바랐기 때문에 나는 관심 없다고 말했다. 왜 하필이면 멕시코에 가서 책을 써야 하는지, 나로서는 도무지 이해할 수가 없었다. 현지 조사나 지방색, 그런 것 때문일까. 나는 X 부인을 좋아했지만, 언제까지라는 기약도 없이 그녀와 함께 지내는 것은 결코 좋은 일로 생각되지 않았다. X 씨의 제의에 대해서는 생각해 볼 필요도 없었다. 나는 그 자리에서 잘라 거절하고, 그것으로 문제는 끝날 줄 알았다. 그러나 오산이었다. 진정한 무관심이야말로 힘을 갖는다는 사실을 나는 배웠다. 내가 거절한 것이 오히려 X 씨를 안달 나게 하고, 그의 마음을 강하게 사로잡았던 것이다. 더구나 그는 남에게 거절당하는 데 익숙하지 않은 사람이어서, 어떻게든 내 마음을 바꾸어 놓기로 작정했다. 그는 내 저항력을 소모시키기 위한 총력전에 돌입하여, 그 후 몇 달 동안 편지와 전보, 많은 돈을 주겠다는 약속으로 나를 포위 공격했다. 그가 약속한 액수는 점점 늘어났다. 결국 나는 마지못해 굴복했다. 평생 동안 잘못된 결정을 내렸을 때는 매번 그랬지만, 이번에도 나는 옳은 판단에 어긋난 행동을 했다. 부차적인 사항들을 고려하느라, 타고난 직관이 흐려진 것이다. 이번에 결정적 영향을 미친 것은 돈이었다. 그때 나는 돈에 쪼들린 나머지, 빈털터리 신세를 면하려고 기를 쓰다 보니 내야 할 돈을 제때에 내지 못해 절망적인 상태에 빠져 있었다. 그런데 X 씨가 제의하는 금액이 너무 커서, 그 돈만 있으면 내 문제가 단번에 해결될 정도였기 때문에, 나는 타협의 지혜를 받아들이라고 자신을 설득했다. 나는 그게 영리한 짓이라고 생각했다. 일단 오만한 태도를 버리자, 나는 최대한 까다롭게 계약 조건을 제시했다. 나는 정확히 한 달 동안만 — 더도 덜도 아닌 딱 한 달만 — 멕시코에 가 있겠다고 말했다. 그리고 약속한 돈은 파리를 떠나기 전에 현금으로 전액 선불해 달라고 요구했다. 무언가를 놓고 협상을 벌인 것은 그때가 처음이었지만, 나 자신을 보호하기로 단단히 작정하고 어떤 조건도 양보할 수 없다고 버텼다. X 씨는 내 고집에 가슴 설레는 흥분을 느끼지는 않았지만, 내가 갈 데까지 간 것을 알아차리고는 내 요구를 순순히 받아들였다. 멕시코로 떠나는 날, 나는 은행 계좌에 백 달러짜리 지폐 스물다섯 장을 입금시켰다. 앞으로 한 달 동안 무슨 일이 일어나든, 파리로 돌아왔을 때 적어도 빈털터리는 아닐 것이었다.

일이 순탄하지 않으리라는 것은 처음부터 예상했지만, 설마 그 정도로 엉망이 될 줄은 미처 몰랐다. 온갖 복잡한 크고 작은 사건들(나를 죽이겠다고 협박한 남자, 나를 힌두교 신으로 생각한 미친 여자, 주정뱅이들, 내가 들어간 집에 퍼져 있는 절망적인 불행)은 들먹이지 않더라도, 멕시코에서 보낸 한 달은 내 인생에서 가장 잔인하고 불안한 나날이었다. X 부인은 나보다 몇 주 전에 이미 그곳에 가 있었는데, 나는 그녀가 도저히 책을 쓸 수 있는 상태가 아니라는 것을 곧 알게 되었다. 얼마 전에 애인한테 버림을 받았던 것이다. 이 연애극은 그녀를 심한 절망의 고통 속으로 몰아넣었다. 그녀의 감정을 나무라는 것은 아니지만, 그녀는 고통으로 미칠 것처럼 심란해져서 책에 대해서는 생각조차 하고 싶어 하지 않았다. 그럼 나는 어쩌란 말인가? 나는 어떻게

든 그녀가 일을 시작하게 하려고 애썼다. 그녀와 마주 앉아서 계획을 의논하려고 애썼지만, 그녀는 관심조차 보이지 않았다. 일을 시작하려 할 때마다 대화는 어느새 옆길로 빠지곤 했다. 그녀는 걸핏하면 쓰러져서 눈물을 짰다. 일은 조금도 진척되지 않았다. 이런 헛된 시도를 몇 번 되풀이한 뒤, 그녀가 그래도 일을 해보려고 애쓰는 것은 오로지 나 때문이라는 것을 깨달았다. 그녀를 도와주는 대가로 내가 돈을 받은 것을 그녀는 알고 있었고, 그래서 나를 실망시키고 싶지 않았던 것이다. 말하자면 그녀는, 내가 그 먼 길을 따라온 보람도 없이, 자기 때문에 허망하게 끝나는 사태를 인정하고 싶지 않았던 것이다.

그것이 이 계획에서 가장 중요한 결점이었다. 작가도 아닌 사람이 책을 쓸 수 있다고 생각하는 것부터가 이미 이해할 수 없는 일이지만, 설령 그런 일이 가능하다 해도, 그리고 책을 쓰고 싶어 하는 사람을 다른 사람이 옆에서 도와준다 해도, 그 두 사람이 그런대로 흡족한 결과에 이르려면 헌신적으로 열심히 노력해야 할 것이다. 그런데 작가도 아닌 사람이 책을 쓰고 싶어 하지 않는다면, 옆에서 도와주는 사람이 무슨 소용이 있겠는가? 바로 그것이 내가 빠져 있는 딜레마였다. 나는 X 부인이 책을 쓰는 것을 기꺼이 도와주고 싶었지만, 그녀가 책을 쓰고 싶어 하지 않으면 그녀를 도와줄 방법이 없었다. 그녀가 책을 쓰고 싶어 하지 않는다면, 내가 할 수 있는 일이란 그저 멍하니 앉아서 그녀가 마음이 내킬 때까지 기다리는 것뿐이었다.

그래서 나는 테포트소틀란이라는 작은 마을에서 때를 기다리며, 어느 날 아침 X 부인이 잠에서 깨어나 인생관이 바뀐 것을 알게 되기를 바라면서 앉아 있었다. 나는 그 마을에 사는 X 부인의 오빠(이 남자와 미국 여자의 불행한 결혼 생활은 파탄 나기

직전이었다) 집에 머무르면서, 그 먼지투성이 마을을 정처 없이 돌아다니며 하루하루를 보냈다. 옴에 걸린 개들을 뛰어넘거나, 얼굴에 달라붙는 파리를 손으로 쳐내거나, 맥주 한잔 같이하자는 술꾼들의 꼬드김을 물리치면서, 이곳저곳 어슬렁거리는 게 일이었다. 내 방은 회반죽을 바른 별채에 있었는데, 잠을 잘 때는 타란툴라[23]와 모기를 막기 위해 모슬린 모기장을 쳐야 했다. 미친 여자는 제 친구인, 머리를 박박 밀고 황토색 도포를 걸친 하레 크리슈나[24]를 데리고 내 주위를 맴돌았고, 따분함은 열대 풍토병처럼 나를 갉아먹었다. 짧은 시를 몇 편 쓰기도 했지만, 대개는 집요하게 달라붙는 형언할 수 없는 불안에 짓눌려 사고력마저 잃어버리고 나른하게 늘어져 있었다. 바깥세상에서 들려오는 소식도 좋지 않았다. 니카라과에서 지진이 일어나 수천 명이 목숨을 잃었고, 내가 좋아하는 야구 선수 로베르토 클레멘테는 지진 피해자들에게 구호품을 전달하기 위해 소형 비행기를 타고 가다가 추락했다. 그 한 달 동안의 불길한 분위기와 무기력 상태에서 그나마 유쾌한 일이 있다면, 그것은 맬컴 라우리가 『화산 밑에서』에서 묘사한 빛나는 소도시 쿠에르나바카에서 보낸 시간일 것이다. 이곳에서 나는 우연한 기회에 몬테수마[25]의 마지막 후손이라는 사내를 소개받았다. 그는 훤칠하고 당당한 체격에 예순 살 남짓한 위엄 있는 신사로서, 예의범절은 나무랄 데가 없었고, 목에 스카프 모양의 실크 넥타이를 두르고 있었다.

내가 마침내 파리로 돌아오자, X 씨가 샹젤리제에 있는 어느

---

23 독거미의 일종.
24 베다 경전을 바탕으로 생겨난 종파로서, 신도들은 집회 때 크리슈나의 이름을 소리 높여 찬양한다. 1966년에 미국에서 창시되었다.
25 아즈텍족의 마지막 왕.

호텔 로비에서 만나자는 연락을 보내왔다. 조지 5세 호텔이 아니라, 그 호텔 바로 건너편에 있는 다른 호텔이었다. 그가 왜 그곳을 약속 장소로 정했는지는 기억나지 않지만, 나를 만나기 전에 그곳에서 다른 약속이 있었기 때문에 편의상 그 호텔을 골랐을 것이다. 어쨌든 우리가 이야기를 나눈 곳은 그 호텔이 아니었다. 내가 호텔에 나타나자마자 그는 나를 밖으로 데리고 나와, 현관 앞에서 기다리고 있는 자가용을 가리켰다. 시트에 가죽을 씌운 황갈색 재규어였다. 운전사는 하얀 셔츠를 입고 있었다. 「저기서 이야기하세.」 X 씨가 말했다. 우리가 뒷좌석에 올라타자, 운전사가 시동을 걸고 연석(緣石)에서 차를 빼냈다. 「그냥 한 바퀴 돌아 주게.」 X 씨가 운전사에게 말했다. 나는 갑자기 갱 영화 속에 들어온 듯한 기분을 느꼈다.

그때쯤에는 X 씨도 사정을 거의 다 알고 있었지만, 좀 더 자세한 내용을 듣고 싶어 했다. 실패를 철저히 해부하여 분석해 달라는 것이다. 나는 최선을 다해 그동안 있었던 일을 설명하고, 일이 제대로 진척되지 않은 점에 대해 여러 번 유감을 표했지만, X 부인이 더 이상 책에 마음이 없었기 때문에 다시금 흥미를 느끼도록 부추길 방도가 없었다고 말했다. X 씨는 이 모든 현실을 차분히 받아들이는 듯했다. 적어도 내가 알아차릴 만큼 화를 내지는 않았고, 특별히 실망한 기색도 보이지 않았다. 그래도 결국은 성과가 없었으니까 돈은 돌려주는 게 온당하지 않겠냐고 그가 말했다. 나는 아니라고 대답했다. 약속은 약속이니까요. 나는 약속대로 멕시코에 갔고, 해야 할 바는 다 했습니다. 내가 X 부인을 〈대신해서〉 책을 쓴다는 얘기는 처음부터 없었습니다. 나는 X 부인과 〈함께〉 책을 쓰도록 되어 있었고, X 부인이 원하지 않는데 강제로 시키는 것은 내 역할이 아닙니다. 내가 선불을 요구한 것도 바로 그 때문이었습니다. 이런 사태가 일어나지 않을까 불안했고, 결과가 어찌 되든 내가 바친 시간에 대해서는 대가를 받을 수 있다는 확실한 보장이 필요했으니까요.

그는 내 주장의 타당성을 깨달았지만, 그렇다고 순순히 물러선 것은 아니었다. 좋아. 그 돈은 갖게. 하지만 자네가 계속 나를 위해 일하고 싶다면, 그러니까 내가 입은 손실을 보상하기 위해서는 일을 좀 더 많이 해야 할 거야. 요컨대 그 돈을 현금으로 돌려주는 대신 일을 해서 갚으라는 요구였다. 그건 받아들일 수 없다고 나는 말했다. 우리 사이에 계산은 끝났습니다. 나는 당신께 한 푼도 빚진 게 없습니다. 다른 일로 나를 고용하고 싶다면, 그 일에 대한 대가는 따로 지불하셔야 할 겁니다. 나는 자네가 영화 산업에 관여하고 싶어 하는 줄 알았는데? 그런 말은 한 번도 한 적이 없습니다. 만약 자네가 영화계에서 일하고 싶다면 이 문제부터 깨끗이 해결해야 할 거야. 해결해야 할 문제는 아무것도 없습니다. 그래? 자네가 그렇게 생각한다면 더 이상 할 얘기가 없네. 그러고는 나한테서 고개를 돌려, 운전사에게 차를 세우라고 말했다.

그때까지 우리는 파리의 변두리 쪽을 향해 30분쯤 천천히 달리고 있었다. 차가 멈춰 선 동네는 낯선 곳이었다. 1월의 추운 밤이었고, 그곳이 어딘지도 몰랐지만, 담판이 끝난 이상 내가 할 일은 그에게 작별 인사를 하고 차에서 내리는 것뿐이었다. 내 기억이 맞는다면 우리는 악수조차 나누지 않았다. 나는 인도로 내려서서 차 문을 닫았고, 차는 떠나 버렸다. 그리고 그것으로 영화와 관련한 내 경력도 막을 내렸다.

나는 그 후에도 18개월 동안 프랑스에 머물러 있었다. 그 가운데 절반은 파리에서, 나머지 절반은 프로방스에서 여자 친구와 함께 바르주 북부에 있는 어느 농가의 관리인으로 일하며 보냈다. 뉴욕으로 돌아왔을 즈음에는 주머니에 10달러도 들어 있지 않았고, 구체적인 장래 계획도 없었다. 나는 스물일곱 살이었지만, 시집 한 권과 주목받지 못한 문학 평론 몇 편 말고는 내가 어떤 사람인지를 보여 주는 것은 아무것도 없었다. 미국을 떠나기 전과 마찬가지로 돈 문제는 조금도 해결되지 않은 상태였다. 상황을 더욱 복잡하게 만든 것은 여자 친구와 결혼하기로 결정한 일이었다. 그것은 충동적인 결정이었지만, 여러 가지 사정이 바뀌려 하고 있었기 때문에, 그렇다면 이참에 아예 모든 것을 한꺼번에 싹 바꿔 버리는 게 어떨까 생각한 것이다.

나는 당장 일자리를 얻을 방도를 이리저리 모색하기 시작했다. 전화를 걸고, 실마리를 추적하고, 면접 시험을 치르고, 최대한 많은 가능성을 탐색했다. 나는 분별 있게 행동하려 애쓰고 있었다. 몇 년 동안 온갖 부침을 겪고, 온갖 궁지와 절망적인 처지에 빠져 보았기 때문에, 과거의 전철을 다시는 밟지 않기로 단단히 결심했다. 과거의 경험을 교훈 삼아 이번에는 일을 제대로 처리해 보자고 다짐했다.

하지만 나는 교훈을 얻지도 못했고, 일을 제대로 처리하지도 못했다. 뜻은 가상했지만, 결국 나는 구제 불능의 인간이었다. 일자리를 찾지 못한 게 아니라, 제의받은 상근직(제법 큰 출판사의 편집부장)을 수락하는 대신 하루에 네 시간만 일하고 급료를 절반만 받는 쪽을 택한 것이다. 쓴 약을 먹겠다고 굳게 다짐해 놓고는 막상 숟가락이 다가오자 입을 다물어 버린 꼴이었다. 그 일이 막상 눈앞에 닥칠 때까지는 내가 그런 식으로 망설일 줄은 전혀 몰랐다. 내 저항이 얼마나 완강할지를 전혀 예상치 못했던 것이다. 그 고생을 하고도 나는 여전히 내 방식대로 살고 싶다는 부질없고 어리석은 소망을 버리지 못한 것 같았다. 시간제 일자리는 괜찮은 해결책처럼 보였지만, 그것조차도 나에게는 충분치 않았다. 나는 완전한 독립을 원했고, 마침내 번역 일감이 들어오기 시작하자 당장 직장을 때려치우고 다시 혼자서 길을 떠났다. 직장에 다니는 실험은 시작할 때부터 끝날 때까지 정확히 일곱 달 동안 지속되었다. 그 기간은 짧았을지 모르나, 내가 어른이 된 뒤 정기적으로 봉급을 받은 것은 그때가 처음이자 마지막이었다.

그 후 내가 찾아낸 직장은 어떤 기준에 비추어 보더라도 괜찮은 곳이었다. 사장은 아서 코엔이라는 사람인데, 취미도 다양하고 돈도 많은 일류 지성인이었다. 소설과 평론을 쓰는 작가이며, 미술품 수집광이고, 한때는 출판사를 경영한 적도 있었다. 그는 넘치는 정력을 발산하기 위한 배출구로 작은 사업을 시작했다. 개인적 취미와 상업적 모험을 절반씩 섞어 놓은 〈엑스 리브리스〉는 20세기 예술과 관련된 출판물, 특히 희귀본을 전문으로 취급하는 서점이었다. 이곳에서 다루는 것은 예술에 〈관한〉 책이 아니라, 그 자체가 예술인 책들이었다. 예를 들면 다다이즘 운동의 잡지들, 바우하우스 교사와 졸업생 들이 디자인한 책들, 스티글리츠의 사진집, 피카소의 삽화가 들어 있는 오비디우스의 『변신 이야기』 등이었다. 〈엑스 리브리스〉의 도서 목록 뒤표지에는 이런 글이 적혀 있었다. 〈20세기 예술의 자료를 수집·기록·보급하기 위한 초판 도서와 정기 간행물: 미래파, 입체파, 다다이즘, 바우하우스와 구성주의, 드 스틸, 초현실주의, 표현주의, 전후 예술, 건축, 활판 인쇄, 사진과 디자인.〉

아서가 나를 직원 — 직원이래야 나 혼자뿐이지만 — 으로 채

용했을 때는 이 사업이 막 궤도에 오르기 시작한 참이었다. 내 주된 임무는 아서를 도와서 1년에 두 번 발행되는 1백 쪽 분량의 〈엑스 리브리스〉 도서 목록을 작성하는 일이었다. 그 밖에 편지를 쓰고, 도서 목록을 요금 별납 우편으로 발송할 준비를 하고, 이런저런 심부름을 하고, 점심 식사로 참치 샌드위치를 만드는 것도 내 임무였다. 오전에는 집에서 내 일을 하고, 정오가 되면 리버사이드가로 내려와 4번 버스를 타고 출근했다. 아서는 이스트 69번가에 있는 적벽돌 건물에 아파트 한 채를 빌려, 〈엑스 리브리스〉의 재산 — 책과 잡지와 인쇄물 — 으로 방 두 칸을 가득 채워 놓았다. 탁자 위에 잔뜩 쌓여 있고 책꽂이에 빽빽이 꽂혀 있고 벽장에 높이 쌓여 있는 이 귀중품들은 공간 전체를 압도했다. 나는 매일 오후에 그곳에서 네댓 시간을 보냈는데, 박물관이나 아방가르드에 바쳐진 작은 성전에서 일하는 기분이 들기도 했다.

아서와 나는 방을 한 칸씩 차지하고 일했다. 각자 책상 앞에 앉아서 팔려고 내놓은 물건을 세심히 조사하고, 5×7인치 크기의 색인 카드에 기재 사항을 꼼꼼히 기입했다. 프랑스어나 영어와 관련된 자료는 나에게 주어졌고, 아서는 독일어와 러시아어 자료를 처리했다. 활판 인쇄와 디자인과 건축은 아서의 영역이었고, 나는 문학을 전담했다. 곰팡내가 날 만큼 꼼꼼한 정확성을 요구하는 일도 있었지만(책의 치수를 재거나, 책에 결함이 없는지 조사하거나, 필요하면 책의 내력를 밝히는 일 따위), 많은 물건이 손에 들기만 해도 가슴이 설레는 것들이었다. 아서는 내가 거기에 대한 의견을 자유롭게 표현할 수 있도록 완전한 자유를 주었고, 마음이 내키면 이따금 유머를 집어넣는 것까지도 허용했다. 두 번째 도서 목록에 실린 항목 몇 가지를 보면, 내 작업의 성격을 조금은 짐작할 수 있을 것이다.

233. M. 뒤샹 & V. 할버슈타트.『짝을 이룬 대립항 문제가 M. 뒤샹과 V. 할버슈타트에 의해 해결되었다』. 에시키에 출판사. 생제르맹앙레와 브뤼셀, 1932년. 왼쪽 페이지에 독일어와 영어 병기. 이중 번호로 112쪽. 천연색 삽화 2점. $9\frac{5}{8} \times 11$인치. 인쇄본. 종이 표지.

뒤샹이 쓰고 디자인한 유명한 체스 서적(슈바르츠, p. 589). 체스의 실전 문제를 다룬 진지한 책이지만, 너무 알쏭달쏭해서 사실상 가치가 없다. 슈바르츠는 뒤샹의 말을 인용하여 다음과 같이 말하고 있다. 〈이 책이 주제로 삼고 있는 최종 국면들은 어떤 체스 선수의 관심도 끌지 못한다. 바로 그것이 이 책의 가장 흥미로운 점이다. 전 세계에서 서너 명만이 여기에 관심을 갖고 있으며, 그들은 할버슈타트와 내가 함께 책을 쓴 이후 우리와 똑같은 연구를 시도했다. 체스 챔피언은 절대로 이 책을 읽지 않는다. 이 책이 제기하고 있는 문제는 실제로 평생에 한 번 일어날까 말까 한 문제이기 때문이다. 이것은 일어날 가능성이 있는 최종 국면 문제이긴 하지만, 그 가능성이 너무 희박해서 거의 비현실적이다.〉(p. 63). $1000.00

394. (거트루드 스타인).『증언: 거트루드 스타인에 대한 반론』. 조르주 브라크, 유진 졸라스, 마리아 졸라스, 앙리 마티스, 앙드레 살몽, 트리스탕 차라 등의 글. 세르비레 출판사. 헤이그, 1935년 2월. (『트랑지시옹』 팸플릿 제1호 ;『트랑지시옹』 통권 제23호 부록). 16쪽. $5\frac{5}{8} \times 8\frac{7}{8}$인치. 인쇄본. 종이 표지. 스테이플 제본.

1970년대에 이루어진 스타인의 화려한 부활에 비추어 볼 때, 이 팸플릿이 지속적인 가치를 갖고 있는 것은 부인할 수 없다. 이 팸플릿은 문학적 이기주의에 대한 해독제로 도움이 되며, 그 자체로서도 문학과 예술사의 중요한 자료다. 『앨리스 B. 토클러스 자서전』에 나오는 사실 왜곡과 부정확성에 자극을 받아, 『트랑지시옹』은 스타인이 이 책에서 다룬 인물들이 그들에 대한 그녀의 묘사를 반박할 수 있도록 하기 위해 이 공개 토론장을 만들었다. 평결은 만장일치인 것 같다. 마티스: 〈요컨대 그것은 어릿광대 의상과 비슷하다. 스타인은 어릿광대 의상의 여러 부분을 직접 만들어 이어 붙였지만, 신중하지도 못하고 사실과도 전혀 관계가 없다.〉 유진 졸라스: 〈스타인이 쓴 『앨리스 B. 토클러스 자서전』은 빛 좋은 개살구 같은 자유분방함과 자기중심적인 변형으로 말미암아 언젠가는 현대 문학 위를 배회하는 데카당스의 상징이 될 것이다.〉 브라크: 〈스타인은 주변에서 일어나는 일을 전혀 이해하지 못했다.〉 차라: 〈《젖먹이》스타일은 선망의 대상들 틈새에서 억지웃음을 짓는 정도로 그칠 때는 그런대로 유쾌하지만, 그 밑에는 가장 천박한 문학적 타락의 농간에 익숙한 비천한 심사가 숨어 있음을 쉽게 간파할 수 있다. 그녀가 과대망상증 환자라는 것을 굳이 강조할 필요가 있을까?〉 살몽: 〈이 혼란! 시대에 대한 몰이해! 그 시대를 좀 더 훌륭하게 묘사한 사람들이 있는 게 천만다행이다.〉 끝으로 마리아 졸라스의 글은 『트랑지시옹』의 초기 시절을 상세히 묘사하고 있어서 특히 주목할 만하다. 이 팸플릿은 원래는 따로 팔지 않는 별책 부록이었다. $95.00

437. 폴 고갱. 『노아 노아 — 타히티 기행』. G. 크레시 출판사. 파리, 1924년. 154쪽. 폴 고갱의 원화를 토대로 다니엘 드 몽프레가 제작한 목판화 22점이 삽화로 들어 있음. 5¾ × 7⅞인치. 삽화를 찍은 종이 표지.

샤를 모라스의 서문과 시가 포함된 최초의 결정판. 고갱이 타히티에서 보낸 초기 2년을 다룬 이 기록은 고갱의 생애에 대한 중요한 사실들을 새로 밝혀 준다는 점에서도 주목할 만하지만, 생소한 문화에 대한 통찰력과 인류학적 접근 방식을 보여 준다는 점에서도 주목할 만하다. 고갱은 보들레르의 설득력 있는 금언 — 〈말하라, 그대는 무엇을 보았는가?〉 — 을 따르고 있다. 그 결과가 이 통찰력의 기적이다. 유럽의 식민주의가 한창일 때, 한 프랑스인이 정복하거나 개종시키기 위해서가 아니라 배우기 위해서 〈미개지〉를 찾아간다. 이 경험은 예술가로서만이 아니라 한 인간으로서도 고갱의 생애에서 가장 중요한 사건이다. 『노아 노아』는 O. F. 데이스가 영어로 번역했다. 니컬러스 L. 브라운 출판사. 뉴욕, 1920년(제5쇄: 제1쇄는 1919년). 148쪽. 고갱의 복제화 10쪽은 별도. 5⅓ × 7¾인치. 판지에 헝겊 표지. (프랑스어판에는 몇 군데 색 바랜 부분이 있음. 프랑스어판과 영어판 모두 책등이 약간 닳았음.) $65.00

509. 만 레이. 『우드먼 부부』. 유니다 출판사. 출판지 불명, 1970년. 쪽 번호 없음. 만 레이의 원판 사진 27점과 서명 및 일련번호가 적힌 판화 1점. 10½ × 11⅞인치. 가죽 장정, 테두리를 금칠한 판지, 가죽에 대리석 무늬를 넣은 케이스.

만 레이의 특이한 작품 중에서도 가장 특이한 작품 가운데 하나. 〈우드먼 부부〉는 1947년에 할리우드에서 만 레이가 제작한 꼭두각시 같은 나무 인형이다. 1970년에 나온 이 책은 마치 살아 있는 듯한 두 인물이 뒤틀리고 선정적인 자세로 찍혀 있는 사진집이다. 어떤 의미에서 이 책은 나무 인형들의 성생활 안내서라고 말할 수도 있다. 50부 한정판 가운데 이 책은 31번이고, 만 레이의 서명이 들어 있다. 모든 사진은 만 레이의 원작이며, 그의 마크가 들어 있다. 만 레이가 이 책을 위해 특별히 조각하여 번호를 매기고 서명한 원작 판화 1점이 실려 있다. $2100.00

아서와 나는 의좋게 지냈다. 둘 사이에 팽팽한 긴장감이 감돌거나 말다툼을 한 적은 한 번도 없었다. 우리는 친밀하고 조용한 분위기 속에서 함께 일했다. 다른 사람이었다면 그 직장에 좀 더 오래 매달려 있었을지 모르지만, 나는 나였기 때문에 두어 달이 지나자 벌써 싫증이 나고 좀이 쑤시기 시작했다. 자료를 훑어보는 일은 즐거웠지만, 수집가의 정신은 갖고 있지 않았기 때문에, 우리가 다루는 상품을 진심으로 경배할 마음은 결코 들지 않았다. 예를 들어 마르셀 뒤샹이 1947년에 파리에서 열린 초현실주의 전시회를 위해 디자인한 카탈로그 — 표지에 고무 가슴이 나오는 그 유명한 카탈로그, 〈만지시오〉라는 말과 함께 브래지어 속에 대는 고무 컵이 그대로 노출되어 있다 — 에 대해 쓰려고 책상 앞에 앉으면, 그 카탈로그는 여러 겹의 투명한 랩으로 겹겹이 싸여 있고, 그것은 다시 두꺼운 갈색 종이에 싸여 있고, 그것은 다시 비닐봉지 속에 들어 있다. 이렇게 되면 일손을 잠시 멈추고, 내가 시간을 낭비하고 있는 것은 아닐까 생각하지 않을 수 없다. 〈만지시오.〉 뒤샹의 이 명령문은 프랑스 전역에 나붙어 있는 표지판 — 〈손대지 마시오〉 — 을 패러디한 익살이 분명하다. 그는 이 경고를 거꾸로 뒤집어, 자기가 만든 제품을 만지라고 요구한 것이다. 완벽한 형태의 말랑말랑한 고무 가슴보다 더 만지기 좋은 게 어디 있겠는가? 그것을 떠받들지 말라고, 그것을 진지하게 받아들이지 말라고, 우리가 예술이라고 부르는 이 시시한 활동을 숭배하지 말라고 뒤샹은 말하고 있는 것이다. 그런데 그 경고는 27년 뒤에 다시 한번 거꾸로 뒤집혀, 드러난 젖가슴이 랩과 종이와 비닐로 겹겹이 가려진 것이다. 만질 수 있던 것이 도로 만질 수 없는 것이 되어 버렸다. 한낱 장난에 지나지 않았던 뒤샹의 예술은 이제 너무도 진지한 상품으로 바뀌었고, 다시 한번 돈이 최후 결정권을 갖게 되었다.

 아서를 비난하려는 게 아니다. 이런 물건들을 아서만큼 사랑하는 사람도 없을 것이다. 우리가 잠재 고객에게 발송하는 도서 목록은 영업 수단이긴 했지만, 그 자체로 학술 서적이자 정확하고 엄밀한 자료이기도 했다. 나와 아서의 차이는, 내가 아서보다 문제를 더 잘 이해한다는 게 아니라(사실은 정반대였다), 아서는 사업가이고 나는 그렇지 않다는 점이었다. 이런 사실은 아서가 사장이고 나는 시간당 몇 달러짜리 고용인에 불과한 이유를 설명해 주었다. 아서는 이익을 얻는 데에서 즐거움을 얻었고, 사업을 경영하여 성공시키기 위한 노력을 즐겼다. 그는 세상 물정에 밝은 사람일 뿐만 아니라, 아이디어의 세계 속에서 그 세계를 위해 살고 있는 진정한 지성인이기도 했지만, 교활한 장사꾼이라는 사실은 결코 감출 수 없었다. 정신생활과 이윤 추구는 분명 양립할 수 없는 게 아니었다. 나는 나 자신을 잘 알고 있었기 때문에 나한테는 그런 일이 불가능하다는 것을 알았지만, 다른 사람들은 정신생활과 이윤 추구를 얼마든지 양립시킬 수 있다는 것을 깨달았다. 그들은 두 가지 가운데 하나를 선택할 필요가 없었다. 세계를 구태여 두 진영으로 나눌 필요도 없었다. 실제로 그들은 두 진영에서 동시에 살 수 있었다.

아서 밑에서 일하기 시작한 지 한 달쯤 지났을 때, 아서가 단기간 임시로 일해 줄 사람을 찾고 있는 친구에게 나를 추천했다. 내가 가욋돈을 필요로 하고 있다는 것을 알았기 때문이다. 이 작은 호의를 언급하는 까닭은 그가 나에게 얼마나 잘해 주었는가를 말하기 위해서다. 또한 이 일화를 이야기할 가치가 있는 것은 그 친구가 다름 아닌 예지 코신스키[26]였고, 내가 맡은 일이 코신스키의 최근작 원고를 교정하는 일이었기 때문이다. 최근 몇 년 동안 코신스키를 둘러싸고 격렬한 논쟁이 벌어졌고, 그 논쟁의 상당 부분이 내가 교정을 본 소설, 『조종실』에서 비롯했기 때문에, 그때의 정황을 증언 삼아 덧붙여 둘 필요가 있다는 생각이 든다. 아서가 나한테 부탁한 일은 원고를 훑어보고 영어 표현이 적절한지 어떤지를 확인하는 간단한 일이었다. 코신스키에게 영어는 모국어가 아니었기 때문에, 영어로 쓴 원고를 출판사에 넘기기 전에 검토해 보고 싶어 하는 것은 당연한 일로 여겨졌다. 내가 미처 몰랐던 것은 다른 사람들이 나보다 먼저 그 원고를 손보았다는 사실이다. 원고를 손본 사람이 셋이라는 주장도 있고 넷이라는 주장도 있다. 어쨌거나 코신스키는 나한테 일을 부탁하기 전에 다른 사람의 도움을 받았다는 말을 하지 않았다. 그런데도 원고에 문제가 있었던 것은 영어가 영어답지 않았기 때문이 아니었다. 결함은 그보다 훨씬 근원적인 것이었다. 말하자면 원고 자체에 문제가 있었던 것이다. 나는 여기서 몇 문장을 고치고

26 폴란드 출신의 미국 작가.

저기서 단어 몇 개를 바꾸어 보았지만, 원고가 나한테 넘어왔을 즈음에는 소설이 사실상 마무리되어 있었다. 내 마음대로 하게 맡겨 두었다면 하루 이틀 만에 일을 끝낼 수도 있었겠지만, 코신스키가 원고를 집 밖으로 내보내려 하지 않았기 때문에 내가 웨스트 57번가에 있는 그의 아파트로 일하러 가야 했고, 코신스키가 끊임없이 내 주위를 맴돌면서 20분마다 한 번씩 과거 이야기와 숨은 일화와 신경질적인 잡담으로 나를 방해했기 때문에 일은 일주일이나 질질 늘어졌다. 무엇 때문인지 코신스키는 나한테 깊은 인상을 심어 주고 싶어서 안달하는 것 같았고, 사실 나는 그에게 깊은 인상을 받았다. 그는 지나치게 신경질적인 데다 행동거지가 너무 이상하고 광적이어서 깊은 인상을 받지 않을 수가 없었다. 더구나 그가 털어놓는 이야기는 거의 다 그의 원고 — 그가 말을 걸려고 방으로 들어왔을 때 내 앞에 펼쳐져 있던 바로 그 소설 — 에도 나오는 이야기였기 때문에, 이런 방해는 더욱 야릇하고 흥미롭게 여겨졌다. 예를 들면 폴란드에서 탈출하기 위해 교묘한 계획을 세운 이야기. 새벽 2시에 푸에르토리코 비밀경찰로 가장하고 타임스 스퀘어를 배회한 이야기. 이따금 가짜 군복(단골 재단사에게 맞춘 것으로, 신분을 확인할 수 있는 계급장이나 국적이나 육해공군 표시가 전혀 없는 군복)을 입고 고급 레스토랑에 나타나곤 한 이야기. 군복은 가짜인데도 멋져 보였고 수많은 훈장과 별로 뒤덮여 있었기 때문에, 그 위엄에 눌린 지배인이 예약도 하지 않고 팁도 주지 않은 그에게 눈길 한번 제대로 던지지 못한 채 굽실거리며 그 식당에서 가장 좋은 자리를 내준 이야기. 그 책은 소설이었지만, 코신스키가 나한테 이야기할 때는 그것을 허구가 아니라 사실로, 자신의 인생에서 실제로 일어난 일로 이야기했다. 그 차이를 그는 알고 있었을까? 그건 잘 모르겠다. 나로서는 짐작조차 할 수 없다. 하지만 굳이 답변해야 한다면, 아마 알고 있었을 거라고 말할 수밖에 없다. 그는 빈틈없이 꼼꼼하고, 자기 자신을 잘 알고 있었을 뿐 아니라 자기 이야기의 효과도 교활할 만큼 잘 알고 있었으니까, 그의 이야기를 들은 사람들이 허구와 사실을 구별하지 못해 당황하는 꼴을 즐기지 않았을 리가 없다. 그가 한 이야기들의 공통된 주제는 속임수였다. 요컨대 남을 바보로 만드는 것이었는데, 그런 이야기를 하면서 만족스럽게 — 마치 자신의 냉소를 즐기는 것처럼 — 웃는 모습을 보면 그가 나를 장난감으로 취급하고 있는 듯한 느낌이 들었다. 내가 얼마나 잘 속아 넘어가는지, 그 한계를 시험해 보기 위해 온갖 찬사로 나에게 알랑거리며 나를 갖고 노는 것만 같았다. 어쩌면 정말로 그랬을지도 모른다. 하지만 아닐지도 모른다. 내가 분명히 아는 거라고는 코신스키가 미로처럼 복잡한 인간이라는 것뿐이다. 1980년대 중엽에 그에 대한 이런저런 소문이 나돌기 시작하고, 그의 작품은 표절한 것이라느니 다른 사람이 대신 써준 것이라느니 하는 고발과 함께 그의 과거에 대한 잘못된 주장이 잡지에 실리기 시작했을 때, 나는 별로 놀라지 않았다. 그러나 몇 년 뒤에 그가 비닐봉지를 머리에 뒤집어써서 자신을 질식시키는 방법으로 자살했을 때는 깜짝 놀랐다. 그가 스스로 목숨을 끊은 장소는 1974년에 내가 일하러 갔던 바로 그 아파트, 내가 손을 씻고 변기를 사용한 바로 그 화장실이었다. 기억을 되살리려고 별로 애쓰지 않아도, 잠시만 생각하면 그 아파트와 화장실이 눈앞에 선히 떠오른다.

그 일을 빼면, 〈엑스 리브리스〉에서 일한 몇 달은 조용히 지나갔다. 기억에 담아 둘 만한 일은 전혀 일어나지 않았다. 장사는 주로 우편을 통해 이루어졌기 때문에, 고객이 아파트로 찾아오는 경우도 드물었다. 그러나 어느 날 늦은 오후 아서가 볼일을 보러 외출했을 때, 존 레넌이 만 레이의 사진집을 보고 싶다면서 찾아왔다.

그는 손을 쑥 내밀면서 말했다. 「안녕하십니까? 존이라고 합니다.」

나는 그 손을 잡고 한참 동안 흔들면서 대꾸했다. 「안녕하세요? 폴이라고 합니다.」

내가 벽장에서 사진집을 찾는 동안, 레넌은 아서의 책상 옆벽에 걸려 있는 로버트 머더웰의 그림 앞에 서 있었다. 그 그림에는 볼만한 게 별로 없었다. 넓은 노란색 바탕에 한 쌍의 검은 선이 곧게 그어져 있을 뿐이었다. 레넌은 그 그림을 잠시 바라본 뒤, 나를 돌아보며 말했다. 「선 하나 긋는 데 엄청난 노력이 필요했던 모양이군요.」 미술계가 머더웰에 대한 충성으로 가득 차 있는 상황에서 레넌의 이 말은 참으로 상쾌한 청량제였다.

아서와 나는 좋은 관계로 헤어졌다. 어느 쪽에도 나쁜 감정은 없었다. 나는 그만두기 전에 자진해서 후임자를 찾는 일을 떠맡았고, 그래서 직장을 그만두는 게 비교적 수월하고 고통도 덜했다. 아서하고는 그 후에도 이따금 전화로 안부를 주고받으면서 한동안 연락을 유지했지만, 결국 접촉이 끊어졌다. 몇 해 전에 아서가 백혈병으로 세상을 떠났을 때는 그와 마지막으로 대화를 나눈 게 언제인지도 가물가물할 정도였다. 그가 죽은 지 얼마 뒤에 코신스키가 자살했다. 거기에다 10여 년 전에 존 레넌이 피살된 사건을 더하면, 내가 그 사무실에서 보낸 몇 달과 관련된 이들은 거의 다 이 세상에서 사라진 셈이다. 아서의 친구인 로버트 머더웰 — 레넌에게 빈정거림을 받은 그림을 그린 훌륭한 화가 — 도 이제 우리 곁을 떠났다. 인생의 특정한 순간으로 거슬러 올라가 보라. 그러면 살아 있는 사람만이 아니라 죽은 사람들과도 많은 날들을 함께 보낸 것을 알게 될 것이다.

그 후 2년 동안은 엄청나게 바빴다. 〈엑스 리브리스〉를 그만둔 1975년 3월부터 아들놈이 태어난 1977년 6월까지 나는 시집 두 권을 더 내놓았고, 여러 편의 단막극을 쓰고, 스무 편가량의 평론을 발표하고, 아내 리디아 데이비스와 함께 여섯 권의 책을 번역했다. 번역은 우리의 주된 수입원이었다. 아내와 나는 한 팀으로 함께 일하면서 1천 단어당 몇 달러씩 돈을 받았고, 의뢰가 오는 대로 무엇이든 가리지 않고 받아들였다. 사르트르의 책 — 평론과 인터뷰 모음집인 『인생 / 상황』 — 을 빼면, 출판사에서 번역을 맡긴 책들은 하나같이 재미없고, 작품 수준도 그저 그런 정도에서부터 형편없는 저질에 이르기까지 대체로 낮은 편이었다. 번역료도 형편없었다. 경력이 쌓이면서 번역료는 차츰 올라갔지만, 우리가 한 일을 시간 기준으로 셈하면 최저 임금보다 겨우 한두 푼 많은 정도였다. 해결책은 번역을 최대한 빨리, 그리고 숨 쉴 겨를도 없이 계속 해대는 것뿐이었다. 그보다 훨씬 여유 있는 방법으로 생계를 유지할 수도 있지만, 리디아와 나는 체계적으로 일에 착수했다. 출판사에서 책을 건네받으면, 우리는 일감을 둘로 쪼갰다(책이 한 부밖에 없을 경우에는 문자 그대로 책을 둘로 찢었다). 그리고 하루 작업량을 정했다. 무슨 일이 있어도 그 작업량은 채워야 했다. 날마다 너무나 많은 양을 번역해야 했고, 일할 마음이 내키든 말든 날마다 책상 앞에 앉아서 정해진 작업량을 처리했다. 차라리 프라이팬에서 햄버거를 뒤집는 편이 더 수지맞는 일이었을지 모르나, 적어도 우리는 자유로웠다. 아니, 적어도 우리는 자유롭다고 생각했다. 나는 직장을 때려치운 것을 조금도 후회하지 않았다. 좋든 나쁘든, 이것이 내가 선택한 생활 방식이었다. 돈벌이를 위해 번역을 하고 나 자신을 위해 글을 쓰느라, 그 몇 년 동안은 책상 앞을 떠난 순간이 거의 없었다. 거의 온종일 종이에 낱말을 적으면서 하루하루를 보냈다.

돈벌이를 위해 평론을 쓰지는 않았지만, 평론을 발표하면 대개 고료를 받았다. 그 부수입도 제법 쏠쏠했다. 하지만 그래도 역시 생계를 꾸려 나가는 것은 전쟁이었고, 극빈보다 조금 나은 생활 수준을 유지하는 게 고작이었다. 그러다가 아내와 둘이서 이 줄타기 곡예를 시작한 지 반년 뒤인 1975년 가을에 운이 트였다. 잉그럼 메릴 재단이 5천 달러의 창작 지원금을 준 것이다. 그 후 한동안은 나를 짓누르던 최악의 궁핍에서 벗어날 수 있었다. 그것은 전혀 예상치 않은 돈이었고, 거기서 파생된 결과가 너무나 엄청났기 때문에, 마치 하늘에서 천사가 내려와 내 이마에 입이라도 맞춰 준 듯한 기분이었다.

이 행운은 주로 존 버나드 마이어 덕택이었다. 그가 제 주머니에서 돈을 꺼내 준 것은 아니지만, 재단에 대해 말해 주고 지원금을 신청해 보라고 부추긴 사람이 존이었다. 진짜 은인은 물론 시인인 제임스 메릴이었다. 그는 오랫동안 가장 조용하고 신중한 방식으로 자기 집안의 재산을 작가와 예술가 들에게 나누어 주면서, 이 선행이 일반의 주목을 받지 않도록 잉그럼이라는 미들 네임 뒤에 숨어 있었다. 6개월에 한 번씩 선정 위원회가 개최되어 새로 들어온 신청서를 심사하여 지원금을 나누어 주었다. 존은 이 위원회의 실무 간사였는데, 수혜자를 선정하는 작업에 직접 참여하지는 않았지만 회의에 배석했기 때문에 위원들이 어떤 생각을 갖고 있는지 잘 알고 있었다. 결과를 속단할 수는 없지만, 내가 신청하면 위원들이 내 작업을 지원해 주고 싶은 마음이 들 거라고 그는 말했다. 그래서 나는 내 시를 몇 편 골라서 재단에 보냈다. 다음번 회의에서 존의 예감이 정확했다는 것이 입증되었다.

이제까지 내가 알았던 사람들 가운데 존보다 더 재미있고 감정에 솔직하고 열정이 넘쳐흐르는 사람은 없는 듯하다. 그를 처음 만난 것은 1974년 말이었는데, 그는 30년 전부터 이미 뉴욕에 없어서는 안 될 인물이었다. 그는 1950년대에 티보르 데 너지 미술관 관장을 지낸 것으로 가장 잘 알려져 있지만, 아티스트 극단의 공동 설립자이자 단명으로 끝난 여러 문학잡지의 편집장을 지냈고, 재능 있는 젊은이들을 다방면으로 지원하는 옹호자이자 후원자이기도 했다. 존은 레드 그룸스, 래리 리버스, 헬렌 프랑켄탈러, 페어필드 포터 같은 미술가들에게 처음으로 대규모 전시회를 열어 주었고, 프랭크 오하라와 존 애시버리를 비롯한 뉴욕파 시인들의 시집을 처음 출판해 준 사람이기도 했다. 그가 제작한 연극들은 이 시인들과 화가들 — 예를 들면 오하라와 리버스, 또는 제임스 스카일러와 일레인 더코닝 — 의 공동 작업이었다. 시인은 각본을 쓰고, 화가는 무대 장치를 디자인했다. 아티스트 극단은 흥행에는 별로 성공하지 못했지만, 존과 그의 동업자는 오랫동안 극단을 운영했다. 오프브로드웨이[27]가 등장하기 전에는 아티스트 극단이 뉴욕의 거의 유일한 실험 극단이었다. 존을 내가 아는 다른 미술상이나 출판업자, 연극 제작자와 구별해 주는 것은 돈벌이를 목적으로 삼지 않았다는 점이다. 사실대로 말하면 그는 대단한 사업가는 아니었다. 하지만 모든 형

---

27 뉴욕의 극장가인 브로드웨이의 연극에 대항하여, 주로 그 주변에서 공연되는 연극. 무명 작가의 실험적인 작품인 것이 특징이다.

태의 예술에 진정한 열정과 엄정한 기준과 열린 마음을 갖고 있었으며, 색다르고 도전적이고 새로운 일에 굶주려 있었다. 외모(키가 190센티미터를 넘었다)에서는 존 웨인을 연상시킬 때가 많았지만, 당당하고 공공연한 동성애자라는 점에서는, 으스대는 몸짓과 과장된 태도로 자신을 조롱하며 즐거워했다는 점에서는, 썰렁한 농담과 웃기는 노래와 어린애 같은 익살을 즐겼다는 점에서는 존 웨인과 조금도 닮은 데가 없었다. 존 웨인 같은 터프 가이의 면모가 그에게는 전혀 없었다. 존 마이어는 열의와 선의로 충만한, 예술에 평생을 바친, 자신의 생각과 감정에 솔직한 사람이었다(존의 파란만장한 삶은 1983년에 랜덤하우스에서 발간된 『멋진 것들을 찾아서 — 뉴욕 예술계에서 보낸 인생』에 생생히 묘사되어 있다).

우리가 처음 만났을 때 그는 『파랑테즈』라는, 〈말과 그림으로 이루어진〉 잡지를 막 창간한 참이었다. 그에게 작품을 보내 보라고 권한 사람이 누군지는 기억나지 않지만, 그때부터 존은 거의 매번 잡지에 내 글을 실어 주었다. 나중에 잡지를 중단하고 대신 책을 펴내기 시작했을 때, 출판사의 도서 목록에 맨 처음 오른 것은 내 시집이었다. 내 작품에 대한 그의 신뢰는 거의 절대적이었고, 대다수 사람들이 내가 존재한다는 것조차 알지 못할 때 나를 후원해 주었다. 잡지의 편집 후기란 보통 기고가들의 과거 업적에 대한 무미건조한 언급으로 뒤덮이게 마련이지만, 그는 『파랑테즈』 제4호의 편집 후기에서 〈폴 오스터는 로라 라이딩 잭슨의 작품에 대한 뛰어난 분석과 프랑스 회화에 대한 평론 및 자신의 시로 문단에 일대 소동을 일으켰다〉고 선언하는 일을 몸소 떠맡았다. 이 말이 과찬이라는 것, 나한테 관심을 가진 사람은 존뿐이라는 것은 중요하지 않았다. 미래에 대한 확신도 없이 생활고와 싸우면서 그냥저냥 시간을 파먹고 있던 그 풋내기 시절, 〈누군가〉가 나를 후원해 주고 있다는 사실만으로도 내게는 엄청난 격려가 되었다. 존은 나에 대한 지지를 분명히 밝힌 첫 번째 사람이었고, 나는 그 고마움을 한시도 잊어 본 적이 없다.

지원금이 오자, 리디아와 나는 다시 방랑 생활에 나섰다. 우리는 세 든 아파트를 남에게 빌려주고 캐나다 퀘벡의 로렌시아산맥으로 가서, 그림쟁이 친구가 집을 비운 동안 그 집에서 두어 달 머무르다가, 뉴욕으로 돌아와서 열흘가량 지낸 뒤, 다시 짐을 꾸려 샌프란시스코로 가는 횡단 열차에 몸을 실었다. 우리는 결국 버클리에 정착하여, 대학에서 그리 멀지 않은 곳에 원룸 아파트를 얻어서 여섯 달 동안 살았다. 번역을 그만둘 수 있을 만큼 돈이 많지는 않았지만, 이제는 그래도 전처럼 정신없이 번역에만 매달릴 필요는 없었다. 그래서 창작에 더 많은 시간을 쏟을 수 있었다. 나는 계속 시를 썼다. 새로운 의욕과 착상이 떠오르기 시작했고, 결국 오래지 않아 희곡 한 편을 탈고했다. 그것은 또 다른 희곡으로 이어졌고, 그것은 다시 또 다른 희곡으로 이어졌다. 가을에 뉴욕으로 돌아오자, 나는 그동안 쓴 희곡들을 존에게 보여 주었다. 나는 내가 쓴 작품에 대해 어떻게 생각해야 할지 알 수가 없었다. 작품을 이루고 있는 부분들이 뜻밖에도 큰 물결처럼 굽이쳤고, 결과는 이전에 쓴 어떤 작품과도 전혀 달랐다. 존이 마음에 든다고 말했을 때, 어쩌면 내가 올바른 방향으로 걸음을 내디뎠는지도 모른다는 생각이 들었다. 그 작품을 가지고 실제로 무언가를 해보겠다는 생각은 전혀 없었다. 무대에 올리거나 책으로 출판할 생각은 꿈에도 하지 않았다. 나에게 있어 그 희곡들은 되도록 단순한 요소를 이용하여 최대의 효과를 거두려는 미니멀리즘의 예습, 실재할 수도 있고 아닐 수도 있는 것을 처음으로 한번 슬쩍 건드려 본 것에 불과했다. 존이 내 희곡 중에서 가장 긴 것을 골라 무대에 올리고 싶다고 말했을 때, 나는 정말이지 깜짝 놀랐다.

그건 누구의 잘못도 아니었다. 존은 여느 때처럼 흥분해서 정력적으로 일에 뛰어들었지만, 일은 처음부터 순조롭지 못했다. 얼마 후에는 우리가 연극을 제작하는 게 아니라, 〈머피의 법칙〉[28]을 증명하려고 애서 발버둥 치고 있는 것처럼 보이기 시작했다. 연출가와 배우 세 명을 정하자마자, 제작비를 끌어모으기 위해 독회를 열기로 했다. 어쨌든 계획은 그러했다. 배우들이 젊고 미숙해서 자신 있게, 또는 진솔한 감정을 담아서 대사를 전달하지 못하는 것도 문제였지만, 그것을 들으러 온 청중이 더 문제였다. 존은 친구들 중에서 돈 많은 예술품 수집가들을 열두어 명 초대했는데, 이 잠재적 후원자들 가운데 예순 살 미만이거나 연극에 조금이라도 관심을 가진 사람은 하나도 없었다. 존은 내 작품이 그들을 유혹해서, 그러니까 그들의 가슴과 머리를 결정적으로 압도해서, 그들의 주머니에 들어 있는 수표책을 꺼내게 만들 거라고, 그러지 않고는 못 배길 거라고 굳게 믿고 있었다. 독회는 어퍼 이스트 사이드에 있는 어느 호화 아파트에서 열렸다. 내 임무는 그 돈 많은 후원자들을 사로잡는 것, 그러니까 한껏 미소를 짓고 잡담을 나누면서 그들로 하여금 이길 말에 돈을 걸고 있다고 여기게끔 안심시키는 것이었다. 문제는 나한테 그런 소질이 전혀 없다는 점이었다. 나는 잔뜩 긴장한 나머지 구역질이 날 만큼 신경이 곤두선 상태로 아파트에 도착하여, 울렁거

---

28 경험에서 우러나온 농담조의 명제로, 예컨대 처음부터 안 될 일은 아무리 애써도 안 된다는 것.

리는 속을 가라앉히기 위해 버번 두 잔을 연거푸 들이켰다. 그러나 알코올은 정반대의 효과를 냈고, 독회가 시작되었을 때쯤 나는 이미 심한 두통에 시달리고 있었다. 머리가 깨질 것 같았다. 두통의 공격은 시간이 갈수록 심해졌다. 독회는 삐걱거리며 진행되었고, 부자들은 시종 말없이 차갑게 앉아 있었다. 내가 특히 재미있다고 생각한 대사들도 그들한테서 킥킥거리는 웃음조차 끌어내지 못했다. 그들은 개그에 싫증을 냈고, 페이소스에 무감각했고, 희곡 전체를 이해하지 못했다. 마침내 그들이 굳은 얼굴로 형식적인 박수를 칠 때, 나는 어떻게 하면 그곳에서 재빨리 빠져나가 숨어 버릴 수 있을까 하는 생각밖에 없었다. 머리는 두통으로 깨질 것 같았다. 너무나 자존심이 상하고 창피해서 도저히 말을 할 수가 없었지만, 존을 저버릴 수는 없었다. 그래서 그 후 30분 동안 나는 바닥에 꼬꾸라지지 않으려고 기를 쓰면서, 존이 만취한 친구들에게 내 희곡에 대해 설명하는 것을 듣고 있었다. 존이 용감하게 전위를 맡았지만, 그가 나를 돌아보며 지원을 청할 때마다 나는 구두코에 시선을 박은 채 종잡을 수 없는 토막말을 중얼거리는 게 고작이었다. 마침내 나는 시의적절한 때도 아닌데 궁색한 변명을 불쑥 말하고는 그곳을 나왔다.

그런 낭패를 겪고 나면, 웬만한 사람이라면 아예 포기했을 것이다. 그러나 존은 조금도 기세가 꺾이지 않았다. 생각만 해도 소름이 끼치는 그날 저녁의 독회에서는 한 푼의 후원금도 얻지 못했지만, 그는 연극의 중흥을 이루겠다는 꿈을 단념하는 대신 좀 더 현실적이고 무난한 접근 방식을 택하여 새로운 계획을 짜기 시작했다. 제대로 된 연극을 올릴 수 있는 재정적 여유가 없다면 다른 것으로 때우자고 그는 말했다. 중요한 것은 희곡이다. 설령 초대 손님만 모인 1회 공연으로 끝난다 해도 어쨌든 자네 희곡은 공연될 것이다. 자네를 위해서도 아니고 나를 위해서도 아니라면, 지난여름에 타계한 내 친구 허버트 매시즈를 위해서 자네 희곡을 무대에 올리겠다. 허버트는 한때 아티스트 극단에서 연출을 맡았고, 25년 동안 존의 반려였기 때문에, 존은 허버트를 추모하여 — 비록 하룻밤뿐이라 해도 — 아티스트 극단을 되살리기로 결심했다.

이스트 69번가에 미술품 복원 작업실을 갖고 있는 사람이 존에게 그 스튜디오를 쓰라고 권했다. 그곳은 공교롭게도 〈엑스 리브리스〉 사무실에서 조금 내려간 곳에 있었다. 사소하지만 흥미로운 우연의 일치였다. 하지만 그보다 더 중요한 것은, 존의 친구가 지금 작업실로 쓰고 있는 그 〈마차 보관소〉가 과거에는 마크 로스코의 화실이었다는 점이다. 로스코는 1970년에 그곳에서 자살했고, 그로부터 7년도 지나지 않은 지금 내 희곡이 바로 그 방에서 상연되려 하고 있었다. 내가 너무 미신적이라는 인상은 주고 싶지 않지만, 결과를 생각하면 우리가 저주를 받았다는 느낌, 우리가 무슨 짓을 하든 그 계획은 실패로 끝날 운명이었다는 느낌이 든다.

어쨌든 준비가 시작되었다. 연출가와 세 배우는 열심히 노력했고, 그 보람이 조금씩 나타나기 시작했다. 훌륭하다고 말할 수 있을 정도는 아니지만, 적어도 이제는 보는 사람을 곤혹스럽게 만들지는 않았다. 배우 하나가 특히 뛰어났다. 리허설이 진행되는 동안 나는 그에게 희망을 걸기 시작했다. 그의 창의성과 대담성이 공연을 상당히 높은 수준으로 끌어올려 주기를 기대했다. 3월 초를 개막일로 택하고, 초대장을 보내고, 150개의 접이의자가 〈마차 보관소〉로 배달되도록 만반의 준비가 갖추어졌다. 미련하게도 나는 낙관적인 기분을 느끼기 시작했다. 그런데 대망의 개막일을 며칠 앞두고 그 괜찮은 배우가 폐렴에 걸렸다. 그를 대신할 배우가 없었기 때문에(어떻게 있을 수 있겠는가?) 공연은 취소할 수밖에 없을 것 같았다. 그러나 몇 주 동안 시간과 노력을 리허설에 쏟아부은 그 배우는 포기하려 하지 않았다. 고열로 온몸이 불덩이 같은데도, 공연이 시작되기 불과 몇 시간 전에 객혈까지 하고도 그는 침대에서 기어 나와 항생제를 몸속에 가득 채워 넣고, 정해진 시간에 비틀거리며 나타났다. 그것은 고결한 몸짓 중에서도 가장 고결한 몸짓이었고, 타고난 배우의 폭발적인 연기였다. 나는 그 용기에 감명을 받았지만 — 아니, 감명을 받은 정도가 아니라 완전히 탄복했지만 — 안타깝게도 그는 연습 때처럼 멋진 연기를 보여 줄 수 있는 상태가 아니었다. 리허설 때 그토록 눈부시게 빛났던 것들이 갑자기 빛을 잃었다. 공연은 지루했고, 타이밍은 매번 어긋났고, 장면마다 실수가 속출했다. 나는 뒤쪽에 서서 지켜보고 있었다. 맥이 빠져서 아무것도 할 힘이 없었다. 내 가엾은 희곡이 150명의 관객 앞에서 죽어 가는 꼴을 보면서도, 그것을 막기 위해 손가락 하나 까딱할 수 없었다.

그 비참한 경험을 깨끗이 잊어버리기 전에 나는 책상 앞에 앉아서 희곡을 손질했다. 공연은 문제의 일부에 불과했고, 실패한 책임을 연출가나 배우들에게 떠넘길 마음은 없었다. 나는 희곡이 너무 길고 산만해서 두서가 없다는 것을 깨달았다. 그것을 고치려면 근본적인 수술이 필요했다. 나는 군더더기를 잘라 내고 깔끔하게 모양을 다듬기 시작했다. 표현에 박력이 없거나 불필요하게 여겨지는 부분은 모두 가차 없이 잘라 냈다. 작업을 끝냈을 때쯤에는 절반이 사라졌고, 등장인물 가운데 하나가 제거되었고, 제목도 바뀌어 있었다. 나는 「로럴과 하디, 천국에 가다」로

제목이 바뀐 이 개정판을 타이핑하여 다른 두 편의 희곡 —「정전」과「숨바꼭질」— 과 함께 책상 서랍에 쑤셔 넣었다. 그렇게 처박아 두고 다시는 서랍 안을 들여다보지 않을 생각이었다(〈세 편의 희곡〉 참조).

연극이 실패한 지 석 달 뒤에 아들놈이 태어났다. 다니엘이 세상에 나오는 것을 본 순간은 최고로 행복한 순간이었다. 그것은 굉장한 사건이었다. 그 작은 몸뚱이를 보고 털썩 주저앉아 눈물을 흘리면서도, 그 작은 몸뚱이를 품에 안았을 때도, 나는 이제 세상이 바뀌었다는 것, 내가 하나로 존재하던 상태에서 다른 상태로 넘어갔다는 것을 깨달았다. 아버지가 되는 것은 그 과도(過渡)의 경계선이었다. 청년기와 성인기 사이에 서 있는 거대한 벽이었다. 나는 이제 영원히 벽 너머에 있었다.

벽 너머에 있는 것이 나는 기뻤다. 감정적으로, 정신적으로, 심지어는 육체적으로도 다른 곳에는 있고 싶지 않았다. 이 새로운 곳에서 살아가는 데 필요한 일은 무엇이든 기꺼이 해낼 각오가 되어 있었다. 하지만 경제적으로는 조금도 준비가 되어 있지 않았다. 그 벽을 넘을 때는 통행료를 내야 한다. 그래서 그 너머에 도착했을 때는 주머니가 거의 텅 비어 있었다. 그 무렵 아내와 나는 뉴욕을 떠나 허드슨강을 두 시간쯤 거슬러 올라간 곳에서 살고 있었다. 그곳에서 마침내 고난이 우리를 덮쳤다. 폭풍은 18개월 동안 지속되었고, 겨우 바람이 잔잔해졌을 때 굴에서 기어 나와 피해를 조사해 보니, 남아 있는 게 하나도 없었다. 바람은 모든 것을 쓸어가 버렸다.

도시 밖으로 이사한 것은 거듭된 오산의 첫 단계였다. 시골에 살면 생활비가 덜 들 줄 알았는데 전혀 그렇지 않았다. 자동차에 들어가는 비용, 난방비, 집 수리비, 소아과 의사의 청구서 — 이런 것들은 우리가 챙겼다고 생각한 이익을 까먹고도 남았다. 우리는 수입과 지출의 균형을 맞추기 위해 숨 돌릴 틈도 없이 일해야 했다. 다른 일을 할 시간은 전혀 없었다. 과거에는 그래도 날마다 두어 시간 정도는 나 자신을 위해 남겨 둘 수 있었다. 낮에는 돈벌이를 위해 일하고, 밤에는 글을 쓰거나 구상을 하면서 보낼 수 있었다. 그런데 지금은 돈이 더 많이 필요했기 때문에, 나 자신을 위해 쓸 수 있는 시간이 줄어들었다. 내 일을 못 하는 날이 늘어나기 시작했다. 처음에는 하루, 다음에는 이틀, 다음에는 일주일 동안 일을 빼먹었다. 얼마 후에는 작가로서의 리듬을 잃어버렸다. 나 자신을 위한 시간을 겨우 찾아냈다 해도, 너무 긴장해서 글이 제대로 쓰이지 않았다. 몇 달이 지났건만, 내가 펜으로 건드린 종이는 죄다 파지(破紙)가 되어 쓰레기통으로 들어갔다.

1977년 말쯤에는 덫에 걸린 짐승처럼 필사적으로 빠져나갈 구멍을 찾고 있는 듯한 기분이 들었다. 나는 그동안 돈 문제를 회피하면서 평생을 보냈는데, 이제 갑자기 돈 말고는 아무것도 생각할 수 없게 되었다. 나는 기적 같은 역전을 꿈꾸었다. 복권에 당첨되어 수백만 달러가 하늘에서 떨어지는 따위의 일확천금을 꿈꾸며 터무니없는 계획을 세우기도 했다. 종이 성냥에 박힌 광고문까지도 내 시선을 붙잡기 시작했다. 〈당신의 지하실에서 벌레를 키우며 돈 벌고 싶지 않으세요?〉 나는 지하실이 딸린 단독 주택에서 살고 있었으니까, 이 광고에 유혹을 받지 않았을 리가 없다. 내 옛날 방식은 재앙을 초래했다. 이제 나는 처음부터 나를 따라다녔던 딜레마 — 육체의 요구와 영혼의 요구를 어떻게 조화시킬 것인가 — 와 대결하는 새로운 방법과 새로운 생각을 받아들일 준비가 되어 있었다. 방정식을 이루고 있는 항들은 여전히 마찬가지였다. 한쪽에는 시간이 있고, 다른 한쪽에는 돈이 있었다. 나는 이 두 가지를 다 잘 다룰 수 있다는 데 내기를 걸었지만, 처음에는 한 입, 다음에는 두 입, 그다음에는 세 입을 먹여 살리려고 애쓰면서 몇 년을 지낸 뒤 결국 내기에 지고 말았다. 이유를 알기는 어렵지 않았다. 시간을 얻기에는 일을 너무 많이 했고, 돈을 벌기에는 일을 충분히 하지 않았다. 그 결과, 이제 나는 시간도 돈도 갖고 있지 않았다.

12월 초에 친구 하나가 나를 찾아왔다. 우리는 대학 시절부터 아는 사이였는데, 그 친구 역시 생활고와 싸우는 작가가 되어 있었다. 요강 하나 없는 컬럼비아 졸업생이 여기에 또 하나 있었다. 그는 나보다도 훨씬 지독한 고생을 하고 있었다. 출판된 작품은 거의 없었고, 밑바닥 세계의 색다른 모험을 찾아 전국을 정처 없이 떠돌아다니면서, 그때그때 닥치는 대로 아무 일이나 붙잡으며 간신히 입에 풀칠을 했다. 그러다가 최근에 다시 뉴욕으로 돌아와 맨해튼 어딘가에 있는 완구점에서 일자리를 구했다. 크리스마스 쇼핑 철에 계산대를 담당하는 수많은 임시 종업원 가운데 하나였다. 나는 전철역에서 그를 만나 집까지 30분 동안 차를 타고 오면서, 주로 그가 가게에서 팔고 있는 장난감이나 놀이 기구에 대해 이야기를 나누었다. 도대체 무엇 때문이었는지 아직도 어리둥절하지만, 이 대화는 내 무의식 어딘가에 박혀 있던 작은 돌멩이 하나를 빼냈다. 기억의 작은 구멍 하나를 틀어막고 있던 장애물이 사라진 것이다. 나는 그 구멍을 다시 들여다볼 수 있었고, 거기에서 거의 20년 동안 잃어버렸던 것을 찾아냈다. 열 살이나 열두 살 때였다. 어느 날 오후, 침대에 앉아서 카드를 가지고 놀다가 재미난 게임을 생각해 냈다. 52장짜리 보통 카드

한 벌로 야구 게임을 하는 방법이었다. 그런데 20년이 흐른 뒤, 집으로 돌아가는 차 안에서 친구와 이야기를 나누는 동안 그 놀이가 느닷없이 떠오른 것이다. 나는 그 놀이에 관한 모든 것을 기억해 냈다. 기본 원리와 게임 규칙 및 방법 전체를 자세히 기억해 낼 수 있었다.

보통 때였다면 그것을 도로 까맣게 잊어버렸을 것이다. 하지만 나는 막다른 궁지에 빠진, 그야말로 생사의 기로에 놓여 있는 처지였다. 한시라도 빨리 탈출 방법을 찾아내지 못하면 이제 곧 총살대가 내 몸뚱이에 총알을 잔뜩 박아 넣을 터였다. 이 곤경에서 빠져나갈 길은 횡재를 하는 것뿐이었다. 돈을 듬뿍 그러모을 수만 있다면 악몽도 순식간에 끝날 터였다. 그 돈으로 총살대를 매수하고 감옥에서 유유히 걸어 나와 집으로 돌아가서 다시 작가가 될 수 있을 터였다. 책을 번역하고 서평 따위를 쓰는 것으로 생계를 유지할 수 없다면, 다른 일을 시도해 봐야 하지 않겠는가? 그것이 나와 내 가족에 대한 의무였다. 사람들은 누구나 게임기를 구입한다. 내가 옛날에 고안한 야구 게임을 정말 재미있는 제품으로 만들어 팔아 보면 어떨까? 어쩌면 팔자가 펴져서 노다지를 찾을 수도 있지 않을까?

지금은 농담처럼 들리지만, 그때 나는 더없이 진지했다. 성공할 가망이 거의 없다는 것은 알고 있었지만, 일단 그 생각이 나를 사로잡자 거기에서 벗어날 수가 없었다. 그보다 더 엉뚱한 일들도 일어났잖아. 그래, 시험 삼아 한번 해보는 거야. 거기에 약간의 시간과 노력을 쏟는 것조차 망설인다면, 나는 근성이 없는 망할 자식이야.

내가 어린 시절에 고안한 게임은 몇 가지 간단한 규칙을 중심으로 이루어져 있었다. 투수가 카드를 뒤집는다. 에이스부터

10까지의 빨간색 카드는 모두 스트라이크다. 에이스부터 10까지의 검은색 카드는 모두 볼이다. 그림 카드(잭, 퀸, 킹)가 나오면 타자가 방망이를 휘두른 것을 뜻한다. 그러면 타자가 카드를 뒤집는다. 에이스부터 9까지는 아웃이고, 각 숫자는 수비수들의 포지션 넘버에 해당한다. 투수는 에이스(1), 포수는 2, 1루수는 3, 2루수는 4, 3루수는 5, 유격수는 6, 좌익수는 7, 중견수는 8, 우익수는 9. 가령 타자가 뒤집은 카드가 5라면 3루수에게 아웃당한 것을 뜻한다. 그 5가 검은색 카드면 땅볼이고, 빨간색 카드면 플라이 볼이다(다이아몬드는 플라이, 하트는 라이너). 공이 외야로 나갔을 경우(7, 8, 9), 검은색 카드는 얕은 플라이, 빨간색 카드는 깊숙한 플라이다. 타자가 카드를 뒤집었을 때 10이 나오면 단타다. 잭은 2루타, 퀸은 3루타, 킹은 홈런이다.

거칠긴 하지만 상당히 실제적인 규칙이었다. 안타 분포가 통계적으로 비정상적이지만(원래는 2루타보다 단타가 많아야 하고, 홈런보다 2루타가 많아야 하고, 3루타보다 홈런이 많아야 했을 것이다), 게임은 아슬아슬하고 흥미진진할 때가 많았다. 그보다 더 중요한 것은 최종 스코어가 축구나 농구가 아니라 진짜 야구 경기의 스코어 — 3 대 2, 7 대 4, 8 대 0 — 처럼 나타난다는 점이었다. 기본 원리는 완벽했다. 이제 내가 할 일은 통상적인 트럼프 카드에서 벗어나 새로운 도안의 카드를 개발하는 것뿐이었다. 그러면 게임을 통계적으로 정확하게 만들 수 있을 테고, 전술과 전략 및 의사 결정이라는 새로운 요소(번트, 도루, 희생 플라이)를 추가하여 게임 전체를 더욱 복잡 미묘하고 정교한 수준으로 끌어올릴 수 있을 터였다. 이 일은 주로 숫자를 맞추고 수학적 계산을 다루는 문제였지만, 나는 야구의 복잡한 사항에 정통했기 때문에 정확한 공식에 도달하는 데에는 그리 오랜 시간이 걸리지 않았다. 나는 수없이 게임을 하면서 수정을 거듭했고, 보름쯤 지나자 더 이상 조정할 게 없어졌다. 이어서 지루한 작업이 시작되었다. 우선 카드(96장씩 두 벌) 디자인을 끝내자, 책상 앞에 앉아서 끝이 뾰족한 네 가지 펜(빨강, 초록, 검정, 파랑)을 들고 카드를 하나하나 손으로 그려야 했다. 그 일을 끝내는 데 며칠이 걸렸는지는 기억나지 않지만, 마침내 일을 끝냈을 때는 평생 다른 일은 해본 적이 없는 듯한 기분이 들었다. 도안은 그다지 자랑할 만한 게 못 되었지만, 나는 디자인을 해본 경험도 없고 재능도 없었으니까 그건 충분히 예상할 수 있는 결과였다. 나는 명쾌하고 실용적인 카드, 한눈에 알아볼 수 있고 누구나 쉽게 식별할 수 있는 카드를 만들려고 애썼다. 카드마다 너무 많은 정보를 담아야 했다는 점을 고려하면, 적어도 그것만은 확실히 해냈다고 자부한다. 미적 측면은 나중에 생각해도 되는 문제였다. 이 게임에 흥미를 갖고 상품화하고 싶어 하는 사람이 있다면, 그 일은 전문 디자이너에게 맡기면 그만이었다. 나는 한참을 망설이다가, 당분간 — 그러니까 상품화될 때까지 — 내 창의적인 발명품을 〈액션 베이스볼〉이라고 부르기로 했다 (〈액션 베이스볼〉 참조).

이번에도 나에게 도움의 손길을 뻗친 것은 의붓아버지였다. 그분의 친구 중에 미국에서 가장 규모가 크고 가장 성공적인 장난감 회사에서 일하는 사람이 있었는데, 내가 〈액션 베이스볼〉을 보여 주자 그는 당장에 관심을 보이면서, 누군가의 흥미를 끌 가능성이 충분하다고 말했다. 그때는 내가 아직 작업을 끝내지 않은 상태였지만, 그는 되도록 빨리 완성해서 달포 뒤에 열릴 뉴욕 장난감 박람회에 출품하라고 권했다. 뉴욕 장난감 박람회라는 게 있다는 이야기는 금시초문이었지만, 그것은 장난감 업계에서 가장 중요한 연례행사였다. 매년 2월에 전 세계 장난감 회사들이 매디슨 스퀘어 한편에 있는 〈토이 센터〉에 모여 다음 시즌을 위해 개발한 신제품을 전시하고, 경쟁사들이 무슨 계획을 세우고 있는지를 유심히 살펴보고, 장래 계획을 세운다. 프랑크푸르트 도서 전시회가 책을 위한 잔치이고 칸 영화제가 영화를 위한 잔치라면, 뉴욕 장난감 박람회는 장난감을 위한 잔치다. 의붓아버지의 친구분이 나 대신 모든 일을 도맡아 처리해 주었다. 내 이름이 〈발명가〉 명단에 오르도록 주선해 주었고(그 덕택에 나는 배지를 달고 박람회장에 자유롭게 출입할 수 있는 자격을 얻었다), 그걸로도 충분치 않다는 듯이 그분의 회사 사장과 ─ 박람회 첫날 아침 10시에 ─ 만날 수 있도록 주선해 주기까지 했다.

그 도움이 너무나 고마웠지만, 한편으로는 미지의 행성으로 날아가는 우주선에 방금 좌석을 예약한 사람 같은 기분이 들기도 했다. 무엇을 기대해야 할지 알 수가 없었다. 지형도도 없었고, 내가 앞으로 상대하게 될 낯선 족속의 기질과 관습을 이해할 수 있도록 도와주는 안내서도 없었다. 내가 생각할 수 있는 해결책이란 재킷에 넥타이를 매는 정도가 고작이었다. 결혼식이나 장례식 같은 비상시에 대비하여 옷장에 걸어 둔 넥타이가 내가 가진 유일한 넥타이였다. 이제는 사업상의 만남도 그 용도 목록에 추가할 수 있을 것이다. 그날 아침에 배지를 받으러 토이 센터로 들어갔을 때, 나는 우스꽝스러운 꼬락서니만으로도 이채를 띠었을 게 분명하다. 손에는 서류 가방을 들고 있었지만, 그 안에 들어 있는 거라고는 시가 상자에 채워 넣은 카드 두 벌과 게임 규칙을 적은 복사지 몇 장뿐이었다. 그게 내가 가진 전부였다. 수백만 달러의 매출을 올리는 기업체 사장과의 면담을 앞두고 있는 자가 명함 한 장도 갖고 있지 않았다.

그렇게 이른 시각인데도 사람들이 북적거리고 있었다. 어디를 보아도 장난감 회사의 스탠드가 끝없이 늘어서 있고, 온갖 종류의 인형과 소방차와 공룡과 외계인이 진열대를 장식하고 있었다. 아이들이 꿈꾸는 온갖 오락과 기계 장치가 그 넓은 공간에 가득 차 있고, 그 가운데 삐삐 소리, 짤랑짤랑 소리, 뚜뚜 소리, 땡그랑땡그랑 소리, 또는 으르렁 소리를 내지 않는 것은 하나도 없었다. 그 소음을 뚫고 지나가자, 건물 안에서 조용한 물건은 내가 겨드랑이에 끼고 있는 서류 가방뿐이라는 생각이 들었다. 그해에는 컴퓨터 게임이 크게 유행했다. 뚜껑을 열면 인형이 튀어나오는 깜짝 상자가 발명된 이래, 장난감 세계를 가장 크게 강타한 히트 상품으로 한창 맹위를 떨치고 있었다. 그런데 나는 구식 카드 한 벌로 일확천금할 꿈을 꾸고 있었다. 어쩌면 정말로 뜻밖의 횡재를 할지도 모르지만, 그 소란한 요술의 집에 들어갈 때까지는 그것이 얼마나 허황된 꿈인지를 미처 깨닫지 못했다.

사장과의 면담은 미국 기업 역사상 가장 짧은 시간에 끝나는 기록을 세웠다. 그 사람이 내 발명품을 거절한 것은 상관없지만(나는 이미 각오가 되어 있었고, 나쁜 결과를 충분히 예상하고 있었다), 그 태도가 너무 쌀쌀맞은 데다 안하무인격으로 무례했기 때문에, 나는 아직도 그때를 생각하면 가슴이 아프다. 사장이라는 자는 나보다 나이가 그리 많지도 않았다. 금발에 푸른 눈, 딱딱하고 무표정한 얼굴, 일류 재단사의 훌륭한 솜씨가 빚어낸 맞춤 양복. 그는 흡사 나치 밀정들의 두목처럼 보였고, 또 하는 짓도 그랬다. 그는 악수도 하는 둥 마는 둥, 인사도 제대로 하지 않았고, 내가 그 방에 있다는 것조차 아예 무시하는 투였다. 가벼운 잡담도, 사교적인 언사도, 질문도 전혀 없었다. 그는 다짜

고짜 무뚝뚝하게 말했다. 「무얼 갖고 왔는지 봅시다.」 그래서 나는 서류 가방을 열고 시가 상자를 꺼냈다. 그의 눈에 경멸하는 빛이 어른거렸다. 마치 내가 개똥을 건네면서 냄새를 맡아 보라고 요구하기라도 한 것 같았다. 나는 시가 상자를 열고 카드를 꺼냈다. 그때쯤 나는 모든 희망이 사라졌고 그가 벌써 흥미를 잃었다는 것을 알 수 있었지만, 게임을 시작하는 것 말고는 할 일이 없었다. 나는 카드를 섞으면서 카드에 적힌 3단계 정보를 해석하는 법에 대해 이야기한 다음, 게임을 시작했다. 1회 초 두 명의 타자까지 게임이 진행되었을 때, 그가 갑자기 벌떡 일어나더니 나에게 손을 내밀었다. 그가 한마디도 하지 않았기 때문에, 나는 그가 왜 나하고 악수를 하고 싶어 하는지 알 수가 없었다. 나는 계속 카드를 뒤집으면서 게임을 설명했다. 볼, 스트라이크, 스윙. 마침내 그가 내 손을 잡고 말했다. 「고맙소.」 일이 어떻게 돌아가고 있는지, 나는 아직도 알아차리지 못했다. 「더 이상 보고 싶지 않다는 말씀인가요? 하지만 나는 이 게임이 어떤 식으로 진행되는지 보여 드릴 기회도 갖지 못했는데요.」 「어쨌든 고맙소. 이젠 그만 가봐도 좋소.」 그러고는 돌아서서 내 곁을 떠났다. 카드는 여전히 탁자 위에 펼쳐져 있었다. 그것을 모두 시가 상자에 도로 집어넣는 데에는 1, 2분이 걸렸고, 내가 밑바닥까지 내려간 것도 바로 그때였다. 나는 아직도 그렇게 생각한다. 그 1, 2분 동안이 바로 내가 인생에서 가장 밑바닥에 도달한 순간이었다고.

나는 물건을 주섬주섬 그러모았다. 그리고 밖으로 나가서 늦은 아침을 먹으며 나 자신을 추스른 다음, 박람회장으로 돌아와 하루를 보냈다. 나는 눈에 띄는 게임 용구 회사를 일일이 방문하여 악수를 하고, 미소를 짓고, 문을 두드리고, 나에게 10분 내지

15분을 적선해 주는 사람이 있으면 누구에게나 〈액션 베이스볼〉의 경이를 실습으로 보여 주었다. 결과는 한결같이 실망스러웠다. 큰 회사들은 개인 발명가들과 함께 일하는 것을 그만두었고(소송이 너무 많이 제기되었기 때문에), 작은 회사들은 포켓용 컴퓨터 게임(삐삐)을 원하거나, 스포츠와 관련된 게임은 아예 쳐다보려고도 하지 않았다(잘 팔리지 않기 때문에). 그래도 이들은 정중했다. 아침에 그런 냉대를 받은 뒤였기 때문에, 나는 거기에서 작은 위안을 찾았다.

늦은 오후, 몇 시간 동안 계속된 헛된 노력으로 기진맥진해 있던 나는 우연히 카드 게임을 전문으로 하는 회사를 발견했다. 그 회사는 지금까지 한 가지 게임만 생산했는데 그것이 엄청난 성공을 거두었고, 이제 두 번째 게임을 찾고 있었다. 일리노이주 졸리엣 출신의 두 사내가 소자본으로 운영하는 작은 회사여서, 박람회에 참여한 다른 회사들과는 달리 부스도 요란하게 장식하지 않고 재치 있는 판촉 방법도 전혀 모색하지 않은 채 눈에 잘 띄지 않는 구석에 처박혀 있었다. 그것만으로도 유망한 조짐이었지만, 무엇보다 다행인 것은 두 동업자가 열렬한 야구팬이라고 솔직히 인정한 점이었다. 그 시간에는 별로 할 일이 없었는지, 그들은 비좁은 부스 안에 앉아서 잡담을 나누고 있었다. 내가 야구 게임에 대해 설명했더니, 그들은 빨리 보고 싶어서 안달이 난 것 같았다. 그냥 한번 보는 게 아니라, 차분히 앉아서 9회말까지 해보고 싶어 했다.

솔직히 말하면 그때 나는 카드를 약간 조작했다. 하지만 아무리 그렇다 해도 그들과 벌인 게임은 진짜 경기 이상으로 흥미진진하고 박진감이 넘쳤다. 경기는 처음부터 끝까지 막상막하로 진행되어, 투수가 공을 던질 때마다 긴장이 고조되었다. 위기와 역전, 2사 만루에서 타자가 삼진 아웃을 당하는 아슬아슬한 상황이 거듭되는 가운데 9회 초가 끝났을 때, 스코어는 3 대 2였다. 졸리엣 사내들이 홈팀이었다. 이제 그들이 마지막 공격에 나설 차례였다. 여기서 동점을 만들려면 1점을 얻어야 하고, 이기려면 2점을 얻어야 한다. 처음 두 타자가 맥없이 물러나는 바람에 주자가 하나도 없는 상황에서 그들은 막판에 몰렸다. 그러나 다음 타자가 단타를 쳐서 게임은 계속되었다. 그런데 놀랍게도 다음 타자가 투 볼 투 스트라이크에서 홈런을 날려 단번에 역전승을 거두었다. 9회 말 2사 1루 상황에서 투 런 홈런을 날려 막판에 승리를 낚아채다니! 그것은 손에 땀을 쥘 만큼 스릴이 넘치는, 그야말로 야구 경기의 진면목이었다. 졸리엣 사내가 그 마지막 카드를 뒤집었을 때, 그의 얼굴은 도저히 감출 수 없는 기쁨으로 환하게 빛났다.

그들은 한번 고려해 보겠다고, 좀 더 깊이 검토해 본 뒤에 가부간 대답을 해주겠다고 말했다. 물론 그들끼리 검토하기 위해서는 카드 한 벌이 필요할 것이다. 나는 되도록 빨리 졸리엣으로 컬러 복사한 복제품을 보내 주겠다고 약속했다. 우리는 그렇게 헤어졌다. 악수를 나누고, 주소를 교환하고, 계속 연락을 유지하자고 약속했다. 아침부터 맥 빠지는 일만 계속된 뒤, 갑자기 희망을 가질 만한 이유가 생겼다. 나는 내 엉뚱한 계획이 정말로 성사될지도 모른다고 생각하면서 박람회장을 떠났다.

그때만 해도 컬러 복사는 신기술이어서, 컬러 복사로 복제품을 만들려면 상당한 비용이 들었다. 정확한 액수는 기억나지 않지만, 적어도 1백 달러는 넘었을 것이다. 아니, 어쩌면 2백 달러가 넘게 들었는지도 모른다. 나는 소포를 보내고, 이제나저제나 답장이 오기만 기다렸다. 몇 주가 지났다. 다른 일에 정신을 쏟으려고 애썼지만, 결국은 실망하게 되리라는 것을 차츰 깨닫기 시작했다. 관심과 열의가 있으면 신속히 행동하게 마련이고, 결정을 내리지 못하고 망설이면 일이 지연되게 마련이다. 그들이 오래 꾸물거릴수록 가능성은 낮아질 것이다. 그들이 답장을 보내오는 데에는 두 달이 걸렸고, 그때쯤에는 굳이 편지를 읽지 않아도 무슨 말이 적혀 있는지 짐작할 수 있었다. 나를 놀라게 한 것은 편지가 너무 간결하고 인간적인 온기가 전혀 없다는 점이었다. 나는 한 시간 가까이 함께 지내면서 그들을 즐겁게 해주고 흥미를 불러일으켰다고 생각했는데, 그들의 거절 편지는 메마르고 서투른 단 하나의 단락으로 이루어져 있었다. 낱말의 절반은 철자법이 틀렸고, 거의 모든 문장이 문법적으로 잘못되어 있었다. 그것은 보는 사람을 당황하게 하는 서류였고, 무식한 녀석이 쓴 편지였다. 마음의 상처가 조금 아물기 시작하자, 그들을 잘못 판단한 나 자신이 부끄러워졌다. 바보를 믿으면 결국 자기만 바보가 될 뿐이다.

그래도 아직은 포기할 마음이 없었다. 한번 좌절했다고 해서 물러나기에는 너무 멀리까지 와버렸다. 그래서 나는 고개를 숙이고 앞으로 돌진했다. 모든 가능성을 남김없이 검토할 때까지는 계속해야 한다는 의무감, 내가 낳은 그 불쌍한 사생아를 끝까지 돌봐 주어야 한다는 책임감을 느꼈다. 처가 쪽 사람들이 뉴욕의 유명한 홍보 회사인 〈루더 핀〉에서 일하는 사람과 나를 연결해 주었다. 그는 게임을 좋아했고, 내가 카드를 보여 주자 진심으로 열중하는 것 같았다. 그리고 나를 돕기 위해 백방으로 애써 주었다. 바로 그게 문제의 일부였다. 누구나 〈액션 베이스볼〉을 좋아했다. 어쨌든 내가 포기하는 것을 막을 만큼 많은 사람이 그 게임을 좋아했다. 게다가 이렇게 친절하고 호의적이고 좋은 연줄을 가진 사람이 나를 위해 그렇게 열심히 노력하고 있는데 포기하는 것은 말도 안 되는 일이었을 것이다. 새로운 협력자의 이름은 조지였고, 〈루더 핀〉의 가장 중요한 고객인 〈제너럴 푸드〉사의 홍보를 담당하고 있었다. 그의 계획은 〈제너럴 푸드〉사가 〈액션 베이스볼〉을 싼값에 살 수 있는 할인권을 〈위티스〉 상자에 끼워 주게 한다는 것이었다. 이것은 독창적이고 절묘한 계획으로 여겨졌다. (〈애들아!《위티스》 상자 뚜껑 두 개와 3달러 98센트 상당의 수표나 소액환을 우송하면, 너무너무 재미있는 이 게임을 가질 수 있단다!〉) 조지는 이 계획을 〈제너럴 푸드〉사에 제안했고, 한동안은 계획이 실현될 수 있을 것처럼 보였다. 〈위티스〉는 새로운 판촉 활동을 위한 참신한 아이디어를 찾고 있었는데, 조지는 이것이 바로 그들의 입맛에 맞는 아이디어일지도 모른다고 생각했다. 하지만 그렇지 않았다. 그들은 〈액션 베이스볼〉 대신에 올림픽 10종 경기 챔피언과 손을 잡았고, 그 후 오랫동안 모든 〈위티스〉 상자는 브루스 제너의 미소 짓는 얼굴로 장식되었다. 사실 그들을 탓할 수는 없다. 어쨌든 그것은 〈챔피언들의 아침 식사〉였고, 그들은 챔피언을 후원하는 전통을 갖고 있었다. 조지가 자기 생각을 어느 정도까지 밀고 나갔는지는 모르지만, 나는 아직도 〈위티스〉 상자를 볼 때마다 가슴이 아프다.

조지도 거의 나만큼 실망이 컸지만, 이제는 열정에 감염되었기 때문에 노력을 그만두려 하지 않았다. 조지는 인디애나폴리스에서 베이브 루스 리그[29]에 관여하고 있는 사람을 알았는데, 그 사람과 접촉해 보면 좋은 일이 생길지도 모른다고 생각했다. 그래서 〈액션 베이스볼〉은 또다시 중서부로 보내졌고, 또다시

29 13~15세 청소년을 대상으로 하는 야구 리그.

지나치게 긴 침묵이 이어졌다. 마침내 날아온 답장에서 그가 변명했듯이, 이 지연은 전적으로 그의 탓만은 아니었다.

> 귀하가 6월 22일에 보낸 편지와 〈액션 베이스볼〉에 대한 답장이 너무 늦어져서 죄송합니다. 토네이도[30]가 우리 사무실을 깨끗이 날려 버리는 바람에, 귀하가 보낸 우편물이 늦게야 내 손에 들어왔던 것입니다. 그 후 나는 줄곧 집에서 일했고, 열흘쯤 전에야 우편물을 받았습니다.

내 불운은 거의 성서적 양상을 띠고 있었다. 몇 주 뒤에 그가 다시 편지를 보내서 〈액션 베이스볼〉을 돌려보내겠다고 말했을 때(못내 아쉬운 듯이 깊은 유감을 표시하며 지극히 공손한 표현으로), 나는 거의 움찔도 하지 않았다.

> 귀하의 게임이 독창적이고 혁신적이며 흥미진진하다는 것은 의심할 여지가 없습니다. 이 게임은 군더더기가 별로 없어서 경기가 빨리 진행되는 탁상용 야구 게임이기 때문에 수요가 다소 있을지도 모릅니다만, 이곳의 중론은 이렇습니다. 최고 수준의 선수와 그들에 관한 통계 자료가 없으면 기존의 경쟁 상품을 이길 수 없다는 것입니다.

나는 조지한테 전화를 걸어 이 소식을 전하고, 도와주어서 고맙지만 이제 그만하면 됐으니 더 이상 나한테 시간을 낭비하지 말라고 말했다.

일은 그 후에도 두어 달 동안 교착 상태에 빠져 있다가, 또 다

---

30 미국 중서부 지역에서 봄여름에 주로 발생하는 맹렬한 회오리바람.

른 실마리가 나타났다. 나는 다시 창을 집어 들고 앞으로 돌진했다. 눈앞 어딘가에 풍차가 있는 한, 나는 그 풍차와 맞서 싸울 각오가 되어 있었다. 이제 희망은 작은 부스러기조차 남아 있지 않았지만, 이왕 시작한 바보짓에서 완전히 손을 뗄 수가 없었다. 의붓아버지의 동생이 게임을 개발한 사람을 알고 있었는데, 그 게임으로 떼돈을 벌었기 때문에 그 사람을 만나서 조언을 청하는 것도 괜찮을 것 같았다. 우리는 그랜드 센트럴 역 근처에 있는 루스벨트 호텔 로비에서 만났다. 그는 빠른 말투로 남을 설득하는 재주가 뛰어나고 수완이 좋은 마흔 살 남짓한 사업가였고, 온갖 속임수와 교활한 속셈을 소매 속에 감추고 있는 사람이라서 기질적으로 나와는 맞지 않았지만, 그 빠른 말씨가 어떤 위력을 갖고 있었다는 것은 인정할 수밖에 없다.

「우편 주문. 바로 그겁니다. 메이저 리그의 스타한테 접근해서, 그 게임을 보증해 주면 수익금의 일부를 주겠다고 제의하세요. 그런 다음 모든 야구 잡지에 광고를 내는 겁니다. 주문이 충분하게 들어오면, 그 돈으로 제품을 생산하세요. 주문이 별로 들어오지 않거든 돈을 돌려주고 일을 마무리 지으세요.」

「그러려면 비용이 얼마나 들까요?」

「2만, 아니 2만 5천 달러. 최소한으로 잡아도 그 정도는 될 겁니다.」

「그렇게 많은 돈은 도저히 마련할 수 없을 겁니다. 내 목숨이 거기에 달려 있다 해도.」

「그럼 못 하는 거죠, 뭐. 안 그렇습니까?」

「그야 그렇습니다만, 나는 그저 회사에 아이디어를 팔고 싶을 뿐입니다. 제품은 회사가 만들어 팔고, 나는 거기서 얼마간의 로열티를 받는 거죠. 내가 직접 사업에 뛰어들 수는 없을 테니까요.」

 그는 자기가 얼마나 멍청한 얼간이를 상대하고 있는지를 비로소 깨닫고 이렇게 말했다. 「그러니까 똥은 당신이 누었는데, 물을 내리는 건 다른 사람이 대신해 줬으면 좋겠다, 그런 얘기군요.」

 나라면 그런 식으로 표현하지 않았겠지만, 그와 말다툼을 하고 싶지도 않았다. 그는 분명 나보다 아는 게 많았다. 그가 나를 대신하여 장난감 회사와 접촉할 〈게임 브로커〉를 찾아보라고 권했을 때, 나는 그것이 옳은 방향이라고 믿어 의심치 않았다. 그때까지 나는 〈게임 브로커〉라는 게 존재한다는 것조차 알지 못했다. 그는 특히 유능하다고 생각되는 사람의 이름을 가르쳐 주었고, 이튿날 나는 그 여자에게 전화를 걸었다. 결국 그것이 내가 취한 마지막 조치였고, 그 혼란스러운 무용담의 마지막 장이었다. 그녀는 기한과 조건과 수수료, 무슨 일을 하고 무슨 일을 안 할 것인지, 무엇을 기대하고 무엇을 피할 것인지에 대해 쉬지 않고 지껄여 댔다. 그것은 그녀가 고객을 끌 때 늘어놓는 관례적인 선전 연설처럼 들렸다. 오랫동안 겪은 곤경과 필사적인 책략이 압축되어 맹렬한 기세로 터져 나오는 것 같았다. 처음 몇 분 동안 나는 한마디도 끼어들 수가 없었다. 그러다가 마침내 그녀가 한숨 돌리려고 말을 멈추었다. 그녀가 내 게임에 대해 물어본 것은 그때였다.

 「그건 〈액션 베이스볼〉이라고 합니다.」

 「〈베이스볼〉이라고 하셨나요?」

 「예, 베이스볼요. 카드를 뒤집는 겁니다. 박진감이 넘치죠. 15분 정도면 9회까지 끝낼 수 있습니다.」

 「미안하지만 스포츠 게임은 안 돼요.」

「무슨 뜻인지?」

「스포츠 게임은 한물갔어요. 이젠 팔리질 않아요. 아무도 사고 싶어 하지 않으니까요. 댁의 게임에는 손대지 않겠어요. 3미터짜리 장대로도 건드리지 않겠어요.」

그것으로 충분했다. 여자의 퉁명스러운 선언이 아직도 내 귀에서 울리고 있을 때, 나는 전화를 끊고 카드를 치우고, 거기에 대해 생각하는 것을 영영 그만두었다.

나는 조금씩 막다른 골목으로 다가가고 있었다. 졸리엣에서 맞춤법이 엉망인 편지가 날아온 뒤, 나는 〈액션 베이스볼〉이 승산이 없는 말에 불과하다는 것을 깨달았다. 그것을 돈줄로 생각하는 것은 완전한 자기기만이고 바보 같은 실수였을 것이다. 그래도 몇 달 동안 더 노력했지만, 그 마지막 노력에는 내 시간의 일부만 투입했을 뿐이다. 마음속 깊은 곳에서는 이미 실패를 받아들이고 있었다. 게임의 실패, 사업가의 영역을 침범한 내 어리석은 행동의 실패만이 아니라, 내 모든 원칙, 내가 평생 동안 일과 돈과 시간 추구에 대해 가졌던 입장의 실패도 인정했다. 시간은 더 이상 중요하지 않았다. 나는 글을 쓰기 위해 시간이 필요했지만, 이제 나는 종이를 구겨서 쓰레기통에 던지는 만족감을 위해서만 글을 쓰는 전업 작가였기 때문에, 부질없는 몸부림을 포기하고 다른 사람들처럼 살 준비가 되어 있었다. 9년 동안의 궁핍한 프리랜서 생활은 내 연료를 다 태워 버렸다. 게임을 발명하여 궁지에서 벗어나려고 애써 보았지만 아무도 내 발명품을 원하지 않았고, 이제 나는 옛날의 그 자리로 되돌아왔다. 상황은 오히려 더 나빠졌고, 과거 어느 때보다도 기진맥진해 있었을 뿐이다. 적어도 〈액션 베이스볼〉은 참신한 아이디어였고 일시적이

나마 희망을 부풀게 했지만, 이제는 아이디어도 모두 바닥나 버렸다. 그동안 내가 실제로 한 일은 깊고 어두운 굴속으로 파고들어 간 것이었다. 거기서 빠져나올 방법은 일자리를 찾는 것뿐이었다.

나는 전화를 걸고, 이력서를 보내고, 시내로 면접 시험을 보러 갔다. 교직, 언론계, 편집 — 어느 것이든 상관없었다. 매달 봉급이 나오기만 한다면 어떤 일자리도 괜찮았다. 두세 군데는 거의 성사될 뻔했지만, 마지막 순간에 가서 틀어지고 말았다. 그 우울한 일을 이제 와서 시시콜콜 늘어놓지는 않겠지만, 어쨌든 눈에 띄는 결과 하나 얻지 못한 채 여러 달이 지났다. 나는 더욱 당황하여 갈피를 잡지 못했고, 내 마음은 온갖 근심 걱정으로 마비될 지경이었다. 오랫동안 지켜 온 모든 지점에서 투항하고 백기를 들었는데, 여전히 나는 아무것도 이루지 못한 채 한 발짝 내디딜 때마다 후퇴하고 있었다. 그런데 바로 그때 난데없이 뉴욕주 예술 협회에서 3천5백 달러의 지원금이 들어왔다. 나는 예기치 않게 숨 돌릴 여유를 얻었다. 오래가지는 않겠지만 파멸의 시간을 얼마간 늦추기에는 충분했다.

그로부터 얼마 지나지 않은 어느 날 밤, 침대에 누워 불면증과 씨름하고 있을 때, 문득 새로운 아이디어가 떠올랐다. 아니, 그것은 아이디어가 아니라 일종의 변덕이었을 것이다. 그해에 나는 탐정 소설을 많이 읽었다. 대부분 하드보일드 계열의 작품이었는데, 나는 그것이 스트레스와 만성적인 불안을 달래 주는 좋은 진통제라고 여기는 단계를 넘어 이제는 그 장르의 작가들에게 존경심까지 품게 되었다. 그들은 미국 생활에 대해 이른바 순수 작가들보다 더 많은 것을 이야기할 뿐 아니라, 문장도 순수 작가들보다 한결 세련되고 명쾌해 보였다. 이런 소설에 반복해서 나오는 상투적인 트릭 가운데 하나는 자살로 위장된 살인이다. 겉으로는 등장인물이 스스로 목숨을 끊지만, 소설이 막바지에 이르러 복잡하게 얽혀 있던 음모의 가닥들이 마침내 풀리면 악당의 정체가 드러나고, 그가 등장인물을 죽인 장본인이라는 사실이 밝혀지곤 한다. 나는 생각했다. 수법을 완전히 바꾸어 정반대로 해보면 어떨까? 겉으로는 살인처럼 보이는 사건이 실제로는 자살이었던 것으로 판명되는 소설이 있어도 좋지 않은가? 내가 아는 한, 이제까지 그런 소설은 아무도 쓴 적이 없었다.

그것은 한가한 생각, 새벽 2시에 문득 떠오른 영감에 불과했지만, 나는 잠을 이룰 수가 없었다. 가슴속에서 심장이 두근거리고 불규칙하게 고동치기 시작했다. 나는 뛰는 가슴을 진정시키기 위해, 내가 전제로 삼은 트릭에 어울리는 줄거리를 꾸며 내려고 애쓰면서 그 생각을 좀 더 밀고 나아갔다. 개인적으로 그 결과에 대해서는 관심이 전혀 없었다. 나는 다만 곤두선 신경을 달래 줄 진정제를 찾고 있었을 뿐이다. 하지만 그림 조각들이 계속 제자리를 찾아갔고, 마침내 잠 속으로 빠져들었을 때쯤에는 추리 소설 한 편의 뼈대가 완성되어 있었다.

이튿날 아침, 책상 앞에 앉아서 간밤에 생각한 소설을 써보는 것도 그리 나쁜 생각은 아닐지 모른다는 생각이 들었다. 그것 말고 딱히 할 일이 있는 것도 아니었다. 나는 지난 몇 달 동안 작품은커녕 제대로 된 음절 하나 쓰지 않았고, 일자리도 찾지 못했고, 예금은 거의 바닥을 드러내고 있었다. 괜찮은 탐정 소설 한 편 써낼 수만 있다면, 은행 계좌에 하다못해 몇 달러 정도는 들어올 것이다. 나는 더 이상 일확천금을 꿈꾸지 않았다. 하루하루 성실히 일하고 정당한 대가를 받는 것, 생존의 기회를 얻는 것, 그것이 내가 바라는 전부였다.

나는 6월 초에 시작하여 8월 말에 3백 쪽 남짓한 원고를 완성했다(『스퀴즈 플레이』참조). 이것은 순전한 모방 연습이었다. 나는 다른 책들과 비슷한 책을 쓰려고 의식적으로 노력했지만, 돈벌이를 위해 썼다고 해서 책을 쓰는 것이 즐겁지 않았다는 뜻은 아니다. 이 장르의 소설로서는 내가 그동안 읽은 수많은 작품보다 나쁘지 않아 보였고, 몇몇 작품보다는 훨씬 좋아 보였다. 어쨌든 출판할 수 있을 정도는 되었고, 그 이상은 애당초 기대하지도 않았다. 그 소설에 대해 가졌던 유일한 야심이 있다면, 그것을 돈으로 바꾸어 밀린 청구서를 최대한 많이 갚는 것이었다.

또다시 나는 당장 문제에 부딪혔다. 내 상품을 헐값에 내놓고 나를 팔기 위해 가능한 일은 뭐든지 다 했지만, 아무도 나를 받아 주려고 하지 않은 것이다. 이 경우에는 (게임처럼) 팔려고 내놓은 상품에 문제가 있다기보다 내가 세일즈맨으로서는 어처구니없을 만큼 어리석은 짓을 한 게 문제였다. 내가 알고 지내는 편집자들은 나에게 번역을 부탁한 사람들뿐이었는데, 그들은 대중 소설에 대해 판단을 내릴 능력이 모자랐다. 대중 소설을 다루어 본 경험도 없었고, 내가 쓴 소설과 같은 책을 읽거나 출판해 본 적도 없었고, 추리 소설이라는 게 세상에 존재한다는 것조차 거의 알지 못했다. 하물며 추리 소설 분야에 다양한 하위 장르 — 탐정 소설, 경찰 소설, 범죄 소설, 스파이 소설, 법정 소설 등등 — 가 있다는 사실을 그들이 알 턱이 없었다. 나는 이런 편집자들 가운데 한 사람에게 원고를 보냈는데, 원고를 겨우 다 읽고 나서 그가 보인 반응은 놀랄 만큼 열의에 차 있었다. 「좋은데요. 아주 좋습니다. 탐정 소설적 요소만 빼버리면 뛰어난 심리 스릴러가 될 거예요.」

「하지만 그게 바로 핵심인데요. 그건 탐정 소설입니다.」

「그럴지도 모르지요. 하지만 우리는 탐정 소설을 출판하지 않습니다. 다시 써보세요. 그러면 우리 출판사도 틀림없이 관심을 가질 겁니다.」

원고를 고쳤으면 그의 관심은 끌었을지 모르나, 내가 거기에 관심이 없었다. 나는 특별한 목적을 위해 특별한 방법으로 그 원고를 썼는데, 이제 와서 그것을 제거하는 것은 이치에 맞지 않는 일이었다. 나는 좀 더 절박한 문제를 처리해야 했기 때문에, 나를 대신해서 출판사를 물색해 줄 에이전트가 필요하다는 것을 깨달았다. 그런데 문제는 에이전트를 어떻게 찾는지에 대해 가장 기초적인 것도 모른다는 점이었다. 어쨌든 시인은 에이전트를 두지 않는다. 번역가도 에이전트를 두지 않는다. 서평 하나에 2, 3백 달러를 받는 평론가도 마찬가지다. 나는 그동안 문학 동네의 변두리, 책과 돈이 긴밀한 관계를 맺고 있는 상업 중심지에서 가장 멀리 떨어진 곳에서 살았다. 문학 동네에서 내가 아는 사람은 시시한 잡지에 작품을 발표하는 풋내기 시인이나 비영리적인 작은 잡지를 발행하는 출판업자, 그 밖에 다양한 괴짜와 사회에 적응하지 못한 외톨이와 추방자뿐이었다. 도움을 청할 만한 사람도 없었고, 유용한 정보나 지식도 전혀 얻을 수 없었다. 설령 그런 게 있다 해도, 나는 너무 미련해서 어디에 가면 그걸 찾을 수 있는지 알지 못했다. 그러다가 우연히 고등학교 동창을 만났는데, 전처가 마침 저작권 대행사를 운영하고 있다는 것이었다. 내가 원고에 대해 이야기를 꺼냈더니, 그 친구는 제 전처한테 원고를 보내 보라고 권했다. 나는 시키는 대로 했고, 한 달 가까이 답장을 기다린 뒤에 보기 좋게 퇴짜를 맞았다. 이런 소설은 별로 돈벌이가 되지 않는다, 따라서 출판사를 찾느라 고생할 가치도 없다고 그녀는 말했다. 이제는 아무도 탐정 소설을 읽지 않는다. 탐정 소설은 한물갔으며, 전반적으로 실패할 게 뻔하다. 그것은 불과 열흘 전에 게임 브로커가 한 말과 일언반구도 다르지 않고 똑같았다.

그 원고도 결국에는 출판되었지만, 그것은 4년 뒤의 일이었다. 그사이에 온갖 재난과 격변이 꼬리를 물고 일어나는 바람에, 〈폴 벤저민〉이라는 가명으로 쓴 그 작품의 운명에 대해서는 신경 쓸 겨를이 없었다. 결혼 생활은 1978년 11월에 파경을 맞았고, 주소가 몇 차례 바뀌는 동안 그 원고는 비닐봉지에 처박힌 채 거의 잊힌 상태였다. 이혼한 지 불과 두 달 뒤, 평생 동안 단 하루도 앓아 본 적이 없었던 아버지가 갑자기 세상을 떠났다. 그리고 몇 주 동안 나는 유산 문제를 처리하고 아버지의 개인적인 문제를 해결하고 이런저런 일을 매듭지으면서 대부분의 시간을 보냈다. 아버지의 죽음은 나에게 큰 충격을 주었고, 엄청난 슬픔을 불러일으켰다. 글을 쓸 만한 기력이 있으면, 나는 아버지에 대한 글을 쓰는 데 그 힘을 모두 쏟아부었다. 참으로 뜻밖의 사실은 아버지가 유언장에서 나에게 재산을 남겼다는 점이다. 대단한 액수는 아니었지만 나에게는 그때까지 한 번도 만져 본 적이 없는 큰돈이어서, 내가 다른 생활로 넘어가는 과도기를 헤쳐 나가는 데 큰 도움이 되었다. 나는 다시 뉴욕으로 이사하여 계속 글을 썼고, 결국 사랑에 빠져 재혼했다. 그 4년 동안 나에게는 모든 것이 바뀌었다.

그 시기의 중간쯤인 1980년 말이나 1981년 초에, 나는 딱 한 번 만난 적이 있는 사람에게서 전화를 받았다. 친구의 친구였는데, 그를 만난 것이 8년이나 9년 전이어서, 처음 전화를 받았을 때는 그가 누군지도 기억나지 않았다. 그는 출판사를 차릴 계획이라면서, 혹시 쓸 만한 원고를 가지고 있느냐고 물었다. 그의 말로는, 흔해 빠진 소규모 출판사가 아니라 진짜 사업, 다시 말해서 〈영리 기업〉이 되리라는 거였다. 그래요? 나는 침실 벽장에 처박아 둔 비닐봉지를 떠올리면서 말했다. 그렇다면 내가 마침 갖고 있는 원고가 당신한테 맞을지도 모르겠군요. 내가 탐정 소설에 대해 이야기하자 그는 원고를 읽어 보고 싶다고 말했고, 나는 원고를 복사해서 그 주가 지나기 전에 우송했다. 뜻밖에도 원고는 그의 마음에 들었다. 그보다 더 뜻밖이었던 것은, 그가 내 친김에 원고를 출판하고 싶다고 나선 것이었다.

물론 나는 기뻤다. 기쁘고 즐거웠지만, 일말의 불안도 없지 않았다. 일이 너무 잘 풀리는 것 같아서, 이게 정말인가 하는 기분을 떨쳐 버릴 수가 없었다. 책을 출판하는 게 그렇게 간단한 일이라고는 생각되지 않았고, 그래서 어딘가에 함정이 있는 것은 아닐까 하는 의심도 들었다. 그가 어퍼 웨스트사이드에 있는 아파트를 사무실로 쓰고 있다는 것은 알았지만, 내가 우편으로 받은 계약서는 진짜 계약서였다. 대충 훑어보고 조건이 그런대로 괜찮다는 판단이 서자, 계약서에 서명하지 않을 이유가 없었다. 물론 선수금은 한 푼도 없었지만, 책이 한 권이라도 팔리면 인세가 들어올 터였다. 갓 출범한 신생 출판사는 그렇게 하는 것이 상례인가 보다고 생각했다. 하기야 투자자가 있는 것도 아니고, 이렇다 할 재정적 지원을 받고 있는 처지도 아니기 때문에, 없는 돈을 내줄 수는 없을 터였다. 그의 출판사는 물론 〈영리 기업〉이라고 부를 만한 것은 아니었지만, 언젠가는 그런 기업이 될 거라고 그는 잔뜩 기대하고 있었다. 내가 뭔데 그의 기대에 찬물을 끼얹겠는가?

그는 아홉 달 뒤에 간신히 책 한 권 — 그것도 페이퍼백 복각본 — 을 세상에 내놓았지만, 내 소설을 출판하는 일은 2년 동안이나 지지부진했다. 마침내 책이 나왔을 때는 배급업자를 잃은 뒤였고, 자금도 한 푼 남아 있지 않았다. 어느 면에서 보든 출판업자로서 그는 죽은 거나 마찬가지였다. 그가 직접 뉴욕 시내를 돌아다니며 서점 두어 군데에 책 몇 부를 배본했지만, 나머지는 골판지 상자 속에 남은 채 브루클린 어딘가에 있는 창고 바닥에서 먼지를 뒤집어쓰고 있었다. 잘은 모르지만, 그 책들은 아직도 거기에 있을 것이다.

여기까지 온 이상, 마지막으로 한 번만 더 노력해서, 결말이 어떻게 나는지 봐야겠다는 생각이 들었다. 소설은 이미 〈출판〉되었기 때문에 하드커버로 다시 내는 것은 불가능했지만, 관심을 가져 줄 만한 페이퍼백 출판사는 아직 남아 있었다. 그런 출판사들에 거절할 기회도 주지 않은 채 내 소설을 버리고 떠날 마음은 나지 않았다. 나는 다시 에이전트를 찾기 시작했고, 이번에는 제대로 찾아냈다. 그녀는 내 소설을 〈에이번 북스〉의 편집자에게 보냈고, 사흘 뒤에 채택되었다. 만사가 그런 식으로 순식간에 진행되었다. 그들은 선수금으로 2천 달러를 제시했고, 나는 거기에 동의했다. 실랑이도 없었고, 흥정도 없었고, 속셈을 감춘 협상도 없었다. 나는 자존심을 되찾은 기분이어서, 시시콜콜한 것은 더 이상 개의치 않았다. 원래의 출판업자와 (계약대로) 선수금을 나누자 내게는 1천 달러가 남았다. 여기서 에이전트 수수료 10퍼센트를 빼고 나니, 결국 내 손에 쥐인 돈은 단돈 9백 달러였다.

돈을 벌기 위해 책을 쓴다는 건 그런 것이다. 헐값에 팔아 치운다는 건 그런 것이다.

세 편의 희곡

로럴과 하디, 천국에 가다
정전
숨바꼭질

로럴과 하디, 천국에 가다

〈등장인물〉

스탠리 로럴, 벽담 쌓는 사람
올리버 하디, 벽담 쌓는 사람

텅 빈 무대. 오른쪽 뒤에 돌무더기 하나. 가로, 세로, 높이가 각각 75센티미터 크기인 돌이 열여덟 개 쌓여 있다.

어스레한 무대가 차츰 밝아진다. 빛은 전반부가 진행되는 동안 계속 밝아져, 후반부로 이어지는 시점에서 대낮처럼 환해진 다음, 점점 어두워져 마지막에는 캄캄해진다.

무대 오른쪽에서 로럴 등장. 멍한 것처럼 천천히, 조심스럽게 걸어 나온다. 가슴판이 달린 청바지 작업복에 작업용 장화, 어깨에는 멜빵 달린 작은 배낭을 메고 있다. 머리에는 중산모가 올라앉아 있다. 걸음을 멈추고 고개를 돌려 방금 걸어온 쪽을 돌아본다.

무대 왼쪽에서 하디 등장. 같은 옷차림, 같은 배낭, 같은 중산모. 뚜렷한 목적을 가진 사람처럼 성큼성큼 무대를 가로지른다. 어스름 속에서 로럴의 등에 정통으로 부딪친다. 둘 다 나동그라져서 신음을 낸다.

하디　(정신을 차리고, 로럴의 얼굴을 만지며) 너야?
로럴　그래. (사이) 그런 것 같아. (그러나 의심스러운 듯 제 얼굴을 만지며) 이게 난가?
하디　그래, 물론 너지.
로럴　그럼 넌? 너는 너야?
하디　그래, 물론 나는 나지. (사이) 나는 나고, 너는 너야.
로럴　그럼 우리 둘 다 여기 있는 것 같군. 안 그래?
하디　(일어나서 기지개를 켠다. 열의가 담긴 투로) 그럼 이제 …… 또 하루가 시작됐군.
로럴　그렇게 기뻐할 필요는 없어.
하디　(동작을 멈춘다. 진지하게) 그런 식으로 말하지 마. 내가 즐겁지 않다는 건 너도 알잖아.
로럴　하지만 아주 즐거워 보이는걸. 목소리도 즐겁게 들리고.
하디　그걸 이른바 〈허세 부리기〉라고 하는 거야. 나 자신을

　　　　속여서 진짜 내가 아닌 다른 사람 흉내를 내는 방법이
　　　　지. (사이. 쾌활하게) 나는 흉내를 내고 있어. (돌무더기
　　　　쪽으로 걸어간다.)
로럴　지금 몇 시인지 알아?
하디　늦었어. (걸음을 멈추고 손목시계를 들여다본다.) 점점
　　　　늦어지고 있어. (계속 돌무더기 쪽으로 걸어간다.)
로럴　어딜 가는 거야?
하디　오늘 일감이 뭔지 보려고.
로럴　꼭 모르는 것처럼 말하는군.
하디　그야 모르지. 미묘한 차이도 있고…… 다양한 변형도
　　　　있고…… 바퀴 안의 바퀴도 있고…….
로럴　바퀴라고?
하디　바퀴 안의 바퀴. 비유적인 표현이야.
로럴　(좀 더 격렬하게) 바퀴라고?
하디　바퀴. 바퀴 안의 바퀴.
로럴　(외치는 소리로) 바퀴라고? 너는 운명의 수레바퀴가 있
　　　　다고 생각하는 모양인데, 그런 게 있다면 우리는 지금
　　　　여기 있지도 않을 거야. 바퀴라고? 흥! 바퀴 같은 건 없
　　　　어. 바퀴 안의 바퀴 따위는 없단 말이야!

격렬한 비난이 뚝 그친다. 침묵.

하디　시작할 준비 됐어?
로럴　안 됐다면?
하디　상관없어.
로럴　나도 그럴 줄 알았어. (잠시 생각한다.) 준비됐어.

하디   지시 사항을 가져올게. (배낭을 가지러 간다.)

로럴   오늘이 며칠인지 기억해?

하디   (배낭에서 커다란 검은 책을 꺼내며) 아니. 하지만 여기 이 책에 다 적혀 있어. 그러니까 기억에 대해서는 걱정 안 해도 돼. (책장을 팔랑팔랑 넘기기 시작한다.)

로럴   어때?

하디   (여전히 책장을 넘기며) 뭐가?

로럴   찾았느냐고?

하디   (여전히 책장을 넘기며 짜증스럽게) 뭘 찾았느냐는 거야?

로럴   날짜 말이야. 날짜를 찾았느냐고?

하디   네가 방해하지 않으면 훨씬 빨리 찾을 수 있을 거야. (책장을 넘기며 혼잣말로) 천…… 9백…… 10월…… 11월…… 12월…… (동작을 멈춘다.) 아하, 여기 있군. (실제 날짜를 읽는다.) 19XX년, X월 X일.

로럴   (만족스럽게) 좋아. (손을 내민다.) 그 책 이리 줘.

하디   (깜짝 놀라며) 이 책을 달라고?

로럴   내가 읽을 차례야.

하디   (싸울 듯이) 내가 읽을 차례?

로럴   전에 합의했잖아. 잊어버렸어? 네가 분명히 그랬어. 다음에는 내가 읽을 차례라고. 네 차례가 아니라 내 차례야.

하디   (사이. 자신 있게) 하지만 너는 지난번에 읽었어.

로럴   내가?

하디   기억 안 나?

로럴   (화난 투로) 있지도 않은 일을 어떻게 기억해?

하디 하지만 사실이야. 지난번엔 네가 지시 사항을 읽었어.
로럴 아니야.
하디 읽었어.
로럴 (더 큰 소리로) 아니야.
하디 (더 큰 소리로) 읽었어.
로럴 (더욱 큰 소리로) 아니야!
하디 (더욱 큰 소리로) 읽었어!

서로 등을 돌리고, 팔짱을 끼고, 입을 삐죽 내민다. 잠시 후.

하디 스탠?

침묵.

하디 스탠리!
로럴 (마침내) 왜?
하디 그건 중요하지 않아.
로럴 중요한 건 아무것도 없어.
하디 내 말은 〈그건〉 중요하지 않다는 뜻이야.
로럴 뭐가 중요하지 않다고?
하디 지시 사항.
로럴 (시치미를 떼며) 지시 사항? 무슨 지시 사항?
하디 지시 사항. 누가 지시 사항을 읽느냐는 중요하지 않아.

로럴, 한숨을 내쉰다. 둘 다 돌아서서 얼굴을 맞댄다.

로럴   그럼 네 마음대로 해.

하디   (책을 내밀며) 아니, 오늘은 네 차례야. 네가 읽어.

로럴   싫어.

하디   읽으라니까.

로럴   싫어.

하디   하지만 나는 네가 읽었으면 좋겠어.

로럴   그건 중요하지 않아. 네 입으로 말했잖아. 〈누가 지시 사항을 읽느냐는 중요하지 않다〉고.

하디   그래도 네가 읽어. 제발 부탁이야. (책을 로럴에게 내밀지만, 로럴은 받지 않는다. 책이 두 사람 사이 바닥에 떨어진다.) 왜 그래? 안 집을 거야?

로럴   (어깨를 으쓱하며) 싫어.

하디   (손목시계를 들여다보며) 늦었어. 빨리 시작하지 않으면 문제가 생길지도 몰라.

둘 다 생각에 잠겨 책을 내려다보고, 다시 생각에 잠긴다. 둘 다 차츰 결론에 도달한다. 책을 집으려고 동시에 허리를 굽히다가 머리를 부딪친다. 로럴이 바닥에 나동그라진다. 하디는 머리를 감싸 안고 소리를 지르며 무대를 비틀비틀 돌아다닌다. 로럴은 말없이 바닥에 주저앉아 머리를 문지른다. 결국 하디가 돌아와 책을 집어 든다.

하디   (큰 소리로) 빌어먹을 지시 사항! 빨리 해치우자! (로럴, 일어난다. 하디, 분노와 좌절감에 몸을 떨면서 오늘의 지시 사항이 적힌 페이지를 찾는다. 헛기침으로 목청을 가다듬고, 우렁찬 목소리로 읽는다.) 「오늘의 지시 사항!」(헛기침. 목소리를 조금 낮추어)「오늘의 지시 사항!」(사이. 기운차게)「머리말.」(사이. 로럴이 벼룩에 물리기라도 한 것처럼 미친 듯이 몸을 긁고 있다.) 준비됐어?

로럴 (차려 자세를 취하며) 준비! (몰래 살그머니 몸을 긁는다.)

하디 (기운차게)「오늘의 체조.」

로럴 (양손을 맞비비며) 훌륭해.

하디 훌륭하다고? 난 아직 아무것도 안 읽었는데?

로럴 하지만 첫머리는 읽었잖아. 훌륭한 첫머리야. 〈기초부터 시작하라.〉 정말 현명해.

하디 (헛기침)「오늘의 체조.」(사이)「숨을 깊이 들이마신 다음, 잠시 숨을 멈추었다가 내뱉는다.」(둘 다 지시대로 심호흡을 한다.)「양손을 머리 위로 들어 올린 다음, 허리를 구부려 발가락을 만진다.」(둘 다 지시에 따른다.)「다섯 번 제자리 뛰기를 하면서 발이 땅바닥에 닿을 때마다 〈아〉라고 말한다.」(지시에 따른다.)「양손을 엉덩이에 대고 머리를 무릎에 댄다.」(둘 다 해보려고 하지만 뜻대로 안 된다. 끙끙대면서 여러 번 시도한다.)

로럴 (포기하면서) 못 하겠어.

하디 그래, 이건 아무도 못 할 거야.

허리를 펴고 서로 마주 본다.

로럴 (불안한 듯) 하지만 우리는 지시 사항을 모두 그대로 따라야 해.

하디 (성난 목소리로) 〈그건〉 아무도 못 해. 불가능해.

로럴 실수가 있었다고 생각해?

하디 실수는 지금까지 한 번도 없었어.

로럴 그럼 어떡하지? 포기할 수는 없어.

하디 포기해야 해. 어쨌든 우리는 최선을 다했잖아?

로럴 하지만 그 최선이 아직 충분치 않은지도 몰라.

하디 최선보다 나은 건 없어. (생각에 잠긴다.) 어떤 일을 하라고 말하는 건 실제로는 최선을 다하라는 뜻이야.

로럴 (흥분한 투로) 그건 절대로 그런 뜻이 아니야. 무언가를 하라고 말하는 건 정말로 그 일을 하라는 뜻이라고!

하디 할 수 없는 일을 할 수는 없어. 그건 전혀 사리에 맞지 않아.

로럴 (한숨을 내쉬며) 그게 꼭 사리에 맞아야 한다고 생각해?

침묵.

하디 그냥 다음으로 넘어가면 안 될까?

로럴 안 돼. 그냥 넘어갈 수는 없어.

하디 하지만 다음으로 넘어가지 않으면 절대로 끝내지 못할 거야.

로럴 첫 부분도 못 해 쩔쩔매면서 왜 끝내는 걸 걱정해? 아예 아무것도 안 하는 것보다 도중에 실패하는 게 낫다는 규정이라도 있어?

하디 우리는 실패하지 않았어. 다만 해야 할 일을 하고 있을 뿐이지. 우리는 실패하도록 〈되어 있다〉는 생각을 해본 적이 있어? 우리는 실패하고 있기 때문에 성공하고 있는지도 몰라. (사이) 이건 단지 테스트일 뿐이야. 그들은 우리가 어떤 사람인지 알고 싶어 해.
로럴 다 알면서 새삼스럽게 무슨.
하디 (진지하게) 나는 다음으로 넘어가야 한다고 생각해.
로럴 마음대로 해. 아무래도 좋아. (큰 소리로) 아무래도 상관없어!
하디 (사이) 준비됐어?
로럴 그래. 준비됐어. 다음은 뭐지?
하디 (책을 뒤적거린다. 잠시 후) 다음은 없어.
로럴 (믿기지 않는 듯이) 다음이 없다고?
하디 체조는 더 이상 없어. 그게 체조의 끝이야.
로럴 그다음엔 뭐가 있지?
하디 (책을 살펴본다.) 정신 수련.
로럴 정신 수련? 그게 뭔데?
하디 (차분하게) 마음을 준비시키는 법, 해야 할 일에 대비하여 정신을 준비시키는 방법이야.
로럴 (빈정거리는 투로) 정말 멋지군. 생각해 봐. 우리 정신은 일을 하고, 우리는 여기 앉아서 지켜보기만 하면 된다니 말이야. (큰 소리로) 정신이 물질을 지배한다! 정신 만세!
하디 다 끝났어?
로럴 안 끝났다면?
하디 상관없어.
로럴 그럴 줄 알았어. (사이) 어서 시작해.
하디 (책을 살펴본다. 기운차게) 「정신 수련.」 (사이) 「똑바로 선다. 본다. 듣는다.」(둘 다 똑바로 서서 보고 듣는다.)
「눈을 감는다. 방금 보고 들은 것을 생각한다.」(둘 다 눈을 감고 생각한다. 사이. 눈을 뜬다.)「자신에게 말한다. 여기가 내가 있는 곳이다. 나는 이런 사람이다. 이것이 나다.」

로럴 (목청을 높여서) 여기가 내가 있는 곳이다. 나는 이런 사람이다. 이것이 나다.

하디 (감정을 담아서) 여기가 내가 있는 곳이다. 나는 이런 사람이다. 이것이 나다.

침묵.

로럴 그것뿐이야?
하디 정신 수련은 그걸로 끝이야.

침묵. 둘 다 생각에 잠긴다.

로럴 다음은 뭐지?
하디 지시 사항.
로럴 아아, 좋아. 난 말이야, 네가 그걸 읽는 걸 들으면 기분이 좋아. 너는 언제나⋯⋯ 기운차게 그걸 읽지.
하디 (감격하여) 그렇게 생각해?
로럴 네 목소리는 말이야, 듣는 사람한테 정말로⋯⋯ 뭐랄까 ⋯⋯ 활기를 주거든.
하디 (더욱 감격하여) 그렇게 말해 주니 고맙군. 정말 고마워.

로럴   (앞서 한 말을 수정하여) 늘 그런 건 아니야. 하지만 대개는 그래. 열다섯 번에 (사이) 아홉 번 정도……. 아니, 열다섯 번이나 (사이) 스무 번에 아홉 번 정도는 정말로 활기를 주지.
하디   좋아. 그럼 잘 들어. (헛기침을 하고 기운차게)「지시 사항.」 (사이)「오늘은 일감으로 돌덩이 열여덟 개가 주어졌다. 일을 시작하기 전에 우선 돌덩이의 수를 헤아려 틀림없는지 확인하라.」 (사이) 스탠, 가서 수를 세어 봐.

로럴, 돌무더기로 걸어가서 헤아리기 시작한다.

로럴   (마지못한 투로) 하나…… 둘…… 셋…… 넷…… 다섯…… 여섯…… 일곱…… 여덟…… 아홉…… 열…… 열하나…… 열둘…… 열셋…… 열넷…… 열다섯…… 열여섯…… 열일곱. (사이. 모자를 벗고 머리를 긁적인다. 하디를 돌아보며) 열일곱 개야.
하디   열일곱 개라고? (화를 내며) 열일곱 개! 어떻게 열일곱 개일 수가 있지? 돌덩이는 열여덟 개야!
로럴   (무안한 얼굴로) 나더러 어쩌라는 거야? 나는 분명히 열일곱까지 셌어. 너한테 거짓말을 하라는 거야?
하디   거짓말하고 있잖아!
로럴   (성난 목소리로) 그들이 실수를 저지를 수도 있어.
하디   이 일에는 어떤 실수도 없어.
로럴   그럼 직접 와서 보지, 깝죽이 씨. 나중에 딴소리하지 마.
하디   그건 내가 할 소리야. (돌무더기로 걸어간다. 로럴을 옆으로 밀치면서) 비켜! (큰 소리로 단호하게 돌덩이를 헤아리기 시작한다.) 하나. 둘. 셋. 넷. 다섯. 여섯. 일곱. 여덟. 아홉. 열. 열하나. 열둘. 열셋. 열넷. 열다섯. 열여섯. 열일곱. 열여덟. (사이. 우쭐하게) 열여덟! 열여덟 개가 있는 게 안 보여? 뭐든지 내가 다 해야 해?

로럴 (당황한 투로) 그렇게 소리 지를 필요는 없잖아.

하디 (큰 소리로) 지르고 싶으면 지를 거야! 알았어? (더 큰 소리로) 지르고 싶으면 지를 거라고!

침묵. 둘 다 무대 중앙으로 돌아온다.

하디 좋아. 정신 차리고 잘 들어. (기운차게) 「지시 사항.」 (사이) 「오늘은 일감으로 돌덩이 〈열여덟 개〉가 주어졌다.」 (경멸하는 투로 로럴을 노려본 다음, 다시 읽기 시작한다.) 「일을 시작하기 전에 우선 돌덩이의 수를 헤아려 틀림없는지 확인하라.」 (사이) 「돌을 벽선의 지정된 위치로 옮길 것. 발밑에 밭고랑처럼 파여 있는 곳이 벽선이다. 일을 시작하기 전에 우선 벽선의 위치를 확인하라.」 (사이. 발밑을 가리키며) 이거 보여?

로럴 (방어적인 태도로) 물론 보이지. 내가 장님인 줄 알아?

하디 (잠깐 사이. 기운차게) 「오늘 쌓을 벽은 한 줄에 돌이 각각 여섯 개씩 세 줄로 이루어질 것이다. 돌덩이는 다음 지시에 따라 제자리에 놓아야 한다. 맨 아래 줄. (사이) 1번 돌과 2번 돌을 벽선 양쪽 끝에서 같은 거리에 나란히 놓는다.」 (사이. 둘 다 정신을 집중한다.) 「3번 돌을 1번 돌 옆에 놓는다. 4번 돌을 2번 돌 옆에 놓는다. 5번 돌을 3번 돌 옆에 놓는다. 6번 돌을 4번 돌 옆에 놓는다.」 (사이. 둘 다 정신을 집중한다.) 알았어?

로럴   (아직도 정신을 집중하고 있다. 사이. 이윽고 자신만만하게) 문제없어. 문제없다고.

하디   (다시 읽기 시작한다. 기운차게) 「가운데 줄. (사이) 7번 돌을 5번 돌 위에 놓는다.」 (사이. 둘 다 정신을 집중한다.) 「8번 돌을 6번 돌 위에 놓는다. 9번 돌을 3번 돌 위에 놓는다. 10번 돌을 4번 돌 위에 놓는다. 11번 돌을 1번 돌 위에 놓는다. 12번 돌을 2번 돌 위에 놓는다.」 (사이) 알았어?

로럴   (아직도 정신을 집중하고 있다. 사이. 이윽고 자신만만하게) 문제없어. 문제없다고.

하디   (다시 읽기 시작한다. 기운차게) 「맨 위 줄. (사이) 13번 돌을 7번 돌 위에 놓는다.」 (사이. 둘 다 정신을 집중한다.) 「14번 돌을 8번 돌 위에 놓는다. 15번 돌을 9번 돌 위에 놓는다. 16번 돌을 10번 돌 위에 놓는다.」 (더욱 열띤 목소리로) 「17번 돌을 11번 돌 위에 놓는다. 18번 돌을 12번 돌 위에 놓는다!」

13	15	17	18	16	14
7	9	11	12	10	8
5	3	1	2	4	6

로럴 (하디가 마지막 몇 가지 지시를 읽는 동안 연신 고개를 끄덕이다가) 알았어. 문제없어. (제 머리를 가리키며) 여기에 다 집어넣었어. 다른 건 없어?

하디 (책을 살펴보며) 맺음말이 있군. (기운차게) 「맺음말. 바야흐로 오늘의 일이 시작된다. 너희는 일감을 받았고, 무슨 일을 해야 할지 알고 있다. 무슨 일이 있어도 일을 도중에 멈추지 말 것. 언제 진행 상황을 점검받을지 모른다. 명심하라. 이곳은 제한 구역이다. 불법 침입자는 법률의 강력한 제재와 가혹한 처벌을 받게 될 것이다. 바닥에 앉아서 종소리를 기다려라. 종이 울리면 일을 시작하라. 종소리가 들리기 전에는 시작하지 마라. 이건 명령이다. 명령을 잊지 마라.」

하디, 책을 덮어서 배낭에 넣는다. 둘 다 바닥에 앉는다. 침묵.

로럴 (머뭇거리며) 올리?
하디 지금은 안 돼. 종소리를 들어야 하니까.
로럴 안 될까?
하디 방해하지 마. 너 때문에 정신이 산만해지잖아.
로럴 한 가지만 말할게. 응?
하디 (신경질적으로) 쉿! 규칙을 알잖아?
로럴 (흐느끼기 시작. 혼잣말로) 왜 맨날 이래야 하지? 나는 말할 기회도 없어.
하디 (분노를 억누르며) 나중에!
로럴 (엉엉 소리 내어 운다. 자기 연민에 찬 목소리로) 내 말이 무슨 뜻인지 알지? 너는 맨날 나한테 이래라저래라,

언제 하라 마라, 사사건건 간섭하는데, 도대체 누가 너한테 감독을 시켰지? 말해 봐. 너는 너무 오만해서 내가 사소한 질문 하나 하는 것도 허락하지 않아. 누가 너를 그렇게 높은 양반으로 만들었느냐고?

하디 (분노를 폭발시키며) 닥치지 못해! 징징대는 소리에는 넌더리가 나. 좀 사내답게 굴어. 그…… 그…… 소리만 내지 않아도……. (이때 갑자기 종소리가 들린다.) 아아! 바로 지금이다. (안심하고 일어난다.) 이야기는 이제 그만두고 일을 시작하자.

로럴, 천천히 일어난다. 두 사람은 돌무더기로 걸어간다. 각자 다른 돌로 다가가 ― 역도 선수처럼 ― 한참 준비 운동을 한 뒤에 돌을 들어 올린다. 끙끙대고 낑낑대며 온 힘을 다해 용을 쓴다. 짐 때문에 비틀거리며 〈벽선〉이 있는 무대 중앙 왼쪽으로 힘들게 걸어온다. 돌 ― 1번과 2번 ― 을 내려놓고 안도감으로 신음을 낸 다음, 쉬지도 않고 1번 돌과 2번 돌을 조심조심 나란히 놓는다. 둘 다 헐떡거리며 바닥에 쓰러진다. 돌덩이에 매달린 채, 꼼짝도 않고 누워 있다. 시간이 흐른다.

하디 이건…… 도저히…… 계속할…… 수…… 없어……. 더 이상…… 들 수가…… 없어.

침묵. 두 사람의 거친 숨소리.

로럴 이게 끝이야?
하디 (사이) 아니야. 이게 시작이야.

로럴   여기서 중단하면, 중단하고 가버리면 그걸로 끝이 아닐까?

하디   문제가 생길 거야. (사이) 그러면 너는 어떻게 되지? 어떻게 먹고살 거야?

로럴   전에 하던 일을 다시 시작하면 돼.

하디   (기억하려고 애쓰면서) 하지만 너는 전에 아무 일도 안 했잖아.

로럴   그게 무슨 상관이야? (사이) 이보다는 나았어.

하디   너는 일이 뭔지 몰라. 그것뿐이야.

로럴   (흥분하여) 난 알아. 내 등이 아프다는 걸. 돌덩이를 하나만 더 들면 다시는 똑바로 걸어다니지 못하리라는 것도 알아. (큰 소리로) 이러다가는 미쳐 버릴 거라는 것도 알아.

하디   (짜증스럽게) 나는 안 그런 줄 알아? 넌 짐작도 못 하겠지만, 나도 때로는 말벗을 가지고 싶어. (사이. 회상하는 어조로) 내 인생도 맨날 이렇지는 않았어. (생각에 잠겨) 이건 말하자면 과도기…… 비축을 위한 시기…… 새로운 힘을 얻기 위한 시기라고 부를 수 있겠지.

로럴   (믿기지 않는다는 듯이) 힘이라고? 너는 이걸 힘이라고 부르냐? 이런 식으로 계속하면 손가락을 들어 올려 코를 후빌 힘도 남지 않을걸!

하디   (조용히) 나는 내적인 힘을 말하는 거야.

로럴   (경멸하는 투로) 흥.

하디   (로럴을 무시하고 깊은 생각에 잠겨 혼잣말로) 나는 해야 할 일을 하는 법을 이번에 확실히 배우고 싶어. 돌덩이를 들어 올려야 한다면, 돌덩이만 생각하는 법을 배우고 싶어. 돌덩이가 나한테서 빼앗아 가는 힘 때문에 돌덩이를 존경하고 싶어. 내가 지금 잃어버린 에너지가 돌덩이에 속해 있다는 걸 이해하고 싶어. 돌덩이를 사랑하고 싶어. 돌덩이가 어떻게, 왜 나보다 힘이 센지 알고 싶어. 내가 죽은 뒤에도 돌은 오랫동안 존재하리라는 사실을 확실하게 기억하고 싶어.

침묵. 하디, 명상으로 무아지경에 빠져 있다. 로럴, 아무 감동도 받지 않고 일어선다.

로럴 이봐, 올리. 두 남자에 대한 이야기 들어 본 적 있어? (하디한테서는 대답이 없다.) 두 남자에 대한 이야기를 들어 본 적이 있느냐고 물었어. (하디는 여전히 대답이 없다. 로럴은 어깨를 으쓱하고, 자기가 하디인 것처럼 대답한다.) 아니, 못 들어 봤어. 무슨 얘긴데? (위치를 바꾸어 자기 자신으로 돌아가서) 두 남자가 있었는데, 20년 동안 날마다 일하러 가는 길에 서로 엇갈리면서 목례를 나누지만, 말은 한마디도 나누지 않는 거야. 그러다가 마침내 어느 날 한 남자가 다른 남자를 불러 세우고는 이렇게 말하지.「우리는 20년 동안 길거리에서 마주쳤는데 당신은 한 번도 나한테 안녕하시냐고 묻지 않는군요.」 그러자 다른 남자는 이렇게 말하는 거야.「미안합니다. 무례하게 굴 생각은 없었어요.」 그러고는 상대방의 눈을 똑바로 들여다보면서 말하지.「안녕하십니까?」 그러자 다른 남자는 (로럴은 다른 남자 역할을 연기하기 위해 위치를 바꾼다.) 깊은 한숨을 내쉬면서 말하는 거야. 「묻지 마!」 (로럴, 상상 속의 하디로 돌아가서 웃는다.) 재미있군. (로럴, 다시 자기 자신으로 돌아가서) 나쁘지 않지? (상상 속의 하디와 자기 자신을 오락가락하면서 소리 내어 웃는다.)

하디 (마침내 고개를 든다. 어리둥절하고 경멸하는 표정으로) 뭘 하고 있는 거야?

로럴 웃고 있다, 왜. 그것도 몰라? (소리 내어 웃는다.) 나는 웃고 있다고.

하디 다시 일을 시작해야 해.

로럴 지금 몇 시지?

하디 늦었어. (손목시계를 보며) 예정보다 늦었어.

로럴 방귀 같은 소리는 집어치우라 이거야?

하디 그렇게 표현할 수도 있겠지.

둘 다 돌무더기로 걸어간다. 전과 마찬가지로 들어 올릴 준비를 하고 들어 올린다. 전과 마찬가지로 용을 써서 간신히 들어 올린다. 돌 — 3번과 4번 — 을 벽으로 날라 제자리에 내려놓는다. 다시 숨을 헐떡이며 지쳐 쓰러진다.

하디 (헐떡거리며) 멈추지 말자……. 일어나서…… 계속하자……. 멈추지 않으면…… 맨 아래 줄은…… 금방…… 끝낼 수 있어.

로럴 (헐떡이고 씨근거리며) 아니…… 나는…… 쉬어야겠어……. 등이…… 허파가…… 심장이…… 터질 것 같아.

하디 (여전히 숨을 쉬려고 버둥거리며) 좋아……. 너는 거기서…… 쉬고 있어……. 나는…… 다른 돌을…… 가져올

수 있는지…… 보겠어. (간신히 일어선다. 돌무더기를 향해 몇 걸음 걸어가다가 쓰러진다. 벽으로 기어서 돌아온다. 벽 앞에 벌렁 누워 있는 로럴을 벽 너머로 내려다본다.) 스탠? (대답이 없다. 사이. 더 큰 소리로) 스탠리?

로럴 왜?

하디 (생각에 잠긴 말투로) 우리뿐이라고 생각해? (대답이 없다. 사이. 더 큰 소리로) 스탠리?

로럴 왜?

하디 우리뿐이라고 생각해? 아니면 우리 같은 사람들이 또 있을 거라고 생각해? (대답이 없다. 사이. 더 큰 소리로) 스탠리?

로럴 (긴 사이) 우리뿐이야.

하디 나는 다른 사람들도 있다고 생각해. 다른 사람이 없다면 어떻게 벽을 세울 수 있겠어? 우리뿐일 리가 없잖아? 우리뿐이라면 이 일은 영원히 끝나지 않을 거야. 끝낼 수 없다면 무엇 때문에 일을 시작하겠어? (대답이 없다. 사이. 더 큰 소리로) 스탠리?

로럴 왜?

하디 무슨 생각을 하는 거야?

로럴 아무것도.

하디 (말을 잇는다.) 다른 사람들이 있다면, 그렇게 멀리 있을 리가 없어. (사이) 우리가 여태껏 아무도 보지 못한 건 사실이야. 하지만 지금 그 사람들 쪽으로 다가가고 있는지도 몰라. 점점 가까이…… 한 번에 조금씩. (사이. 생각에 잠긴다.) 물론 우리가 다른 쪽으로 가고 있지 않다면 말이야. (사이) 아니면 벽이 너무 길어서, 다른 사람들과 만나기 전에 우리가 교체되고 그 사람들도 교체되지 않는다면……. (사이) 어떻게 생각해, 스탠리? 우리가 점점 가까워지고 있을까, 아니면 점점 멀어지고 있을까? (대답이 없다. 사이. 더 큰 소리로) 스탠리?

로럴 점점 멀어지고 있어.

하디 맘대로 생각해도 좋아. (사이) 하지만 나는 말이야, 이 일에는 눈에 보이는 것보다 더 많은 게 숨어 있다고 생각해. (사이. 생각에 잠겨) 벽을 생각하면, 내가 생각할 수 있는 범위를 넘어서고 있는 듯한 기분이 들어. 벽은 너무 커. 이 세상 무엇보다도 훨씬 커. (사이) 하지만 그 자체는…… 본질적으로…… 단순한 벽일 뿐이야. 벽은 다양한 쓰임새를 가질 수 있잖아? 무언가를 가두어 둘 수도 있고, 무언가가 들어오지 못하게 막을 수도 있고, 보호할 수도 있고 파괴할 수도 있어. 일에 도움이 될 수도 있고…… 일을 악화시킬 수도 있어. 무언가 더 큰 것의 일부일 수도 있고, 그 자체가 전부일 수도 있어. 내 말뜻 알겠어? 그건 모두 우리가 벽을 어떻게 보느냐에 달려 있어. (사이) 내 말이 맞는다고 생각 안 해? (사이. 대답이 없다. 더 큰 소리로) 스탠리? (여전히 대답이 없다. 하디, 벽 너머로 로럴을 내려다본다. 로럴, 잠이 들어 고른 숨소리를 내고 있다. 하디, 소리를 지른다.) 일어나, 바보야! 일어날 시간이야!

로럴, 몽유병자 흉내를 내며 천천히 일어난다. 최면에 걸린 것처럼 양팔을 앞으로 쭉 뻗고 돌무더기로 걸어간다. 준비 운동도 하지 않고 돌덩이를 들어 올리려고 쭈그려 앉는다. 놀랄 만큼 쉽게 돌덩이를 들어 올린다. 스스로 깜짝 놀라, 최면 상태를 가장하는 것을 그만둔다. 소리 내어 웃는다. 돌덩이를 조심스럽게 던져 올렸다가 양팔로 받으면서 그 가벼움에 놀란다. 다시 소리 내어 웃는다. 열심히 바라보던 하디, 놀라서 입을 딱 벌린다. 로럴이 벽으로 돌덩이를 나르기 시작하자, 하디도 돌무더기로 걸어가서 다른 돌덩이에 접근한다. 역시 놀랄 만큼 쉽게 돌덩이를 들어 올린다. 하디, 웃기 시작한다. 돌덩이를 벽으로 나르면서 점점 더 걷잡을 수 없이 웃어 댄다. 돌 — 5번과 6번 — 을 제자리에 내려놓는다. 아래 줄은 이제 완성된다. 둘 다 미친 듯이 요란하게 웃어 댄다. 악수를 나누고, 방금 제자리에 놓은 돌을 가리키며, 조금 전의 행동을 흉내 낸다. 웃음이 가라앉자, 하디가 로럴 쪽으로 돌아서서 절을 한다. 로럴도 마주 허리를 굽힌다.

하디   계속할깝쇼, 나리?
로럴   좋다마다요. 계속합시다, 나리.

다시 서로에게 절을 하고 돌무더기로 어슬렁거리며 돌아간다. 각자 돌덩이를 하나씩 잡는다. 둘 다 자신감에 넘치고 태연하다. 그러나 예상과는 달리 이 돌덩이들은 처음 돌덩이만큼 무겁다. 전과 마찬가지로 간신히 들어 올린다.

하디   (끙끙거리며 용을 쓴다. 돌덩이를 들어 올리며) 아이고, 배야! 아이고, 배야! (비틀거리며 벽 쪽으로 걷기 시작한다.)

로럴, 하디보다 더 천천히 걷는다. 들고 있는 돌덩이가 너무 무거워서 일직선으로 걸을 수가 없다. 하디가 자기 돌 — 7번 — 을 제자리에 내려놓고 있을 때도 로럴은 빙글빙글 돌면서 무대를 누비기 시작한다.

로럴 (비틀거리며) 도와줘. 도와줘. 내가 어디 있는지 모르겠어.
하디 (로럴에게 방향을 알려 준다. 헐떡거리며) 오른쪽…… 아니, 아니, 〈네〉 오른쪽으로…… 이제 왼쪽으로…… 너무 돌지 마! 오른쪽으로…… 조금만…… 이젠 곧장 앞으로…… 아니, 아니, 반대쪽으로…… 돌아…… 이젠 왼쪽…… 오른쪽…… 곧장 앞으로…… 조금만 더…… 조금만 더…… 오른쪽…… 왼쪽…… 조금만 더…… 이제 멈춰.

로럴, 벽에 도착하여 6번 돌 뒤에 선다. 하디, 로럴이 자기 돌 — 8번 — 을 제자리에 놓는 것을 도와준다. 둘 다 벌렁 쓰러진다. 벽 앞에 드러누워 숨을 헐떡거린다. 시간이 흐른다. 마침내 둘 다 동시에 일어나 앉아 서로를 바라본다. 사이.

하디 뭐 좀 먹고 싶어?
로럴 아니.
하디 나도 그래.
로럴 토할 것 같아.
하디 (사이) 나는 바지에 똥을 쌀 것 같아.
로럴 (코를 킁킁거리며) 벌써 싼 것 같은데?

하디   (코를 킁킁거린다. 사이) 그런 것 같군.
로럴   어떡할 거야?
하디   모르겠어. (사이) 어떡하지?
로럴   모르겠어. (사이) 그건 중요하지 않아.
하디   너한테 중요하지 않다는 뜻이겠지.
로럴   너한테는 중요해?
하디   (사이. 생각한다.) 아니, 아닌 것 같아.
로럴   네가 견뎌야 하는 수많은 일들을 생각해 봐. 거기에 비하면 이건 그저 좀 불편할 뿐이야. (사이) 네가 그걸 즐기게 되었다 해도 나는 놀라지 않을 거야.

하디, 일어난다. 한쪽 다리를 시험 삼아 흔들어 본다. 다른 쪽 다리도 시험 삼아 흔들어 본다. 위아래로 조심스럽게 제자리 뛰기를 한다. 이번에는 좀 더 자신 있게 그 과정을 되풀이한다. 다시 한번…… 마지막에는 온몸을 움직이며 즐겁게 트위스트를 춘다.

하디   나쁘지 않아……. 전혀 나쁘지 않아. 거의…… 눈밭에서 …… 노는 것 같아. (갑자기 동작을 멈춘다. 먼 곳을 들여다보는 것처럼 똑바로 앞을 응시한다. 놀라고 흥분한다. 좀 더 잘 보려고 손으로 눈 위에 차양을 만든다.) 스탠! 저것 봐! 이리 와!

로럴, 하디가 서 있는 곳으로 간다. 역시 눈 위에 손차양을 만들고 먼 곳을 바라본다.

로럴 아무것도 안 보이는데.

하디 똑바로 앞을 봐. 저 들판에 나무 두 그루가 나란히 서 있는 곳.

로럴 무슨 나무?

하디 느릅나무. (손으로 가리킨다.) 저기.

로럴 참나무가 아닌 게 확실해?

하디 (짜증스럽게) 느릅나무! 참나무! 그게 무슨 상관이야!

로럴 (열심히 바라보며) 역시 아무것도 안 보여.

하디 (갑자기 영감이 떠오른 것처럼) 잠깐 기다려! 움직이지 마. 거기서 잠깐만 기다려. (자기 배낭으로 달려간다. 흥분하여 쌍안경을 꺼낸다.) 봐!

로럴 (여전히 먼 곳을 바라보며) 보고 있어.

하디 그게 아니고, 이리 와보라고.

로럴 (돌아선다. 사이) 쌍안경?

하디 (거드름을 피우며) 그럼 뭐겠어?

로럴 쌍안경이 어디서 났지?

하디 내 배낭에서.

로럴 (의아한 표정으로) 하지만 그게 어떻게 네 배낭 〈속에〉 들어갔지?

하디 내가 넣었으니까. 안 그러면 어떻게 내 배낭 속에 들어갔겠어?

로럴 그건 내 질문에 대한 대답이 아니야.

하디 너는 쌍안경이 어떻게 내 배낭에 들어갔느냐고 물었고, 나는 대답했어.

로럴 내가 궁금한 건 애당초 어디서 쌍안경을 구했느냐는 거야.

하디   무슨 말을 하려는 거야?

로럴   (그 말을 문자 그대로 받아들여) 물론 나는 말을 하려는 거야. 이건 말이고 (자기 입을 가리키며) 내 입에서 말이 나오고 있지.

하디   내 말은 도대체 무슨 의견을 말하려고 하느냐는 뜻이야.

로럴   아아, 〈의견〉. 그래. 무슨 뜻인지 알겠어. 〈의견〉이라……. (사이) 네가 말해 줘, 올리. 내가 무슨 〈의견〉을 말하려고 하는 거지?

하디   (사이. 불쑥) 훔쳤어.

로럴   뭐라고?

하디   (더 큰 소리로) 훔쳤다고.

로럴   (놀라서) 그러니까…… 남의 물건을 슬쩍 가져왔다는 거야?

하디   내가 괴로워해야 되나?

로럴   (사이. 생각에 잠긴다.) 아니, 괴로워할 필요는 없을 것 같아. (사이) 물론 그럴 필요는 없어. (손을 내밀며) 어디 좀 봐.

하디, 로럴에게 쌍안경을 건네준다. 로럴, 쌍안경으로 먼 곳을 바라본다.

로럴   아아.

하디   (열띤 목소리로) 어때?

로럴   (계속 바라보며) 아아.

하디   (초조하게) 뭐가 보여?

로럴 사람이 하나…….
하디 사람이라고! 뭘 하고 있지?
로럴 나무속을 바라보고 있어.
하디 나무속? 또 뭘 하고 있지?
로럴 아무것도. (사이) 아니, 잠깐만. 침을 뱉고 있는 것 같은데.
하디 침을 뱉는다고? (사이) 어떻게 생긴 사람이야?
로럴 작달막하고…… 허리가 굽었고…… 짙은 색의 긴 코트를 입고 있어……. 꼭…… 꼭…… 인간 쓰레기처럼 보여.
하디 (짜증을 내며) 도대체 무슨 소리를 하고 있는 거야? (로럴한테서 쌍안경을 낚아챈다.) 인간 쓰레기라니. 이 동네에는 의견만 쓸데없이 많고 사실은 거의 없다니까!

하디, 쌍안경을 들여다본다.

로럴 (잘난 체하며) 어때?
하디 (양보한다.) 나도 인정할 수밖에 없군……. 여기서 본 모습은…… 별로 인상적이지 않아.
로럴 지금은 뭘 하고 있지?
하디 잘 안 보여……. 너무 멀어서…… 잠깐만! 그래…… 나무한테 말을 걸고 있군……. 주먹을 휘두르고 있어…….
로럴 (불안한 듯) 주먹?
하디 잠깐만. 주먹질을 멈췄어……. 나무 주위를 빙글빙글 돌고 있어……. 이제…… 쓰러졌어……. 일어났어……. 다시 돌고 있어……. 아아…… 이리로…… 이쪽으로 오고 있어!

하디, 쌍안경을 내리고 로럴을 바라본다. 침묵.

로럴 문제가 생길 거라고 생각해?
하디 (희망 섞인 어조로) 우리가 일을 잘했다고 칭찬하러 오는지도 몰라.
로럴 그럴 것 같진 않은데. 그냥 인사나 하고 우리 등이나 두드려 주려고 저기서 여기까지 먼 길을 걸어올 이유가 없잖아.
하디 벽과 아무 관계도 없는 사람이 아니라면…… (사이) 어쩌면 시골 공기를 마시려고 산책하러 나온 사람인지도 몰라.
로럴 그건 불가능해.
하디 왜?
로럴 여긴 제한 구역이니까.
하디 (그제야 생각난 듯) 아 참, 그렇지.

침묵.

로럴 어떡하지?
하디 그냥…… 무시하면 될 거야.
로럴 저 사람이 바로 우리 앞에 서 있는데 어떻게 무시할 수 있어?
하디 그럼…… 귀머거리에 벙어리인 척하자고.
로럴 (하디의 말을 곰곰이 생각하다가) 그건 좀 무례할 것 같은데.
하디 예의가 무슨 상관이야?
로럴 너도 저 사람한테 나쁜 인상을 주고 싶진 않겠지? (사이) 게다가 우리는 귀머거리에 벙어리 흉내를 잘 해내지도 못할 거야. 네가 웃음을 터뜨릴 테니까 말이야.
하디 내가? 실수를 한다면 그건 너야. (사이) 너는 아마 울기 시작할걸.
로럴 도대체 무슨 소리를 하는 거야. 나는 굉장한 배우라고. 나한테 역할만 줘봐. 멋들어지게 해낼 테니까.
하디 (경멸하듯) 연기만 하면 되는 줄 알아? (로럴을 흉내 내어)「나한테 역할만 줘봐. 멋들어지게 해낼 테니까.」(감정을 담아서) 가슴으로 배역을 느껴야 해. 배역의 처지가 되어야 한다고.
로럴 (침착하게) 대사만 외워 버리면 나머지는 식은 죽 먹기야.
하디 너는 어떤 대사도 외울 수 없을걸. 무대에 올라가는 순간 머리가 텅 비어 버릴 테니까.
로럴 한번 시험해 볼래?
하디 너를 시험해 보라고?
로럴 역할만 줘봐. 분명히 보여 줄 테니까.
하디 (그 제안을 물리치며) 지금은 그럴 시간이 없어.
로럴 (깜짝 놀라서) 시간이 없다고? 도대체 무슨 소리를 하는 거야? 나는 대사를 외우고 싶다고!
하디 그냥 자연스럽게 행동해. 그것도 어려워.
로럴 하지만 어떻게 저 사람을 속이지? 준비를 해야 해!
하디 대사 같은 건 없어.

로럴   대사가 없다고? 어떻게 대사가 없을 수가 있지? (사이) 우리는 대사를 외워야 해.

하디   기억 안 나?

로럴   기억? 어떻게 내가 기억할 수 있지? 대사를 받은 적도 없는데!

하디   대사는 없어. 우리는 귀머거리와 벙어리 역할을 하도록 되어 있으니까.

로럴   (그제야 알아차리고) 아 참, 그렇지.

침묵.

하디   일을 끝내고 싶어?

로럴   아니, 흥미 없어.

하디   그럼 어떻게 해야 한다고 생각해?

로럴   (사이. 생각에 잠긴다.) 아무 생각도 없어.

하디   아무 생각도 없다고!

로럴   내 말은 미리 어떤 계획을 세우지 말자는 거야. 그냥 되어 가는 대로 하자고.

하디   (화를 내며) 그렇게 형편없는 생각은 난생처음 듣는군.

로럴   그보다 좋은 생각이 있어?

하디, 대답하려 하지만 할 말이 없다는 것을 깨닫는다. 좌절감에 이성을 잃고, 배낭 쪽으로 쿵쿵거리며 걸어가 쌍안경을 배낭에 집어넣는다. 로럴에게 등을 돌린 채, 로럴이 돌무더기 쪽으로 발을 질질 끌며 걸어가는 것도 알아차리지 못하고 말을 시작하려 한다. 로럴, 체념한 태도로 천천히 움직인다. 돌덩이 하나를 들어 올린다. 엄청난 노력이 필요하다. 어느 때보다도 힘들고 고통스럽다. 돌 — 9번 — 을 벽으로 날라 제자리에 내려놓자 온몸의 힘이 모조리 빠져나가는 것 같다. 로럴이 일하고 있을 때, 하디가 말한다.

하디 (절망감에 빠져) 소용없어. 날이면 날마다 허리가 휘게 일하고, 몸과 마음을 다 바쳐 기껏 일을 끝내 놓으면 누군가가 와서는 이건 아무짝에도 쓸모가 없으니까 때려 부수고 처음부터 다시 시작하라고 말하지. 그들은 사람을 죽도록 혹사하고, 더 이상 일을 할 수 없게 되면 다시 살려 놓고, 다시 죽도록 혹사해.

이때쯤 로럴은 돌덩이를 제자리에 내려놓는다. 헐떡거리며 온 힘을 다 내어 쉬지도 않고 돌무더기로 돌아가지만, 거의 서 있을 수도 없다. 다른 돌덩이를 들어 올려 벽으로 나른다. 하디, 마침내 로럴이 일하고 있는 것을 알아차린다. 로럴을 보고 경외심에 사로잡힌다. 그러는 동안 로럴은 두 번째 돌덩이 — 10번 — 를 제자리에 놓는다. 완전히 기진해 있다. 그래도 쓰러지지 않는다. 너무 힘든 나머지 광란 상태에 빠져, 술 취한 사람처럼 비틀거리며 미친 듯이 무대를 돈다. 말을 하기 위해 온 힘을 쥐어짠다.

로럴 (펄쩍펄쩍 뛰고 모자를 바닥에 집어 던지며 울부짖는다.) 됐어! 됐어! 됐어! 이게 끝이야! 돌덩이는 이제 끝이야! 벽도 끝이야! 이 순간부터…… 나는 거부하겠어! 사양하겠어! 포기하겠어! 이젠 사랑도 없어! 인생도 없어! 아무것도 없어! (갑자기 마치 최면 상태에서 깨어난 것처럼 장광설을 뚝 그친다. 허리를 굽혀 모자를 집어 들고 먼지를 털어서 조심스럽게 머리 위에 올려놓는다. 옷매무새를 바로잡는다. 만족스러운 듯 정상적인 말투로) 지금 몇 시지?

하디 (방금 목격한 장면에 겁을 먹고 간신히 대답한다.) 늦었어. (손목시계를 보며) 점점 늦어지고 있어.
로럴 점심 먹을까?
하디 점심? (사이) 물론이지. 네가 그렇게 말한다면. (사이) 좋아. 점심을 먹자고.
로럴 (동작을 멈추고 무언가를 기억해 내려고 애쓴다.) 방금 우리가 뭔가 중요한 얘기를 하고 있지 않았어?
하디 (기억해 내려고 애쓰면서) 그래…… 그랬던 것 같아.
로럴 뭐였지?
하디 (기억을 더듬다가) 생각 안 나.
로럴 그렇게 중요한 일은 아니었나 봐.
하디 (여전히 기억을 더듬으며) 그래, 그런 것 같아.
로럴 점심 먹을까?
하디 좋은 생각이야. 점심이나 먹자고.

배낭으로 다가가서, 벽 앞에 양쪽 끝으로 갈라져 앉는다. 로럴, 큼지막한 샌드위치를 꺼내 먹기 시작한다. 천천히, 만족스럽게. 하디는 좀 더 꼼꼼하다. 우선 빨간색과 흰색의 체크무늬가 박힌 커다란 냅킨을 꺼내 칼라 속에 끼운다. 삶은 달걀 한 개, 당근 하나, 셀러리 한 줄기, 래디시 한 개, 샌드위치 하나, 샌드위치 또 하나, 세 번째 샌드위치, 맥주 한 병을 차례로 꺼내, 앞에 가지런히 차려 놓는다. 달걀을 집어 들고 입을 벌려 먹으려다가 동작을 멈춘다. 킁킁거리며 주의 깊게 달걀 냄새를 맡는다. 혐오감을 드러낸다. 달걀을 배낭 속에 집어넣는다. 당근을 집어 들고 입을 벌려 먹으려다가 동작을 멈춘다. 당근을 꼼꼼히 살펴본다. 앞뒤로 구부려 본다. 시들시들하다. 혐오감을 드러낸다. 당근을 배낭 속에 집어넣는다. 셀러리를 집어 든다. 모든 음식에 대해 이 과정을 되풀이한다. 당근이 치워졌을 때, 로럴이 식사를 멈추고 하디의 행동을 유심히 바라본다. 하디는 마지막 샌드위치를 배낭에 도로 집어넣은 다음, 냅킨으로 입을 닦고 냅킨을 배낭에 도로 집어넣는다. 맥주병을 집어 들어 마개를 돌릴 때…….

로럴   우리가 이미 죽었다고 생각해 본 적 있어?

하디   (신중하게) 죽어? 어떤 의미에서 죽었다는 거야? (사이) 기가 죽어? 풀이 죽어? 지쳐 죽어?

로럴   아니, 숨이 끊어지는 것 말이야. 정말로 죽은 거. 문에 박힌 못처럼. (사이) 두 개의 못처럼.

하디   지금 무슨 헛소리를 지껄이고 있는 거야? 죽은 사람이 움직일 수 있어? 죽은 사람이 말할 수 있어? 죽은 사람이 숨 쉴 수 있어? (숨 쉴 수 있다는 것을 실제로 보여주려고 숨을 깊이 들이마셨다가 내뱉는다.)

로럴   죽은 뒤에 무슨 일이 일어나는지 우리가 어떻게 알아? 이게 죽음인지도 몰라. 어쩌면 지금 이 순간 우리가 앉아 있는 이곳이 천국일 수도 있어.

하디   천국?

로럴   천국이든 지옥이든 천당이든…… 맘대로 불러도 좋아. 어쨌든 사람들이 죽은 뒤에 가는 곳 말이야.

하디   우리가 죽으면, 그 사실을 우리가 알 수 있지 않을까?

(생각한다.) 게다가 이게 삶과 무슨 차이가 있지?

로럴 차이는 없어. 바로 그게 요점이야. 죽음과 삶은 똑같아.

하디 그건 별로 즐거운 생각이 아니군. (사이) 이럴 바에는 차라리 잿더미가 되는 게 낫겠어.

로럴 다른 식으로 생각해 봐. 네가 기억할 수 있는 게 뭐지? 네가 살아 있다면 네 머리는 기억으로 가득 차 있을 거야. 안 그래? (한참 동안 하디를 바라본다.) 어때? 뭘 기억할 수 있지?

하디 (당황하여) 왜 나를 이런 식으로 괴롭히는 거야? 내가 지쳐 있는 게 안 보여? (지친 몸짓으로 손을 얼굴로 가져간다.) 거기에 대해서는 생각하고 싶지 않아.

로럴 (동정하는 투로) 그것 봐. 너는 아무것도 기억하지 못해.

하디 (대드는 투로) 천만에. 기억할 수 있어.

로럴 뭘 기억할 수 있는데? 기억할 수 있는 거 한 가지만 대봐.

하디, 무언가를 생각해 내려고 애쓰면서 정신을 모은다. 말하려다가 포기하고, 기가 죽는다. 침묵. 로럴과 하디, 오랫동안 서로를 바라본다. 이 눈길 속에서 중요한 정보가 교환된다. 하디, 맥주병을 배낭에 도로 집어넣고 일어선다.

하디 그…… 낯선 사람이 얼마나 가까이 왔는지 확인해 볼게. 지금쯤은 가까워지고 있을 거야.

로럴 누굴까? 감독관일까?

하디 달리 생각하기는 어려워.

로럴   일은 안 하고 잡담만 했어. 그렇지?

하디   그런 식으로 표현할 수도 있지.

로럴   우리는 어떻게 될까?

하디   좋은 일은 생기지 않을 거야. 그건 확실해. (벽 위로 올라가서, 배낭에서 쌍안경을 꺼내 먼 곳을 바라본다.) 아니, 이게 뭐야? (더 열심히 바라본다.) 스탠!

로럴   (흥분하여) 벌써 왔어?

하디   (쌍안경을 내리고 로럴을 내려다본다. 놀란 목소리로) 사라졌어!

로럴   어디 봐. (벽 위로 올라가서 하디한테 쌍안경을 받아 들여다본다.) 흔적도 없군. 그림자도 없어. (쌍안경을 내린다.) 연기처럼…… 깨끗이 사라졌어.

하디   (벽에서 뛰어내린다. 열광적으로) 이건 오늘 우리가 받은 소식 가운데 최고야. 생각해 봐. 우리는 다시 한번 기회를 얻은 거야.

로럴   (벽에서 천천히 내려오며) 도대체 무슨 소리를 하는 거야?

하디   감독관이 마음을 바꾸어 여기 오지 않기로 했어. 지금부터 서둘러 일하면, 오늘이 다 가기 전에 일을 마칠 수 있을 거야.

로럴   그 사람이 감독관인지 아닌지 어떻게 알아?

하디   네가 그렇게 말했잖아. 감독관이 아니면 누구겠어?

로럴   확실한 건 아무것도 없어. (사이) 불법 침입자일 수도 있잖아.

하디   그렇다면 그 사람은 곤경에 빠졌겠군. 불법 침입자는 모두 가혹한 처벌을 받을 거라고 지시 사항에 적혀 있었어.
로럴 그가 불법 침입자라면 그렇겠지. (사이) 하지만 확실한 건 아무것도 없어.
하디 도대체 무슨 말을 하려는 거야?
로럴 아마 불법 침입자는 아니었을 거야.
하디 불법 침입자거나 아니면 감독관이었겠지. 다른 가능성은 없어.
로럴 다른 가능성도 얼마든지 있어. (사이) 어쩌면 우리 같은 사람이었는지도 몰라. 벽을 쌓는 사람. 어쩌면 우리를 찾으려고 헤매다가 길을 잃었는지도 몰라.
하디 하지만 우리 말고는 아무도 없어. 네가 그렇게 말했잖아. 여긴 우리뿐이야.
로럴 내가 그랬던가? 하지만 잘못 알았는지도 몰라.
하디 너는 계속 제자리를 맴돌고 있어.
로럴 그럴지도 모르지.
하디 게다가 그 사람이 〈무엇〉이든, 그게 무슨 상관이야?
로럴 우리는 결코 알 수 없을 거야.
하디 언젠가 그가 돌아오기로 마음먹지 않는다면 그렇겠지.
로럴 (생각한다.) 또는 그 반대거나. (어깨를 으쓱한다.) 지금 몇 시야?
하디 늦었어. (손목시계를 들여다본다.) 다시 일을 시작해야 해.
로럴 어서 해. 말리지 않을 테니까.
하디 하지만 우리는 함께 일해야 해.
로럴 아니야. 안 그래. (단호하게) 나는 끝났어. 이게 끝이야.
하디 하지만 지금 그만둘 수는 없어. 네가 도와주지 않으면 시간이 모자랄 거야.

로럴 (단호하게) 어쨌든 나는 너보다 두 개를 더 날랐어.

하디 나보다 두 개를 더 날랐다고?

로럴 기억 안 나?

하디 물론 기억해. (화를 내며) 하지만 그건 중요하지 않아. 이제 곧 어두워지기 시작할 텐데, 일을 끝내지 못하면 곤란해질 거야.

로럴 (고집스럽게) 분명히 말하지만, 이게 끝이야. 나는 그만두겠어.

침묵.

하디 (태도를 부드럽게 하려고 애쓰면서) 너한테 무슨 일이 일어나도 상관없어?

로럴 내가 걱정하는 게 바로 그거야.

하디 너는 일에 아무런 긍지도 없어? 우리 일에?

로럴 나를 설득하려 들지 마. 난 끝났어.

하디 나를 위해 그 정도도 안 할 거야? 우리 우정을 위해?

로럴 남은 건 아무것도 없어. 정말이야. 우정도 없고, 벽도 없어.

하디 (미친 듯이 걷다가 거칠게 돌아선다.) 너를 어떻게 하지? (로럴에게 다가가서 기습적으로 힘껏 떠밀어 바닥에 넘어뜨린다. 큰 소리로) 도대체 너를 어떻게 해야 하지!

로럴 (깜짝 놀라고 창피해서) 무슨 짓이야?

하디 (격분하여) 나를 배신하는 건 용납하지 않을 거야. 알겠어? 일을 하도록 만들고야 말겠어. 일하다가 네가 죽는다 해도!

로럴 (흐느끼기 시작한다.) 올리…… 왜 이러는 거야?

하디 (로럴을 내려다보며) 일어나! (기다린다. 로럴은 꼼짝도 하지 않는다.) 일어나! (로럴, 일어난다.) 넌 일해야 해. 알겠어? (로럴을 거칠게 떠밀어 바닥에 다시 넘어뜨린다.) 일어나! (로럴, 일어난다.) 나를 속이지 마! 알겠어? 알았느냐고! (로럴을 난폭하게 떠밀어 다시 바닥에 넘어뜨린다. 로럴, 흐느끼면서 엉금엉금 기어 달아나려 한다. 하디, 로럴에게 달려가서 멱살을 잡고 일으켜 세운다.) 자! 지금부터 당장 일해야 해!

로럴 (울면서도 단호하게) 아무리 그래도 나한테 억지로 일을 시킬 수는 없어. (더 큰 소리로) 억지로 시킬 수는 없다고! (다시 울음이 터진다.) 어서 나를 죽여. 상관없어. 하지만 다시는 일하지 않을 거야. (흐느끼면서 소리친다.) 난 끝났어! 끝났다고!

하디, 여전히 로럴의 멱살을 잡고 있다가 진저리가 난다는 듯 로럴을 내팽개친다. 돌무더기로 달려간다.

하디 맘대로 해. 배신자. 나는 상관없어. 그런 건 나한테 중요하지 않아. (걸음을 멈추고 소리친다.) 아무것도 중요하지 않아. 빌어먹을!

하디, 돌무더기에 도착하여 맹렬한 힘으로 일에 착수한다. 그래도 간신히 들어 올린다. 낑낑거리며 돌 하나 — 11번 — 를 벽으로 나르는 동안 로럴의 흐느낌이 차츰 가라앉는다. 하디가 또 다른 돌 — 12번 — 을 들어 올리기 시작할 때, 로럴이 고개를 돌려 하디를 바라본다. 로럴의 반감은 차츰 연민으로 바뀐다. 하디는 돌을 제자리에 내려놓고, 기진맥진하여 땅바닥에 털썩 주저앉는다. 시간이 흐른다.

로럴   괜찮아?
하디   괜찮을 거야.
로럴   넌 쉬어야 해.
하디   쉴 수 없어. 그럴 시간이 없어.
로럴   도와줄까?
하디   필요 없어.

하디, 그 자리에 누워서 가쁘게 숨을 몰아쉰다. 일을 다시 시작할 기미는 보이지 않는다. 침묵.

로럴   올리?
하디   왜?
로럴   누군가가 우리를 감시하고 있을까?
하디   모르겠어. 어쨌든 상관없어. 나는 그저 시간이 되기 전에 일을 끝내고 싶을 뿐이야.
로럴   하지만 우리가 정확히 어떤 처지에 있는지 알고 싶지 않아? (사이) 그러니까 그걸 한번 시험해 봐야 한다고 생각하지 않아? 우리가 지금 일을 그만두면, 일을 거부하면, 그들이 무슨 조치를 취할 수밖에 없을 거라고 생각하지 않아?
하디   이제 와서 그러기에는 너무 늦었어.

로럴 (괴로워하며) 너무 늦었다고? (사이) 아니야. 절대로 늦지 않았어.

하디 지금 우리가 일을 하느냐 마느냐는 중요하지 않아. 이미 우리는 너무 멀리 왔어. 우리가 지금 일을 그만두면, 그들은 우리가 지친 줄 알고 내일은 일거리를 더 많이 줄 거야. (사이. 생각에 잠긴다.) 이 문제를 처리하는 방법은 처음부터 시작하는 것뿐이야. 지시 사항부터 시작해야 해. 책을 펼치는 것부터 거부해야 해. 그러면 그들은 우리가 무엇을 꾀하고 있는지 알 거야. 그게 진짜 테스트야! (그 생각을 음미한다.)

로럴 하지만 그건 네가 어제 했던 얘기야. 너는 오늘 그렇게 하자고 말했어.

하디 (흠칫 놀란다. 어제 일을 기억해 내고) 네가 나를 일깨워 주기로 되어 있었잖아!

로럴 (갑자기 어제 일을 기억해 내고 굴욕감에 사로잡혀) 잊어버렸어!

침묵.

하디 어쨌든 무슨 상관이야? 그런 건 중요하지 않아.
로럴 아니야. 중요해. 아주 중요해.
하디 그럼 왜 전에는 그걸 걱정하지 않았지?
로럴 생각나지 않았으니까.
하디 그럼 왜 지금은 그걸 걱정하지?
로럴 생각났으니까.
하디 너를 위해 울어 줄까?

로럴   나 자신을 위해서는 내가 충분히 울고 있어. (사이) 그리고 너를 위해서도.
하디   나를 위해서? 네가 나를 위해 운다고? 웃기지 마.
로럴   그래, 너를 위해. (사이) 너를 봐. 너는 산산이 부서지고 있어……. 차츰 쇠약해지고 있어……. 너는 꼭…… 인간쓰레기처럼 보여.
하디   (기분이 상해서) 너도 별로 훌륭해 보이진 않아.
로럴   (이성을 잃고) 언제 내가 훌륭해 보인다고 했어? (사이) 나는 비참해 보여. 기분도 비참해. (사이. 자기 연민에 빠져) 나는 점점…… 점점…… 맙소사, 내가 뭔지도 모르겠어. (사이. 혐오감에 사로잡혀) 나 자신에게 진저리가 나.
하디   (부드럽게) 후회하면 안 돼, 스탠리.
로럴   후회하지 않아. (사이) 바로 그게 문제야. 나는 아무 후회도 없어.

침묵. 둘 다 생각에 잠긴다. 로럴, 돌무더기 쪽으로 걸어가기 시작한다.

하디   어딜 가는 거야?
로럴   (멈춰 서며) 일하러.
하디   내가 말려 줄 거라고 기대하진 마.

로럴, 계속 돌무더기 쪽으로 걸어가다가 멈춘다.

로럴   알았어.

로럴, 돌무더기로 간다. 돌덩어리를 내려다본다. 처음 보는 것처럼 유심히 살펴본다. 돌덩이를 들어 올리려고 허리를 굽힌다. 마음을 바꾸고 일어선다. 다시 돌무더기를 살펴본다. 머리를 긁적이며 생각에 잠긴다.

하디 (로럴을 지켜보며) 왜 그래?
로럴 어느 걸 골라야 할지 모르겠어.
하디 고를 필요는 없어. 모두 똑같으니까.
로럴 (다시 돌무더기를 살펴보며) 정말로 똑같은지 어떤지 잘 모르겠어.
하디 무슨 소리를 하고 있는 거야? 돌덩이는 모두 똑같아. 크기도 무게도 색깔도 똑같아.
로럴 (당황하여) 어떻게 그럴 수가 있지? 아까 무슨 일이 일어났는지 기억 안 나?
하디 아까?
로럴 그 돌덩이 두 개는 아주 가뿐했잖아. (꿈꾸듯) 그건 너무…… 가벼웠어.
하디 (생각하면서) 그래, 기억나. (사이. 기억을 음미하며) 그건 정말 굉장한 순간이었어. 안 그래?
로럴 그것 봐. 그건 다른 돌덩이와 같지 않았어. 훨씬 가벼웠다고.
하디 (생각한다.) 그게 더 가벼웠을 리는 없어. (사이) 돌덩이는 무게가 모두 똑같아.
로럴 (애달아서) 하지만 분명히 더 가벼웠어. (사이. 기억을 더듬으며) 그건 기적 같았지.
하디 기적? (그 생각을 물리친다.) 기적 따위는 없어. (딜레마

　　　　를 해결하려고 애쓰면서) 그건 모두 우리 때문이었어.
로럴　우리?
하디　그 돌덩이는 똑같았어. 다른 돌덩이와 다를 게 없었어. (사이) 다른 건 우리였어.

침묵. 둘 다 생각에 잠긴다.

로럴　넌 네가 한 말을 확실히 이해해?
하디　물론이지. (사이) 내가 뭐랬는데?
로럴　모든 건…… 우리한테 달려 있다고.
하디　우리? (사이) 그건 말도 안 돼. 우리는 희생자야. (사이) 그건 확실해.
로럴　확실한 건 아무것도 없어.
하디　(단호하게) 내 말을 믿어. 우리는 희생자야.
로럴　(우기고 싶지 않아서) 알고 있어, 올리?
하디　뭘?
로럴　너는 내가 돌덩이 고르는 걸 아직 도와주지 않아어.
하디　아아, 그래. 네 돌덩이. (돌무더기로 다가가서 로럴과 함께 돌덩이들을 살펴본다.) 글쎄…… 정말로 내 의견을 듣고 싶다면……. (망설인다.) 나는 네가…… 저 돌을 골라야 한다고 생각해. (돌 하나를 가리킨다.)
로럴　(그 돌을 유심히 살펴보면서) 으음…… 나쁘지 않군. 하지만…… 저건 어떨까? (다른 돌을 가리킨다.)
하디　(주의 깊게 살펴보면서) 글쎄…… 그렇게 말한다면……. 여기 있는 이 돌이 (다른 돌을 가리킨다.) 가장 좋을 수도 있어.

로럴   (그 돌을 주의 깊게 살펴보면서) 네 말이 옳을지도 몰라. 그래. 네가 제대로 고른 것 같아. 틀림없어. (허리를 쭉 편다.) 고맙습니다, 하디 씨. (하디의 손을 잡고 흔든다.) 정말 고맙습니다.
하디   천만에요, 로럴 씨. 오히려 영광입니다.

로럴, 돌무더기로 관심을 돌린다. 돌덩이로 다가가서 들어 올린다. 엄청난 노력이 필요하지만 용감하게 버틴다. 무게 때문에 비틀거리며 무대를 누빈다.

로럴   (돌덩이를 나르면서) 난 할 수 있어. 할 수 있다고! 난 할 수 있어!

로럴, 돌 ― 13번 ― 을 제자리에 내려놓는다. 숨을 헐떡거린다.

하디   (감명을 받고) 잘했어. 아주 잘했어. 너를 오랫동안 알고 지냈지만, 이보다 더 일을 잘 처리한 적은 없었던 것 같아.
로럴   (우쭐하게 가슴을 들어 올리며) 그들이 놀라서 눈알이 튀어나오게 해주자! 그들이 무덤 속에서 썩어 문드러지게 해주자!

로럴은 여전히 숨을 헐떡이면서도 결연한 의지를 가지고 돌무더기로 돌아간다. 하디가 그 뒤를 바싹 따른다. 각자 돌덩이로 다가가 들어 올린다. 전과 마찬가지로 용을 쓴다. 돌 ― 14번과

15번 — 을 들고 비틀거리며 벽으로 걸어와 제자리에 내려놓는다. 서로의 품속에 쓰러져, 서로의 몸을 받쳐 준다. 가쁜 숨을 몰아쉰다. 시간이 흐른다. 두 사람은 몸을 뗀다.

하디 (아직도 헐떡거리며) 내가 뭘 하고 싶은지 알아? 이 벽을 걷어차서 몽땅 무너뜨리고…… 돌덩이를 모조리 깨부수고…… 누군가가 올 때까지 여기서 기다리고 싶어. 그게 누구든 상관없어……. 빌어먹을 감독관이라도 상관없어……. 그자가 다가오면…… 호된 맛을 보여 주겠어! (돌멩이를 던지는 시늉을 한다.)
로럴 이마빡을 정통으로!
하디 이 빌어먹을 벽을 걷어차서 때려 부수면 속이 후련할 텐데!

침묵. 둘 다 마른침을 삼킨다.

로럴 올리?
하디 왜?
로럴 하자.
하디 뭘?
로럴 벽을 차서 무너뜨리자고.
하디 (흠칫 놀란다. 그리고 생각에 잠긴다.) 벽을 차서 무너뜨리면, 오늘 한 일은 모두 헛수고가 되어 버릴 거야.
로럴 그게 무슨 상관이야?
하디 바보 같은 짓이야. 그럴 거면 무엇 때문에 온종일 힘들게 일해? 기껏 쌓아 놓은 벽을 무너뜨리려고?

로럴 하지만 그러지 않으면 벽을 무너뜨릴 수 없잖아. 벽을 무너뜨리려면 먼저 벽을 쌓아야 해.
하디 (생각하면서) 정말로 그러고 싶은 마음이 굴뚝같군.
로럴 우리는 이 빌어먹을 벽을 몽땅 무너뜨릴 수 있어.
하디 멋진 생각이야. 안 그래?
로럴 (그 생각을 음미하며) 그러면 힘들게 일한 보람이 있을 거야.

침묵. 둘 다 꿈꾸듯 생각에 잠긴다.

하디 우리가 그런 짓을 하면 그들이 당장 우리한테 달려들 거야.
로럴 싸워서 물리칠 수도 있어!
하디 뭘로 싸워?
로럴 작은 돌멩이로. 작은 돌멩이로 싸워서 물리칠 수 있어.
하디 작은 돌멩이? 어디서 구할 건데?
로럴 큰 돌덩이에서! 큰 돌덩이를 깨서 작은 돌멩이로 만드는 거야!
하디 큰 돌덩이를 깬다고? 어떻게? (사이) 우리는 망치도 없어.
로럴 (지푸라기라도 움켜잡듯) 주먹으로 싸워서 물리칠 수 있어!
하디 (그 광경을 상상한다.) 스탠리…… 죽고 싶어? (사이) 정말로 죽고 싶어?

침묵. 좌절. 둘 다 바닥에 주저앉아 생각에 잠긴다.

로럴 우리는 어떻게 될까?
하디 아무 일도 일어나지 않을 거야.
로럴 그건 죽은 거나 마찬가지잖아?
하디 그렇진 않아. 그건 단지 아무 일도 일어나지 않을 거라는 뜻이야.
로럴 우리는 다시 일을 시작해서 끝내겠지?
하디 그래. 다시 일을 시작해서 끝낼 거야.

침묵.

로럴 벽을 다 쌓으면, 오늘 밤 밖에 나가서 술을 마시겠지?
하디 아마 그렇겠지. (사이) 그래. 아마 술을 마실 거야.
로럴 그다음에는 취해서 곯아떨어지거나 토할 테고. 그걸로 끝이겠지?

침묵. 둘 다 생각에 잠긴다.

하디 할까?
로럴 원한다면.

둘 다 움직이지 않는다.

하디 어때?
로럴 너 먼저 일어나.

둘 다 움직이지 않는다.

로럴 뭐 하는 거야?
하디 거의 다 됐어.

사이. 하디가 천천히 일어난다. 로럴도 천천히 일어난다. 둘 다 돌무더기로 돌아간다. 전과 마찬가지로 준비 운동. 전과 똑같은 노력과 노동. 그들은 돌 — 16번과 17번 — 을 제자리에 옮겨 놓는다. 맨 위 줄 중앙에 돌덩이 하나가 들어갈 공간만 남아 있다. 그들은 벽 앞에 서서 헐떡거린다. 하디, 벽 뒤로 돌아가서 틈새로 고개를 쑥 내민다. 까꿍 놀이가 잠깐 이어진다. 둘 다 소리 내어 웃는다. 하디, 벽 반대편으로 돌아온다. 둘 다 관객에게 등을 돌리고 이야기한다.

하디 (벽을 바라보며 감탄한다.) 거의 다 끝났군.
로럴 상상하기도 어려워.
하디 우리가 해낼 수 있을 줄은 몰랐어.
로럴 처음에는 해낼 수 있다고 생각했지. 다음에는 절대로 해낼 수 없을 거라고 생각했어. 하지만 이렇게 해냈어.
하디 상상해 봐.
로럴 그래. 상상하기도 어려워.

침묵.

로럴 (하디를 돌아보며) 하나가 더 남아 있어.
하디 같이할까?
로럴 내가 하고 싶은 말이야.

둘이 함께 마지막 돌덩이로 다가간다. 끙끙거리며 함께 돌덩이를 들어 올린다. 뒤쪽에서 벽에 접근하기 때문에 관객의 눈에는 보이지 않는다. 마지막 돌덩이가 제자리에 놓이는 것 말고는 아무것도 볼 수 없다. 긴 침묵. 무대가 거의 캄캄해진 가운데, 벽 뒤에서 그들의 말소리가 들린다.

로럴 지금 몇 시지, 올리?
하디 늦었어. 갈 시간이야.
로럴 별이 보여?
하디 그래. 별이 보여. 바람도 느낄 수 있고.
로럴 그럼 그게 전부야? 이게 끝이야?
하디 그래. 이게 끝이야. 내일까지.
로럴 그럼 가야지. 길은 기억하고 있어?
하디 그래. 기억하고 있어.
로럴 오늘 밤에는 취하도록 맥주나 마실까?
하디 그래. 네가 원한다면.
로럴 즐거울 거야.
하디 좋아, 스탠. 네가 원한다면 뭐든지.
로럴 그럼 내일은 어때?
하디 내일 일은 내일 생각해.
로럴 어둡군. 그렇지?
하디 그래, 어두워. 하지만 걱정하지 마. 나만 따라오면 돼. 금방 도착할 거야.

침묵. 캄캄한 어둠.

정전

⟨등장인물⟩

그린, 70세가량의 남자
블랙, 40세가량의 남자
블루, 40세가량의 남자

서류가 어지러이 흩어져 있고 캐비닛 따위가 들어차 있는 구식 사무실.
무대 오른쪽 뒤에 흰 서리 무늬의 판유리가 끼워져 있는 문. 뒷면에 ⟨출입문⟩이라는 글자가 거꾸로 적혀 있다.
무대 중앙 뒤에 창문 하나.
무대 왼쪽 뒤에 창문 하나.

무대 오른쪽에 45도 각도로 그린의 책상과 의자. 무대 왼쪽에 그보다 작은 각도로 블랙의 책상. 블랙의 책상 앞뒤에 의자 하나씩. 그린의 책상 위에는 연필깎이가 부착되어 있다.

그린은 초록색 양복. 블랙은 검은색 양복. 블루는 푸른색 양복.

어둠. 그린이 연필을 깎는 소리. 연필 네 자루. 차츰 불이 들어온다. 그린이 책상 옆에 서서 연필을 깎고 있다. 연필 여덟 자루를 더 깎는다. 블랙은 책상 앞에 앉아서 깊은 생각에 잠긴 듯 멍하니 앞을 응시하고 있다.

블랙   그린. (반응이 없다. 더 큰 소리로) 그린!
그린   (연필 깎는 것을 멈추고) 왜?
블랙   연필.
그린   (고개를 끄덕이며) 연필. (다시 연필을 깎기 시작한다.)
블랙   소리가 너무 커요. (반응이 없다. 사이) 너무 크다니까!
그린   (연필 깎는 것을 멈추고) 뭐라고?
블랙   연필 소리가 너무 크다고요.
그린   (어리둥절하여 연필을 이리저리 살펴본다.) 연필이? (사이) 연필은…… 소리를 안 내.
블랙   그 기계…… 소리.
그린   (사이. 궁리한다. 다양한 속도로 연필을 깎아 본다. 연필 깎는 것을 멈춘다.) 어쩔 수가 없어. 기계의…… 본성이니까. 회전축들이 연필을 (짧은 사이) 씹어 먹지.
블랙   이제 그만해요.
그린   하지만 준비가 덜 됐는걸. 이 정도로는 충분치 않아.

블랙 (강력하게) 그만하면 충분해요.

그린 (사이. 겸손하게) 자네가 원한다면야. (이미 깎아 놓은 연필을 집어 들어 책상 위에 가지런히 늘어놓는다. 의자에 앉는다.)

블랙 준비됐어요?

그린 (기억해 내려고 애쓰는 것처럼) 나는 메모를 한다. 들은 것은 뭐든지 적는다. 침묵까지도 표시해야 한다…….

기억을 더듬는다.

블랙 침묵.

그린 ……침묵. 묻기 전에는 말하지 말 것. 나는 귀만 있고 입은 없다……. 나는 글 쓰는 손일 뿐이다.

사이.

블랙 당신 누구요?

그린 (망설이다가) 그린. 전과 마찬가지로. (사이) 전술한 것의…… 집행인.

사이.

블랙 나는 누구지? (그린, 불안한 눈으로 블랙을 뚫어지게 바라본다. 사이. 좀 더 강하게) 내가 누구냐고?

그린 블랙.

블랙 언제부터?

그린 처음부터.
블랙 언제까지…….
그린 끝까지. 마지막까지.

블랙, 만족하여 한숨을 내쉰다. 의자 등받이에 몸을 기댄다. 사이.

블랙 오늘은 굉장한 날이에요. 대단히 중요한 날이지.
그린 나도 그렇게 생각하네. (사이) 하지만 하루하루가 다 굉장하고 중요해. 남아 있는 모든 날들의 새로운 시작이지.
블랙 오늘은 달라요. 오늘은 일이 끝나는 날이니까.
그린 자네가 그렇게 말한다면. (연필로 손바닥을 긁어서 연필이 날카롭게 깎였는지 확인한다. 뾰족한 연필심에 찔려 움찔한다.)
블랙 내가 말하는 게 아니라, 이야기에 그렇게 쓰여 있다고요. (사이) 한 사내가 저 문으로 들어와 내 맞은편에 있는 저 의자에 앉을 테고, 우리는 이야기를 나눌 거요. 이야기를 끝냈을 때쯤에는 아무것도 남지 않을 거요.
그린 말이 남겠지. 내가 한마디도 빼놓지 않고 적었을 테니까.
블랙 그건 관계없어요.
그린 (당황하여) 그럼 나는 왜 여기 있지? 무엇 때문에 이 일을 하고 있는 거지?
블랙 당신은 기록하기 위해, 일어난 일이 정말로 일어났다는 걸 입증하기 위해 여기 있는 거요. (사이) 하지만 그건 중요하지 않아요. 어쨌든 그건 상관없어요.
그린　정신 나갔군.
블랙　정신이 나간 게 아니라 든 거요. 나는 오히려 정신이 너무 말짱해서 탈이라고요. (사이) 하지만 그건 사소한 문제일 뿐이에요. (긴 사이. 그린을 돌아보며 진지하게) 나를 기억해요?
그린　물론 기억하지. 내가 어떻게 자네를 잊을 수 있겠나?
블랙　내가 많이 변했나요?
그린　(생각한다.) 나이가 들었지. (사이) 하지만 그건 나도 마찬가지야. (사이) 자네는…… 점점 더 지금의 자네가 되어 갔다고 말하고 싶군.
블랙　(기분이 좋아져서) 그렇게 생각해요? 그게 정말로 가능할까요?
그린　왜, 그러면 안 되나? 그건…… 거의 필연적으로 보이는데.
블랙　나한테는 그렇지 않아요. (사이. 씁쓸하게) 나를 놀리고 있군요. 그렇죠?
그린　(달래려고 애쓰면서) 이봐, 찰리…….
블랙　(폭발한다.) 나를 그렇게 부르지 마! 다시는 나를 그렇게 부르지 마! 알았어?
그린　(기가 죽어서) 깜박 잊었네.
블랙　내 이름이 뭐지?
그린　블랙. 블랙. 처음부터 블랙.
블랙　절대로 잊으면 안 돼요. 알았죠?

사이.

그린   그 사람이 곧 올까?
블랙   그거야 알 수 없죠. (사이) 어쩌면 영영 안 올지도.
그린   언제 오기로 되어 있는데?
블랙   (손목시계를 들여다보며) 이제 곧.
그린   그 사람 이름이 뭐지?
블랙   (그린의 눈을 들여다보며 신중하게 말한다.) 블루.

그린, 당황하여 웃는다. 긴 사이.

그린   그럼 끝나나?
블랙   뭐가요?
그린   (사이) 이야기 말이야.
블랙   그래요. (일어선다. 책상 뒤의 창문으로 걸어가서 밖을 내다본다.) 그건 틀림없어요.
그린   (사이) 그게 정말로 그럴 가치가 있을 거라고 믿었나?
블랙   (밖을 내다보며) 그건 믿음의 문제가 아니었어요. (사이) 나는 그게 어떤 건지 알고 싶었어요.
그린   그렇게 오랫동안? 그토록 긴 세월 동안?
블랙   일단 시작하니까 그만두기가 어렵더군요. (사이) 나는 …… 거기에 취미를 붙이게 됐지요.
그린   (당황하여) 유령처럼 사는 게 취미라고?
블랙   말조심해, 영감.
그린   (사이. 기분이 상한 투로) 나를 그렇게 부르는 게 마음에 안 들어.
블랙   하지만 당신은 영감이잖아. 안 그렇소, 영감?
그린   (화를 내며) 내가 누군지 잊어버렸나?

블랙   (지친 듯이) 그럴 리가.
그린   (여전히 화를 내며) 그리고 〈자네〉를 발견한 게 나라는 것도 잊어버렸나?
블랙   (사이) 그건 단지 내가 발견되기를 원했기 때문이에요.

긴 사이.

그린   일이 끝나면 뭘 할 건데?
블랙   나한테는 선택의 여지가 별로 없어요. 안 그래요?
그린   (머뭇거리며) 그 어린 소년은 정말로 죽었나?
블랙   (괴로운 듯이) 더 이상 기억이 안 나요.
그린   화이트는 정말로 사라졌나? 그레이는 정말로 사라졌나?
블랙   그 대답은 당신도 나만큼 잘 알고 있을 텐데 그래요.
그린   그리고 블랙. 블랙은 어떻게 될까?
블랙   (사이) 선택의 여지가 없어요. 안 그래요?

긴 사이.

그린   곧 올까?
블랙   (그린의 말을 무시하고 창밖을 내다본다. 사이. 깜짝 놀란다.) 맙소사.

불이 꺼진다. 10초가 지난다. 불이 켜진다. 블랙과 그린은 같은 위치에 있다. 문을 두드리는 소리. 블랙이 돌아서서 그린을 바라본다. 서로 응시한다. 다시 문을 두드리는 소리. 블랙이 그린에게 문을 열라는 몸짓을 한다. 그린, 발을 끌며 문으로 다가간다. 천천히 문을 연다. 문간에 블루가 서 있다. 트렌치코트 차림에 모자를 쓰고 있다.

> 그린 (문 주위를 유심히 살피며 머뭇거린다.) 무슨 일로 오셨소?
> 블루 (사무적으로) 지금이 약속 시간입니까?
> 그린 (블랙을 돌아보며) 지금이 약속 시간인지 알고 싶다는데?
> 블랙 (그린에게) 이름을 물어봐요.
> 그린 (블루에게) 댁의 이름을 알고 싶답니다.
> 블루 (그린에게) 지금이 약속 시간인지 알고 싶어 한다고 전해 주세요.
> 그린 (블랙에게) 지금이 약속 시간인지 알고 싶다는군.
> 블랙 (사이) 그래요. 약속 시간이오.
> 그린 (블루에게) 약속 시간이랍니다.

블루, 양손을 주머니에 찔러 넣고 문지방을 넘어 방 안으로 한 걸음 성큼 들어와서 멈춰 선다.

> 블랙 (책상 앞에 놓인 의자를 가리키며) 여기 앉는 게 좋겠소.

블루, 블랙의 책상 위에 모자를 올려놓고 코트를 의자 등받이에 걸쳐 놓는다. 모두 자기 자리에 앉는다. 긴 사이. 그린, 블랙과 블루가 말할 때마다 그것을 적는다.

블루　내 이름을 대라고 다시 요구하지 않을 건가요?
블랙　당신이 누군지는 알고 있소. (사이) 내가 걱정하는 건 당신의 보고서뿐이오.
블루　보고서는 갖고 있습니다. 걱정하실 필요는 전혀 없습니다.
블랙　(안심하며) 일이 이렇게 된 게 놀랍소?
블루　나는 오랫동안 이 사건을 조사했기 때문에, 이젠 어떤 일에도 놀라지 않습니다.
블랙　아무 후회도…… 느끼지 않소?
블루　내가 어떤 기분인지는 중요하지 않습니다. (사이) 게다가 지금 그걸 돌이킬 수도 없잖습니까?
블랙　(생각한다.) 지금은 아니오. 우리는 지금 그걸 돌이키려 하고 있소.
블루　천만에요. 다 지나간 일입니다. 우리는 단지 그걸 말로 표현하고 있을 뿐입니다.

사이.

블랙　(그린에게) 마지막 문장을 적었소? 읽어 보세요.

그린, 계속 글을 쓴다. 침묵. 고개를 든다. 자기가 받은 요구를 서서히 이해한다.

그린　(읽는다.)「읽어 보세요.」
블랙　그건 내가 부탁한 말이잖아요.
그린　(당황하여) 그래서 부탁한 대로 읽은 거야.

블랙   (그린의 말뜻을 알아차리고 소리친다.) 그게 아니고, 말에 대한 문장!

그린   (찾아서 읽는다.) 「우리는 단지 그걸 말로 표현하고 있을 뿐입니다.」

블랙   (블루에게) 당신이 말하고자 하는 게 그거요?

그린   (블랙에게 화를 내며) 그것도 모른대서야 말이 되나.

블랙   (그린을 휙 돌아보며 화를 낸다.) 당신은 말하면 안 돼! 그새 잊었소?

그린   (작은 소리로 노래를 부른다.) 곰이 산을 넘어갔다네. 곰이 산을 넘어갔다네. 뭘 볼 수 있는지 보려고, 곰이 산을 넘어갔다네.

블랙   뭐라고요? (반응을 기다린다. 침묵) 뭐라고 했소?

그린, 입술을 오므린다. 자기는 말할 수 없다는 것을 입증하려는 듯 입을 가리킨다. 긴 사이. 블랙과 그린, 서로 노려본다.

블루   그게 바로 내가 말하고자 하는 겁니다.

블랙   미안하오.

블루   (어깨를 으쓱하며) 괜찮습니다. 이 세상의 시간이 몽땅 내 거니까요.

블랙   그렇게 생각할 수 있다면 멋지겠군. (사이) 그런데 어디까지 얘기했더라?

블루   아무 얘기도 안 했습니다. 아직 시작도 안 했어요.

블랙   당신은 일을 빨리 끝내고 싶을 거요.

블루   아까도 말했듯이, 이 세상의 시간은 몽땅 내 거니까요.

블랙 내가 두려워하는 것 같소? 내가 일을 지연시키려고 애쓰는 줄 아시오? (사이. 화가 나서 손바닥으로 책상을 내리친다.) 빌어먹을! 당신 속셈을 말해!
블루 (침착하게) 내 말은 다 진심입니다. 당신이 시작하라면 시작하겠습니다. 기다리라면 기다리고, 나가라면 나갔다가 내일 다시 오겠습니다.
블랙 내일은 안 돼. 그때는 너무 늦을 거요.

사이.

블루 어디까지 얘기했더라?
블랙 (사이) 막 시작하려던 참이었소.

사이. 방에서 요란하게 찍찍거리는 소리가 들린다.

블랙 (신경질적으로) 저게 뭐지?
블루 (잠시 후) 쥐 소리 같은데요.
그린 맞아. 생쥐야.
블랙 (그린에게) 벽 속에 쥐가 있다는 걸 알면서도 나한테 말하지 않았다는 거요?
그린 그건…… 하찮은 문제일 뿐이야. 그런 일로 자네를 성가시게 하고 싶지 않았어.
블랙 정말 구역질이 나는군.
그린 전혀 걱정할 필요 없어. 내가 알아서 처리했으니까.
블랙 그게 무슨 소리요?
그린 (긴 사이) 쥐약을 놓았거든.

블랙 쥐들이 죽어 악취를 풍기기 시작할 거요. 시체가 벽 안에서 썩을 거란 말이오.
그린 안 그래. 쥐들은 독약을 먹으면 떠나는 법이야. 밖에 나가서 죽지.
블랙 그걸 어떻게 알죠?
그린 독약은 갈증을 일으키지. 독약을 먹으면 당장 물이 마시고 싶어져. 목이 말라서 미칠 지경이 되면 밖에 나가서 물을 찾지. 하지만 소용없어. 물을 마셔도 결국 갈증 때문에 죽게 되니까.

긴 사이.

블랙 (다시 정신을 차리고) 어디까지 얘기했더라? (사이) 마지막 문장을 다시 읽어 줘요.
그린 (페이지를 넘기며 찾는다.) 「막 시작하려던 참이었소.」
블랙 그 말을 한 게 누구요?
그린 자네.

사이.

블랙 (블루를 돌아본다. 망설이다가) 몇 가지만 묻겠소.
블루 (어깨를 으쓱하며) 좋으실 대로.
블랙 (사이) 그동안 보수는 충분히 받았다고 생각하시오?
블루 나는 보수를 받았습니다.
블랙 그게 무슨 뜻이오?
블루 일을 그만둘 수 있을 만큼 많이 받지도 않았고, 그만두고 싶은 마음이 나지 않을 만큼 적게 받지도 않았습니다.

블랙 그런데 아무…… 반감도 느끼지 않소?

블루 무엇에 대해? 그건 아무 의미도 없을…….

블랙 그런데도?

블루 글쎄요. 물론…… 빌어먹을, 도대체 무슨 생각을 하는 겁니까? 안 그런다면 인간이 아니었을 겁니다.

블랙 (약간 물러나면서) 내 말은 단지 당신이 너무…… 지나치게 일에 몰두했다는 거요. 조사가 전혀 성과를 거두지 못하고 있을 때도 당신은 세부를 철저히…… 조사하는 데 계속 몰두했고, 그 사람과 조금이라도 관련된 거라면 지극히 말초적이고 피상적인 것까지도 모조리 기록했소. (책상 위에 쌓여 있는 서류에서 한 묶음 집어 들며) 단순히 임무를 수행하는 사람의 일이라고는 보기 어렵소. 여기에는 진정한…… 노력이 담겨 있소.

블루 (사이. 망설이듯) 하기야 얼마 후에는…… 좀 안달이 나기 시작했습니다. (사이) 어쨌든 내가 해야 할 일이 뭐였습니까? (사이) 나는 그 남자를 관찰하고, 내가 본 것을 기록해야 했습니다. 그건 너무 단순했고, 아무 의미도 없었어요.

블랙 의뢰인이 누군지 알아내려고 애써 본 적이 있소?

블루 (사이) 그건 당신도 나만큼 잘 알고 있을 텐데요.

블랙 그건 내 질문에 대한 대답이 아니오.

블루 (대답하려다가 망설인다. 사이) 차라리 모르는 편이 낫습니다.

사이.

블랙 왜 오늘 여기 오라는 요구를 받았는지 아시오?
블루 보고하기 위해서죠.
블랙 하지만 왜 나한테 보고하려는 거요?
블루 여기 있는 사람이 당신이니까요. 다른 사람이 있었다면, 그 사람한테 보고했을 겁니다.
블랙 내가 엉뚱한 사람일지도 모른다는 걱정은 전혀 하지 않는군?
블루 당신은 나더러 신분을 밝히라고 요구하지 않았어요. 그건 당신이 내 신분을 알고 있다는 뜻입니다. 당신이 나를 안다면, 나도 당신을 안다는 이야기가 되죠.
블랙 하지만 당신이 나에 대해 아는 것보다 내가 당신에 대해 아는 게 더 많다면?
블루 그렇게는 생각하고 싶지 않습니다.

사이.

블랙 일은 어떻게 됐소?
블루 나는 그 사람을 미행했습니다. 그가 하는 일을 관찰했고, 그런 다음 보고서를 쓰곤 했지요. 일요일 밤마다.
블랙 그다음에는?
블루 월요일 아침에 보고서를 사서함으로 우송했습니다.
블랙 그들이 어떻게 생각할지 궁금하게 여긴 적은 없소?
블루 때로는…… 궁금했습니다. (사이) 하지만 매주 수표가 왔기 때문에, 그들이 내 보고서에 만족하나 보다고 생각했지요.

블랙 그리고 그 사람. 그 사람이 당신을 어떻게 생각할지 궁금하게 여긴 적은 없소?

블루 그 사람은 한 번도 나를 보지 못했습니다. (사이) 그게 핵심이었잖습니까? 내가 지켜보고 있다는 걸 그 사람이 알아서는 안 된다.

블랙 하지만 그 사람한테 말을 걸고 싶은 적도 없었소? 그 사람을…… 알고 싶은 적이 없었소?

블루 나한테는 대수로운 문제가 아니었습니다. (사이) 나는 이렇게 생각했지요. 그냥 지켜보는 것만으로 그 사람에 대해 얼마나 많이 알 수 있을까? 그건…… 일종의 수수께끼처럼 흥미를 자아냈습니다. (사이) 그래서 계속 관찰했지요. 아침에는 집 밖에 진을 치고 그가 나오기를 기다렸습니다. 대개는 아무 데도 가지 않는 것 같더군요. 기본적인 것 말고는 아무 일도 하지 않았어요. 식품점에 가거나 이따금 이발소에 가거나 영화를 보러 가는 정도였지요. 하지만 대개는 거리를 그냥 돌아다녔습니다. (사이) 그 사람은 사물을 집중적으로 보는 것 같더군요. 예를 들면 한동안은 건물을 봅니다. 목을 길게 빼고 지붕을 보거나 문을 자세히 살펴보거나 앞 벽을 손으로 쓸어 보거나……. 그다음에는 일주일이나 보름쯤 사람을 유심히 관찰하거나…… 또는 강에 떠 있는 배들…… 또는 거리 표지판을 관찰합니다. (사이) 한동안 나는 그 사람한테는 어떤 종류의 생활도 없는 줄 알았어요. 사회 활동을 전혀 하지 않았다는 뜻입니다. 내가 관찰한 사실로 미루어 보건대, 그 사람은 혼자 살았습니다. 아무도 만나지 않았고, 일하러 가지도 않았습니다. 말하는 것조차 그 사람한테는 힘든 일이었지요. (사이. 기억을 더듬는다.) 그게 1년 넘게 계속되었어요. 어쩌면 2년인지도 모릅니다. 잘 기억이 나질 않는군요. 그 사람은 너무 멍해서, 있는지 없는지도 모를 정도였어요. (사이) 그렇게 오랫동안 관찰했는데도 나는 그 사람에 대해 아무것도 알아내지 못했습니다. (사이) 아무것도. (사이) 그 사람이 한 일을 기록할 수는 있었지요. 어떤 비누를 샀는지, 어떤 옷을 입었는지는 보고할 수 있었지만, 사실 그건 아무 가치도 없었어요. (사이) 그 사람이 무슨 생각을 하고 있는지는 전혀 알 수 없었지요.

블랙   그래서 괴로웠소?

블루   (어깨를 으쓱하며) 나한테는 중요한 문제가 아니었습니다. (사이) 나는 내 일을 하고 그 대가를 받고 있었으니까, 그런 건 아무래도 상관없는 일이었지요.

블랙   그다음에는?

블루   (사이. 기억을 더듬는다.) 그런데 어찌 된 영문인지 그게 달라지기 시작했어요. 무엇 때문인지는 잘 모르겠습니다. (사이) 내가 그 사람을 좋아하게 된 것 같습니다. (사이) 어느 날 아침 잠에서 깨어났을 때, 나는 빨리 밖에 나가서 그 사람을 관찰하고 그 사람이 뭘 하는지 보고 싶어서 안달하고 있다는 걸 깨달았지요.

블랙   그때 당신은 개인적인 문제가 있지 않았소?

블루   무슨 뜻인지?

블랙   (사이) 가정 문제 말이오.

블루   내 아내를 말씀하시나 보군요.

블랙   당신 아내. 아이들. (사이) 그들이…… 사라졌지요?
블루   아내는 나를 버렸습니다. 당신이 말하는 게 그거라면.
블랙   대충 그런 뜻이오.
블루   그래요. 아내는 나를 버렸습니다. (사이) 그건 솔직히 인정하겠습니다. (사이. 아무 감정도 드러내지 않고) 나는 끔찍한 남편이었고, 끔찍한 아버지였어요.
블랙   그건 부끄러워해야 할 일이 아니오.
블루   (어깨를 으쓱하며) 견해상의 문제지요.

앞의 몇 문장을 쓰는 동안, 그린은 연필심을 부러뜨리고, 부러진 연필을 바닥에 내던지고 새 연필을 집어 들었다. 이제 그린은 연달아 여러 개의 연필심을 부러뜨린다. 블랙과 블루는 말을 멈추고 그린을 돌아본다. 그린은 당황하여 멋쩍게 웃는다. 그러고는 다시 받아쓸 준비가 되었다는 것을 보여 주고, 이야기를 계속하라는 몸짓을 한다.

블랙   그다음에는?
블루   나는 시간이 더 많아졌습니다.
블랙   당신은 생활을 바꾸었소.
블루   생활을?
블랙   이사를 했잖소? 그 사람이 사는 집 (사이) 건너편으로.
블루   그렇게 하는 게 실제적일 것 같았습니다. 어쨌든 겨울이었거든요. (사이) 건너편 집으로 이사하면 창문으로 그 사람을 지켜볼 수 있고, 추운 데서 떨지 않아도 되니까요. 춥지도 않고 내 몸을 숨길 수도 있고……. (사이) 그 사람이 나가면 나도 나갔습니다.

블랙 그건 언제부터 시작됐소?

블루 뭐가요?

블랙 안달이 나기 시작한 것 말이오. (사이) 당신이 그렇게 말한 것 같은데.

블루 나는 달리 할 일이 없었어요. (사이) 생각하는 것 말고는 아무것도 할 일이 없었지요.

블랙 그래서 창가에 앉아 그 사람에 대해 (사이) 글을 썼군.

블루 나는 자문하기 시작했습니다. 그리고 이렇게 생각했지요. 아무도 이 남자한테 흥미를 가질 리가 없다. 나한테 이런 일을 시키고 매주 돈을 지불할 사람은 아무도 없다. 그럴 만한 사람은 이 세상에 오직 한 사람⋯⋯. (짧은 사이. 말을 이으려 한다.)

블랙 오직 한 사람?

블루 그 사람 자신뿐이다.

블랙 (신경질적으로) 하지만 그 사람이 무엇 때문에 그런 짓을 하겠소?

블루 (어깨를 으쓱하며) 글쎄요. (사이) 나는 다만 당신한테 보고하고 있을 뿐입니다. 사실 그대로.

블랙 그래서?

블루 그 사람이 우체국에서 내 보고서를 찾아오는지 어떤지 알면 도움이 될 거라고 생각했습니다. 그래서 3주 동안 날마다 다른 변장을 하고 우체국 근처를 얼쩡거렸지요. 나는 변장을 좋아합니다. 가짜 콧수염, 가발, 고무코, 분장, 옷 같은 것 말입니다. (사이) 브라운은, 20년 전에 나를 이 직업에 끌어들인 사람인데, 나처럼 변장을 잘하는 사람은 본 적이 없다고 했지요. (사이) 어쨌든 엿새째 되는 날 그 사람이 왔습니다.
블랙 그 사람이었소?
블루 (사이) 잘 모르겠습니다. (사이) 그 사람도 변장을 하고 있었습니다.
블랙 알아볼 수 없었소?
블루 그 사람 같긴 했지만, 확신할 수는 없었습니다. (사이) 그 사람은 가면을 쓰고 있었어요. 헬러윈 데이에 어린 애들이 쓰는 그런 가면 말입니다. 고무로 만든 큼지막한 마귀 가면이었지요. (사이) 내가 어떻게 할 수 있었겠습니까? 다가가서 그 가면을 면상에서 떼어 내야 했을까요? (사이) 그랬다가는 내 정체가 들통나고 말 텐데, 그런 위험을 무릅쓸 수는 없었지요.
블랙 다시 시도해 보았소?
블루 몇 번 더 해보았습니다. 하지만 아무 성과도 없었어요. (사이) 그 사람은 매번 다른 가면을 쓰고 있었습니다.
블랙 당신은 〈그 사람〉이라고 단수형으로 말하지만, 어쩌면 〈그 사람들〉이었을지도 모르잖소? 매번 다른 사람이 다른 가면을 쓰고 나타났을 수도 있잖소.
블루 맞습니다.
블랙 그래서?
블루 그렇게 또 1년이 지났습니다. 나는 새로운 방법을 써보기로 작정했습니다. (사이) 그 사람과 직접 부딪쳐 보자고 생각했지요. (사이) 나는 다시 변장을 하고 싶어서 좀이 쑤셨고, 그 사람 때문에 머리가 돌아 버릴 지경이었습니다. (사이) 아무것도 달라진 게 없었으니까요. 나는 덫에 걸린 기분이었어요. 그게 영영 계속될 것 같앉죠.

블랙　그래서 어떻게 했소?

블루　적당한 기회가 오기를 기다렸습니다. 처음에는 길모퉁이에서 동전을 구걸하는 거지로 변장했습니다. 그 사람은 나한테 5센트짜리 동전 한 닢을 주면서 〈신의 가호가 있기를〉 하더군요. 그 사람의 말소리를 들은 건 그때가 처음이었습니다. (사이) 타관에서 온 사업가로 변장한 적도 있습니다. 폴리에스테르 양복을 입은 허풍선이 사업가인 체하면서, 길거리에서 그 사람을 붙잡고 길을 물었지요. 그러고는 계속 이야기를 늘어놓으면서 그 사람을 술집으로 끌어들이는 데 성공했습니다. 우리는 그 술집에서 몇 시간을 함께 보냈습니다. 술집 이름은 〈앨공킨〉이었던 것 같은데, 잘 기억나지 않습니다. (블랙의 책상 위에 놓인 보고서를 가리키며) 거기 다 적혀 있습니다.

블랙　그래서 그 사람한테 이야기를 했소?

블루　우리 둘 다 이야기를 했습니다.

블랙　그래서요?

블루　그 사람이 그러더군요. 자기는 탐정이라고. 지난 몇 년 동안 한 가지 사건을 조사했다고. 그러면서 계속 떠들어 댔지요. 술집에서 함께 지낸 시간의 절반은 그 이야기로 보냈을 겁니다. 그 사람은 날이면 날마다 한 남자를 미행해서, 이제는 그 사람을 자기 자신만큼 잘 알게 됐다고 하더군요.

블랙　그때 그 사람이 당신의 정체를 알아차렸다고 느꼈소?

블루　물론 그 사람은 내 정체를 알아차렸습니다. (사이) 그 사람은 나를 놀리고 있었어요.
블랙 그래서 불쾌했소?
블루 바보가 된 기분이었습니다. (사이) 하마터면 그 자리에서 당장 때려치울 뻔했어요.
블랙 왜 그러지 않았소?
블루 (생각한다.) 그래도 몇 가지 중요한 사실을 발견했으니까요. (사이) 우선 그 사람은 나를 고용한 장본인이었습니다. 그건 더 이상 의심할 여지가 없었어요. 둘째, 그 사람은 나를 필요로 했습니다. 그 사람은 나한테 알려주고 싶은 게 있었고, 비밀을 나한테 조금씩 털어놓고 있었습니다.
블랙 당신은 짐작할 수 없었소?
블루 예. (사이) 전혀 몰랐습니다. (사이) 내가 아는 거라고는 그 사람이 지배권을 쥐고 있다는 것뿐이었습니다. 단서, 발로 뛰어다니며 하는 조사, 판에 박힌 조사 ─ 그런 건 더 이상 중요하지 않았습니다. 나는 독자적으로 일하고 있었어요. (사이) 동시에 나는 체면을 유지하고…… 부지런히 일하고…… 보수를 받는 대가로 나에게 맡겨진 일을 해야 했습니다.
블랙 당신은 멍청했소.
블루 아주 멍청했지요.
블랙 하지만 그 사람은 물론 그걸 알고 있었소.
블루 물론입니다.
블랙 그래서요?
블루 나는 다시 조금씩 인내심을 잃기 시작했습니다. (사이) 그래서 다른 계획을 세웠지요. (사이) 하지만 그때쯤에는 그게 내 생각인지 그 사람 생각인지 알 수 없게 되었습니다. (사이) 나는 옷솔 행상으로 변장했습니다. 상투적인 수법이긴 하지만, 그 방법을 쓰면 항상 운이 좋았거든요. 나는 그 사람 집을 찾아가서 문을 두드리고, 샘플을 보여 주겠다고 했습니다.

블랙   그랬더니 당신을 집 안에 들여놓던가요?

블루   물론입니다.

블랙   왜 그랬다고 생각하시오?

블루   그 사람은 언제든지 나를 오게 할 준비가 되어 있었으니까요. 그 사람은 내가 찾아오기를 원했습니다.

블랙   (생각에 잠겨) 아아.

블루   아파트는 커다란 원룸이었습니다. 가구는 거의 없었어요. 한쪽 구석에 말끔히 정돈된 작은 침대가 하나 있고, 다른 쪽 구석에는 간이 부엌이 있었습니다. 부엌도 말끔히 정돈되어 있었지요. 빵 부스러기 하나 보이지 않았습니다. 방 한복판에는 나무 탁자와 등받이가 딱딱한 나무 의자 하나가 놓여 있더군요. 연필, 펜, 타자기. 탁자 가장자리와 탁자 발치의 마룻바닥과 책장에는 종이와 원고가 가지런히 쌓여 있었지요. 책장은 아파트 북쪽 벽을 온통 차지하고 있었습니다. 그것 말고는 아무것도 없었어요. 전화도 없고, 라디오도 없고, 책도 없고, 아무것도 없었습니다. 그건 정말로 사람이 살 수 있는 방이 아니었습니다. 아마 생각하는 방, 글을 쓰는 방이었을 겁니다. 하지만 그것뿐이에요. (사이) 나는 그동안 내가 본 것이 거기에 있는 전부라는 걸 깨달았지요. 처음부터. (사이) 그 사람한테는 우리가 생활이라고 부를 수 있는 게 전혀 없었어요.
블랙 무슨 이야기를 나누었소?
블루 옷솔 이야기를 했습니다. 우리가 체면을 차려야 했다는 걸 잊지 마십시오. 그건 게임의 일부였습니다.
블랙 그다음에는?
블루 나는 조금씩 질문을 하기 시작했습니다. 행상인답게 빠른 말투로, 지극히 예사로운 태도로, 이것저것 질문을 던졌지요. 그 사람은 말하기를, 자기는 작가인데 오랫동안 책 한 권을 쓰고 있는 중이라고 하더군요. 언제쯤이면 그 작품을 읽을 기회가 오겠느냐고 물었더니, 자기도 모르겠다고, 어쩌면 그럴 기회는 영영 오지 않을지도 모른다고, 작품을 끝낼 때까지 자기가 살아 있을지나 모르겠다고 하더군요.
블랙 그래서요?
블루 (긴 사이) 나는 그 원고를 훔치기로 작정했습니다.
블랙 당신은…… 한도를 넘어서기 시작했군.
블루 천만에요. 그 사람이 원고를 가져가라고 요구했습니다.
블랙 말로 그렇게 요구했다는 거요?
블루 말로 요구하지는 않았습니다. 절대 그런 건 아닙니다. 하지만 그 사람이 한 말 가운데 표면상의 의미와 같은 의미를 가진 말은 한마디도 없었습니다. 그게 핵심이었어요. (사이) 그 사람의 말을 미리 이해하는 것…… 다시 말하면 행간을 읽는 게 중요했습니다. (사이) 결국 나는 이해했습니다.
블랙 그래서 원고를 훔쳐 냈소?
블루 이튿날 밤에요. (사이) 나는 내가 하려는 일을 잘 알고 있었습니다. 시간을 낭비할 필요가 없었지요.
블랙 그 사람이 나갈 때까지 기다렸소? 아니면 다른 방법을 사용했소?
블루 구태여 그런 짓은 하지 않았습니다. (사이. 단호하게) 나는 내가 하려는 일을 잘 알고 있었습니다. (사이) 아마 밤 8시 반이나 9시쯤이었을 겁니다. 자물쇠를 여는 건 조금도 어렵지 않았습니다. (사이. 회상하는 투로) 어린애 장난이었지요. (사이) 방으로 들어가자, 그 사람이 침대에 앉아 있었습니다…… 생각에 잠긴 것처럼. (사이) 가면을 쓰고 있더군요. 우체국에 처음 갔을 때 쓰고 있던 가면이었습니다.

블랙, 책상 서랍을 열고 가면을 꺼내 얼굴에 쓴다.

블랙 이 가면이었소?
블루 맞습니다.

그린, 가면을 보고 킬킬거리기 시작한다. 블루와 블랙이 고개를 돌려 노려본다. 긴 시간이 흐른다. 그린, 그들에게 이야기를 계속하라는 몸짓을 한다.

블랙 그래서?
블루 그 사람은 한마디도 하지 않았습니다. 움직이지도 않았습니다. (사이) 나는 탁자로 다가가서 원고 뭉치를 되는대로 집어 들어 겨드랑이에 끼고 그 방을 나왔습니다.

블랙 그 사람이 제지하지 않았소?
블루 아직도 이해하지 못하시는군요. (사이) 그 사람은 나를 기다리고 있었어요. 내가 원고를 가져가기를 원했단 말입니다. (사이) 하지만 더 많이 가져왔어야 했어요. 그게 유일한 실수였죠. (사이) 그래서 나는 이튿날 밤에 다시 그 집에 갔고, 그 이튿날 밤에도 갔습니다.
블랙 그래서 어떻게 됐소?
블루 마찬가지였습니다. 아무 일도 일어나지 않았어요.
블랙 원고를 읽었소?
블루 한마디도 빼놓지 않고.
블랙 그래서요?
블루 모든 게 다 원고에 쓰여 있었습니다. (사이) 상상했던 것과 대체로 일치하더군요.
블랙 실망하지 않았소?
블루 그럴 리가 있겠습니까. (사이) 그런대로 이치에 닿는 것 같았습니다.
블랙 (사이) 그래서요?
블루 한 번 더 찾아갔습니다. (사이) 하지만 이번에는 달랐습니다.
블랙 어떻게?
블루 그 사람이 총을 갖고 있었어요.

블랙, 안주머니에서 권총 한 자루를 꺼내 블루를 겨눈다.

블랙 이 총이었소?
블루 맞습니다. 그 총입니다.

블랙 그래서?

블루 문을 열고 들어갔더니, 그 사람이 침대에 앉아서 45구경을 내 얼굴에 겨누고 있었습니다. 그러고는 이렇게 말하더군요. 〈그 정도면 됐어, 친구. 당신은 충분히 가져갔어.〉

블랙 그래서 당신은 뭐라고 했소?

블루 아무 말도 하지 않았습니다. 말은 한마디도 안 했어요. (사이) 나는 그 사람한테 덤벼들었습니다. 내 안에서 무언가가 미쳐 버렸습니다. 나는 그 사람 손을 걷어차서 총을 떨어뜨리고, 그 사람 멱살을 잡고 머리를 벽에 부딪치기 시작했습니다. 그 사람을 집어 들어 내던지고 갈빗대를 걷어차고 얼굴을 때렸습니다. 죽이고 싶었어요.

블랙 죽였소?

블루 (사이) 잘 모르겠습니다.

블랙 (화를 내며) 모르겠다니? (사이) 중간은 없어, 친구. 삶이냐 죽음이냐, 둘 중 하나야. 그 사이에는 아무것도 없어.

블루 죽었는지 살았는지 알 수 없었습니다. 내가 떠날 때는 숨을 쉬고 있었지만, 오래 견딜 것 같지는 않았습니다. 내출혈을 일으킨 것 같았고, 의식이 없었습니다.

블랙 (화를 내며) 그러면 지금은? 지금은 어때? 살았나, 죽었나?

블루 (머뭇거리며) 살아 있습니다.

블랙 (큰 소리로) 확실해?

블루 (머뭇거리며) 죽었습니다.

블랙   (이성을 잃고) 확실해?
블루   확실치는 않습니다. 나는 아무것도 확신할 수가 없습니다.

불이 꺼진다. 10초가 지난다. 다시 불이 켜진다. 셋 다 같은 위치에 있다. 블랙은 더 이상 가면을 쓰고 있지 않다. 총도 들고 있지 않다.

블루   (블랙에게) 이제 끝났나?
블랙   예, 끝났습니다.
블루   덧붙일 것도, 뺄 것도 없나?
블랙   예, 끝났습니다.
블루   그 소년이 죽은 건 사실이야?
블랙   잘 모르겠습니다.
블루   그리고 그 사람, 도랑에 빠진 사람. 이름이 뭐였지?
블랙   화이트.
블루   화이트는 어떻게 됐지?
블랙   잘 모르겠습니다.
블루   그러면 그레이는? 그레이는 살았나 죽었나?
블랙   아마 죽었을 겁니다.
블루   거기에 대해 진술할 준비가 됐나?
블랙   나중에요. 나중에 전부 다 말씀드리겠습니다.
블루   그리고 그린, 그린은 뭐라고 진술할까?
블랙   (그린에게) 그린, 당신은 뭐라고 진술할 거요?
그린   (사이. 고개를 들고) 뭐라고?
블랙   뭐라고 진술할 거냐고요?

그린 (연필을 내려놓고, 긴 연설을 준비하는 것처럼 헛기침을 한다. 머뭇거리다가) 아무것도. 나는 아무 말도 하지 않겠어.
블랙 (블루에게) 그린은 아무 말도 하지 않겠다는군요.
블루 유감이군.
블랙 (주머니에서 권총을 꺼내 그린을 겨눈다.) 이제 뭐라고 할 거야, 그린?
그린 (긴 사이. 권총을 노려보며) 아무 말도.
블랙 아무 말도?
그린 (화가 나서 손바닥으로 책상을 내리치며 큰 소리로) 아무 말도 안 해!
블랙 (한숨) 처음부터 다시 시작합시다.

블랙, 권총을 주머니에 도로 넣는다. 그린, 다시 쓰는 자세를 취한다.

블랙 토론할 게 있는지 모르겠군요.
블루 그건 내가 판단해. (사이. 그린에게) 준비됐소, 그린?
그린 (긴 사이. 마침내 블루가 자기한테 말을 건 것을 깨닫는다.) 나한테 말한 거요?
블루 준비됐소?
그린 준비? 물론 준비됐습니다. (연필을 집어 든다.) 연필도 준비됐고. (종이를 집어 든다.) 종이도 준비됐고. (엉거주춤 일어나 잠깐 허리를 굽힌다.) 그리고 그린도 준비됐소이다.
블루 좋아요. (사이. 블랙에게) 그 소년은 죽었나?

블랙 예, 죽었습니다. 그건 의심할 여지가 없는 것 같습니다.
블루 화이트는?
블랙 맞아 죽었습니다.
블루 그레이는?
블랙 스스로 머리에 총을 쏘아 뇌를 날려 보냈습니다.
블루 블랙은?
블랙 블랙은 어떻게 됐죠?
블루 내가 묻고 있는 게 그거야. 블랙은 어떻게 됐지?
블랙 (생각한다.) 모르겠습니다. (사이) 블랙은 셈에 넣지 않았어요. (사이) 블랙은 거기에 없었습니다.
블루 블랙이 뭐라고 말하고 있지?
블랙 (생각한다.) 피곤하다는군요. (사이) 더 이상 계속할 수 없다는군요. (사이) 블랙은 아무 말도 하지 않습니다.

불이 꺼진다. 10초가 지난다. 다시 불이 켜진다. 세 사람은 모두 같은 위치에 있다. 그린이 자기가 쓴 종이를 한 장씩 천천히 찢고 있다. 블루와 블랙은 그를 지켜보고 있다. 긴 침묵.

블랙 (그린에게) 끝났나요?
그린 (여전히 종이를 찢으며) 거의 다 끝났네.

긴 사이. 그린은 계속 종이를 찢는다.

블랙 (그린에게) 다 끝났나요?
그린 (여전히 종이를 찢으며) 거의 다 끝났어.

긴 사이. 그린은 계속 종이를 찢고 있다.

블랙 (그린에게) 다 끝났나요?
그린 (마지막 종이를 찢으며) 이제 다 끝났네.
블루 좋아요. 이제 다시 시작할 준비가 된 것 같군. (사이. 그린을 돌아보며) 준비됐습니까, 그린 씨?
그린 예, 준비됐습니다.
블루 (블랙에게) 준비됐습니까, 블랙 씨?
블랙 예, 준비됐습니다.
그린 당신은 어떻소, 블루 씨?
블루 예, 나도 준비됐습니다.
블랙 좋습니다. 그럼 다시 시작할까요?

사이. 5초가 지난다. 불이 꺼진다.

숨바꼭질

〈등장인물〉

남자
여자

텅 빈 무대. 직사각형의 나무 상자 두 개가 무대 중앙에 3미터 간격을 두고 똑바로 서 있다. 무대 오른쪽의 상자는 남자가 차지하고 있다. 무대 왼쪽의 상자는 여자가 차지하고 있다. 상자들은 크기와 모양이 대체로 공중전화 부스와 비슷하다. 상자 앞면은 허리 높이에서 지붕까지 뚫려 있고, 극장에서 사용하는 짙은 색의 벨벳 커튼이 쳐져 있다. 상자 안쪽에는 허벅지 높이에 받침대 구실을 하는 선반이 달려 있고, 상자 안에서 배우들이 커튼을 여닫을 수 있도록 끈이 달려 있다. 커튼을 여닫는 소리는 관객이 들을 수 있어야 한다. 삐걱거리는 금속성의 독특한 소리다. 무대는 어둠에 싸여 있다. 각 상자를 비추는 스포트라이트는 공연이 끝날 때까지 계속 켜져 있다.

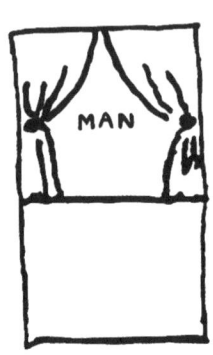 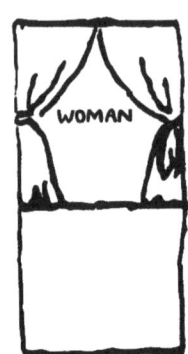

여자가 커튼을 연다. 두 박자 사이. 남자가 커튼을 연다.

여자 뭐라고 했어?
남자 (생각한다.) 기억이 안 나. (사이) 아마 아무 말도 안 했을 거야.
여자 (어깨를 으쓱한다.) 좋으실 대로. (손거울을 들여다보며 이가 깨끗한지 확인한다.) 나하고는 아무 상관도 없는 일이야.

여자가 커튼을 닫는다. 두 박자 사이. 남자가 커튼을 닫는다. 여덟 박자 사이. 남자가 커튼을 연다.

남자 우리가 과연 그걸 발견할 수 있을까?

여자가 커튼을 연다.

여자 무슨 소리야?
남자 〈우리가 과연 그걸 발견할 수 있을까?〉하고 말했어.
여자 당신 말은 들었어. 그래서 〈무슨 소리냐〉고 되물은 거야.
남자 아아, 〈그것이 뭐냐〉는 뜻이로군.
여자 그래. 〈그것이 뭐냐〉는 뜻이야.
남자 그래, 그래. 이제 알겠어. 〈그것이 뭐냐.〉
여자 그게 뭐지?
남자 (생각한다.) 기억이 안 나. (사이) 아마 아무것도 묻지 않았을 거야.
여자 (어깨를 으쓱한다.) 좋으실 대로. (잡지를 뒤적거린다.) 나하고는 아무 상관도 없는 일이야.

여자가 커튼을 닫는다. 두 박자 사이. 남자가 커튼을 닫는다. 여덟 박자 사이. 남자가 커튼을 연다. 한 박자 사이. 여자가 커튼을 연다.

남자 여긴 춥군.
여자 아니, 춥지 않아. 꽤 따뜻한걸.
남자 당신은 그럴지도 모르지만, 나는 추워.
여자 아니야. 내가 따뜻하다면, 그건 우리 둘 다 따뜻하다는 뜻이야.

남자 하지만…… (화를 내며) 나는 덜덜 떨고 있다고.

여자 그건 당신의 상상이야.

남자 도대체 그게 무슨 소리야? 이건 내 몸뚱이야. 내 몸이 춥다고.

여자 (참을성 있게) 아니야. 추운 건 당신 마음이야.

남자 마음? (사이) 마음이라고? 좀 진지해질 수 없어? 추운 건 내 팔, 내 다리, 내 얼굴, 내 가슴, 내 발이야. (사이) 그런데 마음이라니!

여자 (참을성 있게) 다 끝났어?

남자 끝났냐고? 뭐가 끝났냐는 거야?

여자 당신의…… (적당한 말을 찾는다.) 장광설 말이야.

남자 그래. 그런 것 같아. 내 말은…… 끝났다는 뜻이야. (사이) 그런 것 같아.

여자 그래서?

남자 (여자를 흉내 내며) 그래서?

여자 그래서 기분이 어떠냐고?

남자 (생각한다.) 외로워. (사이) 사랑받지 못하는 기분이야. (사이) 외롭고 사랑받지 못하는 기분이야.

여자 그런 뜻이 아니잖아. 아직도 춥냐고 물어본 거야.

남자 춥냐고? (말을 끊고 팔과 얼굴을 만진다. 다시 생각에 잠긴다.) 우습군. 이젠 정말로 꽤 따뜻한걸.

여자 보여?

남자 (어리둥절하여) 보이냐고? 그래, 물론 보이지. (먼 곳을 내다본다.) 사람들이 보여.

여자 아니, 눈으로 보는 게 아니라 마음으로 보는 것 말이야.

남자 마음으로? (사이) 그래, 무슨 뜻인지 알겠어. 마음으로 보라……. 내 마음이 추울 수 있는 것처럼. (미소를 짓는다. 사이) 마음으로 뭘 보지?
여자 내가 얼마나 당신을 사랑하는지.
남자 (기뻐하며) 그래. 물론 보이고말고. (사이) 하지만 그게 지금 우리가 이야기하고 있는 것과 무슨 관계가 있지?
여자 당신은 춥다고 했잖아?
남자 그래.
여자 나는 그쪽으로 건너가서 당신을 안아 줄 수 없잖아? 내 몸으로 당신을 따뜻하게 해줄 수 없어. (사이) 안 그래?
남자 하지만 당신은 내 마음이 추운 거라고 말했잖아.
여자 무슨 말이든 해야 했으니까. 그리고 당신을 따뜻하게 해주려면, 당신을 화나게 하는 것보다 더 좋은 방법이 어디 있겠어? 피가 다시 돌게 하려면 가벼운 말다툼을 하는 게 최고라고.
남자 아아, 아주 잘했어.
여자 여자가 사랑하는 남자를 위해 어떤 희생을 감수하는지 알아? 나는 기꺼이 당신의 미움을 자초했어. 단지 내 사랑을 보여 주기 위해서.
남자 나는 당신이 〈나〉를 싫어하는 줄 알았어.
여자 복잡해. 안 그래? 하지만 미움이 실제로는 사랑인 경우도 있어.
남자 (감명을 받고 고개를 저으며) 당신은 정말 영리한 여자야.
여자 (미소를 지으며) 물론 나는 영리해. (사이) 영리할 필요가 있었잖아?
남자 그건 부인하지 않겠어.

여자 좋아.

남자 그래, 난 부인하지 않아.

여자 (좀 당황하여) 뭘 부인한다는 거야?

남자 뭐든지. (사이) 모든 것을. (사이) 무엇이든 다.

여자 당신은 정말 영리하군.

남자 (만족하여) 그래, 당신도 인정할 수밖에…….

여자 인정해. (사이) 그건 부인하지 않겠어.

남자 좋아. (생각에 잠긴다.) 우리 의견이 일치해서 기뻐.

여자 (주의가 흐트러지기 시작한다.) 당신이 기쁘다니 나도 기뻐.

남자 내가 기뻐하는 걸 당신이 기뻐해서 나도 기뻐.

여자 (사이. 멍하니) 당신이 기뻐하는 걸 내가 기뻐해서 당신이 기쁘다니 나도 기뻐.

사이. 남자가 귀를 기울인다. 커튼을 최대한 천천히, 조용하게 닫는다. 여자, 멍한 상태에서 깨어나 귀를 기울인다.

여자 지미? (기다린다. 응답이 없다. 어깨를 으쓱한다.) 좋을 대로 해. (손거울을 꺼내 얼굴을 들여다본다.) 나는 아무래도 상관없어. (거울에 비친 얼굴을 향해 미소를 짓는다. 얼굴을 만진다. 얼굴을 찡그린다. 거울 속의 자신을 좀 더 유심히 들여다본다. 다시 미소를 짓는다. 여전히 멍하니 얼굴을 들여다보면서 줄로 손을 뻗어 천천히 커튼을 닫는다.)

여덟 박자 사이. 여자가 커튼을 연다. 두 박자 사이. 남자가 커틈을 연다.

여자 (어려운 논리학 문제를 풀려고 애쓰는 것처럼 열심히 생각한다.) 할 말이 없으면 굳이 말하려고 애쓰지 마.
남자 (어깨를 으쓱한다.) 당신 생각을 말해 봐.
여자 하지만 할 말이 있으면 마음에 있는 말을 해야 해. (사이) 그게 내 생각이야.
남자 (슬픈 어조로) 그건 단순히 말일 뿐이야.
여자 물론 그건 말이야. 말이 아니면 뭐겠어? 말. 우리는 말에 대해 이야기하고 있는 거니까.
남자 그냥 〈말〉이라고 할 수는 없어. 그건 아무 의미도 없어. 우리는 이런저런 낱말을 말해야 해. 이 낱말이나 저 낱말.
여자 하지만 나는 이 낱말이나 저 낱말을 말하고 싶지 않아. 나는 모든 낱말을 말하고 싶어. 어떤 낱말이든 모두 다. (사이) 말이라는 의미에서.
남자 그래. 무슨 뜻인지 알겠어. (사이) 하지만 내가 한 낱말을 말하면 어떻게 되지? 그러면 당신은 어떻게 생각하겠어?
여자 그건 그 낱말이 뭐냐에 달려 있겠지.
남자 〈파랑〉은 어때?
여자 아, 파랑. (눈을 감고 미소 짓는다.) 아주 멋진 낱말이야.
남자 내 말뜻을 알겠어?
여자 그럼. (즐거워서 혼자 미소 짓는다.) 파랑…… 보여.
남자 아니. 내 말은…… 파랑이라는 〈낱말〉을 생각해 봐.

여자   그렇게 하고 있어. 파랑이 보여……. 아름다운 파랑.

남자   하지만 파랑은 다른 낱말들과는 달라. (사이) 그건 아무 의미도 없어.

여자   아니, 있어. 파랑은 〈파랗다〉는 뜻이야.

남자   하지만 파랑에 대해 뭘 말할 수 있지?

여자   파랑은…… 파랗다고 말할 수 있지. 파랑은 색깔이야. 파랑은 색깔이라고 말할 수 있어.

남자   하지만 그건 도움이 안 되잖아? 내 말은 파랑이라는 낱말을 말한다고 해서 파랑을 〈볼〉 수는 없다는 뜻이야.

여자   그냥 〈파랑〉이라고만 말하면 돼……. 그러면 파랑이 보여.

남자   그래. 하지만 당신은 이미 파랑을 보았기 때문에 파랑이 보일 뿐이야.

여자   (생각한다. 긴 사이) 무슨 뜻인지 알겠어. (사이) 하지만 단지 내가 파랑에 대해 이야기할 수 없다는 이유만으로 파랑 따위는 존재하지 않는다고 말하려는 건 아니겠지?

남자   그래. 파랑은 있어. 파랑은 존재해. (사이) 나는 파랑의 존재를 믿어. 파랑을 사랑해. 파랑은 내가 이 세상에서 가장 사랑하는 거야.

여자   나도 그래. (파랑을 보고 있는 것처럼 관조적으로 황홀한 표정을 지으며) 아주 파란 파랑. 파란 파랑보다 더 파란 파랑. 모든 파랑 중에서 가장 파란 파랑. 너무 파래서 파랑을 넘어선 파랑. 행복에 넘친 아름다운 파랑.

남자   파랑이 전혀 존재하지 않아도 파랄 파랑.

여자   파랑을 나타내는 낱말이 전혀 존재하지 않아도 파랄 파랑.
남자 초록색을 띤 파랑. 붉은색을 띤 파랑. 초록색과 붉은색과 푸른색을 띤 파랑.
여자 모든 시각의 견지에서 본 파랑. 파랗고 파랗지 않은 모든 것의 견지에서 본 파랑.
남자 파랑 중의 파랑.
여자 그래. 파랑 중의 파랑.

다섯 박자 사이. 생각이 충분히 이해되도록 시간을 갖는다. 둘이 동시에 천천히 커튼을 닫는다. 여덟 박자 사이. 둘이 동시에 재빨리 커튼을 연다.

남자 지난번 기억해?
여자 언제?
남자 우리가 노래를 부르고 춤을 추었을 때.
여자 (기억을 더듬다가) 아아, 그때. (활기차게) 사람들은 우리를 좋아했지. 안 그래?
남자 그럴 만도 했지. 노래도 춤도 훌륭했으니까.
여자 나는 한 달 동안 꽃에 파묻혔어.
남자 당신이 그렇게 아름다워 보인 적은 없었어.
여자 그때는 나도 목소리가 괜찮았지? 그리고 당신은 너무 멋있었어.
남자 우리는 사랑에 빠져 있었어.
여자 그렇게 오래된 일도 아니야. 안 그래, 지미?
남자 그래. 적어도 까마득한 옛날 일은 아니야.
여자 어쩌면 상황이 다시 좋아질지도 몰라. 또다시 기회를 잡을 수 있을지도 몰라.
남자 난 기대하지 않아.
여자 (곰곰이 생각하다가) 그래. 나도 기대하지 않아.
남자 좋아지기는커녕 더 나빠질 수도 있어.
여자 그래. 적어도 우리는 다시 일하고 있어. (사이) 그렇게 대단치 않다는 건 나도 알아. 하지만 일은 일이잖아. 안 그래, 지미?
남자 그래, 일은 일이지.
여자 (혼자 미소 지으며) 보스턴 기억해?
남자 그래, 보스턴도 생각나고 캔자스시티도 생각나.
여자 시카고 기억해?
남자 그래, 시카고도 생각나고 샌프란시스코도 생각나.
여자 스포캔 기억해?
남자 그래, 스포캔도 생각나고 애틀랜타도 생각나.
여자 미니애폴리스 기억해?
남자 그래, 미니애폴리스도 생각나고 뉴욕도 생각나.

사이. 둘 다 생각에 잠긴다. 남자가 신문을 꺼내 읽기 시작한다. 여자는 여전히 생각에 잠겨 있다.

여자 요즘은 여행도 옛날 같지 않아. 안 그래?
남자 (신문에서 눈길을 돌리며) 그래.
여자 나는 옛날 기차를 좋아했어. 일인용 침대가 있고, 식당 칸이 딸려 있고, 밤에는 바퀴 소리가 들리는…….
남자 (신문에서 눈길을 돌리며) 철커덩 척, 철커덩 척.
여자 그리고 아침 식탁에서 바르르 떠는 은식기, 작은 종들처럼 모든 것이 함께 짤랑짤랑 소리를 내고, 창밖의 나무와 공기도 계속 달라졌지. 나무와 공기는 점점 많아졌고, 모든 게 끊임없이 바뀌었어.

남자 (신문에서 눈길을 돌리며) 철커덩 척, 철커덩 척.

여자 때로는 몇 시간 동안이나 계속 창밖을 내다보곤 했어. 나는 항상 속으로 이렇게 말하곤 했지. 〈이걸 잊지 않도록 애써라. 한 번밖에는 보지 못한다 해도, 영원히 기억하도록 애써라.〉 하지만 기억할 수가 없었어. 모든 게 너무 빨리 지나가서, 내 머릿속에서 희미한 얼룩이 되어 버렸지. (사이) 지금 그게 보여. 아름다운 얼룩이…….

남자 (신문을 내려놓으며) 지난번 기억해?

여자 언제?

남자 우리가 노래를 부르고 춤을 추었을 때.

여자 (기억을 더듬다가) 아아, 그때. (활기차게) 그때는 나도 목소리가 괜찮았지?

남자 (기억을 더듬으며) 멋진 노래였어.

여자 (사이. 마음속으로 그때를 생각하며) 멋진 춤이었어.

두 박자 사이. 둘 다 춤추듯 양팔과 어깨를 움직이고, 노래하듯 소리 없이 입술을 움직인다. 연극적인 미소. 춤과 노래가 끝나자 관객에게 키스를 던진다. 둘이 동시에 커튼을 닫는다. 여덟 박자 사이. 남자가 재빨리 커튼을 연다. 한 박자 사이. 여자가 재빨리 커튼을 연다.

남자 (놀라고 흥분해서) 당신 알아차렸어?

여자 (역시 놀라며) 그럼. 물론 알아차렸지.

남자 어떻게 해야 하지?

여자 모르겠어. 우리가 어떻게 할 수 있겠어?

남자 고소할 수도 있고, 항의할 수도 있고, 돌을 던질 수도 있어.

여자 하지만 그래 봤자 무슨 소용이지? 아무것도 해결되지 않을 거야. (사이) 우리는 사람들이 〈듣게〉 해야 해.

남자 나도 알아. 하지만 시간이 별로 없어. 우리는 빨리 행동해야 해.

여자 그러지 않으면 어떻게 되지? (사이) 그러면 우리는 어떻게 될까?

남자 좋을 게 없지. (사이) 최악일 거야. (사이) 그래, 최악의 사태가 될 수밖에 없어.

여자 최악?

남자 그래.

여자 그건 나쁜 거지?

남자 나쁜 것보다 더 나쁘지. (사이) 가장 나쁜 거야.

여자 가장 나쁜 거.

남자 괜찮아?

여자 사실은 괜찮지 않아.

남자 뭐 좋은 생각이라도 있어?

여자 응.

남자 뭔데?

여자 비명을 지르겠어.

남자 언제 비명을 지를 건데?

여자 지금 당장.

남자 지금 당장?

여자　그래, 지금 당장.

남자, 비명에 대비하여 바짝 긴장한다. 여자, 용기를 끌어모은다. 남자, 기다린다. 여자, 여전히 용기를 끌어모은다. 남자, 계속 기다리다가 마침내 포기하고 어깨를 으쓱하며 커튼을 닫는다.

여자　(무기력하게) 도와줘요. (좀 더 강하게) 도와줘요. (좀 더 강하게) 도와줘요! (있는 힘껏) 도와줘요! 도와줘요! 도와줘요!

남자가 커튼을 연다.

남자　(비명을 지른다.) 도와줘요! 도와줘요! 도와줘요!

둘 다 갑자기 입을 다문다. 다섯 박자 사이. 둘 다 멍하니 밖을 내다본다. 여자가 커튼을 닫는다. 두 박자 사이. 남자가 커튼을 닫는다. 여덟 박자 사이. 남자가 커튼을 연다.

남자　그건 이렇게 시작돼. (낭송한다.) 그것은 있었고 있었고 있었다. 그것은 있었고 있었고 없었다. 그것은 있었고 없었고 없었다. 그것은 없었고 없었고 없었다. 그것은 없었고 없었고 있었다.

여자가 커튼을 연다. 잡지를 읽고 있다.

여자　(잡지에서 눈길을 돌리며) 썰렁해.

남자 마음에 안 들어?

여자 그런 이야기는 참을 수가 없어. (사이) 지금이라도 제발 재미난 이야기를 들려줘.

남자 (어깨를 으쓱하며) 사람들은 이제 이야기에는 관심이 없어.

여자 당치 않아. (사이) 나부터도 재미있는 이야기라면 열심히 귀를 기울여.

남자 언제부터?

여자 언제부터…… 그야 처음부터 그랬지.

남자 그건 미처 몰랐는걸.

여자 당신은 나에 대해 모르는 게 많아. 나한테는 나 자신의 인생이 있어. 나는 나 자신의 인생과…… 비밀을 갖고 있다고.

남자 아아, 그래?

여자 그래. 처음부터…… 줄곧.

남자 어떤 비밀인데?

여자 내가 말하면 그건 더 이상 비밀이 아니잖아?

남자 볼티모어에서 만난 그 작자를 말하는 거겠지. (사이) 그 작자 이름이 뭐였더라? 머리를 매끈매끈하게 다듬은 그 땅딸보. (사이) 그래, 조지였지.

여자 조지?

남자 조지. (사이) 그리고 필라델피아에서 만난 작자도 있었어. 금발의 껑다리. (사이) 그자는 웨이터였지. (사이) 오오, 그래. 워싱턴에서 만난 젊은 여자. 몸매가 잘빠진 빨강 머리. (사이) 그 여자도 생각나는군.

여자 또 추잡한 생각을 하고 있군, 지미.

남자 아니야, 그렇지 않아. 당신한테 그냥 이야기하고 있을 뿐이야.

여자 마음에 안 들어.

남자 (어깨를 으쓱하며) 상관없어. (사이) 자지와 보지는 독자적인 삶을 갖고 있지. 그게 무슨 짓을 하든, 어디로 가든, 주인들과는 거의 관계가 없어. (사이) 항상 똑같은 이야기야.

여자 하지만 나는 이야기를 좋아해.

남자 그래서 지금 당신한테 이야기를 해주고 있는 거야.

여자 좋아. (사이) 그 이야기는 또 어떻게 되지?

남자 무슨 이야기?

여자 그…… 몸에 대한 이야기 말이야.

남자 (생각하지만 기억해 내는 데 애를 먹는다.) 자지 (사이) 와 보지 (사이) 는 독자적인 삶을 갖고 있다는 이야기?

여자 맞아. 그 이야기는 아주 좋았어.

남자 그랬어?

여자 아주 좋았어.

남자 그건 지금 이 자리에서 즉흥적으로 지어낸 이야기야.

여자 이거 알아? 당신이 가장 재치 있고 멋진 이야기를 하는 건 입에서 나오는 대로 내버려 둘 때야.

남자 그럴지도 모르지. (사이) 하지만 그건 사실 이야기가 아니었어.

여자 그건 중요하지 않아. 어쨌든 나는 그 이야기가 마음에 들었어.

남자 그건 단지 말이었을 뿐이야.

여자 그러면 더욱 좋지.

남자 그렇게 생각해?
여자 생각하는 게 아니라 아는 거야.
남자 (미소 지으며) 그러면 더욱 좋지.

둘 다 소리 내어 웃는다. 다시 소리 내어 웃는다. 세 번째로 웃음을 터뜨리고, 그 웃음이 한창일 때 둘이 동시에 커튼을 닫는다. 여덟 박자 사이. 여자가 커튼을 연다.

여자 알아차렸어?

남자가 커튼을 연다.

남자 (생각한다.) 잘 모르겠어. (사이) 아마 아닐 거야. (사이) 사실은 절대 아니라고 말하고 싶어.
여자 믿기 어렵군.
남자 어렵지 않아. 나는 아주 쉽게 믿을 수 있어.
여자 잘 봐. 보기만 하면 돼.
남자 (먼 곳을 내다본다.) 보고 있어.
여자 그래서?
남자 뭐가 그래서야?
여자 뭐가 보이는데?
남자 (더 열심히 바라본다.) 아무것도. (사이. 쌍안경을 꺼내 들여다본다.) 아무것도 안 보여.
여자 〈어디〉를 보고 있는 거야?
남자 앞쪽.
여자 그게 문제야. 당신은 엉뚱한 곳을 보고 있어.

남자 어디를 봐야 하는데?
여자 당신 왼쪽.
남자 (왼쪽을 바라본다.) 좋아. 왼쪽을 보고 있어.
여자 뭐가 보이는데?
남자 벽.
여자 좋아. 이젠 오른쪽을 봐. 뭐가 보이지?
남자 (오른쪽을 보며) 벽.
여자 이젠 뒤쪽을 봐. 뭐가 보이지?
남자 (뒤를 돌아보며) 벽.
여자 이젠 앞쪽으로 돌아서서 아래쪽을 봐. 뭐가 보이지?
남자 (아래를 내려다보며) 벽. (사이. 생각한다.) 벽의 절반. (사이) 벽의 절반이 보인다고 말하고 싶어.
여자 그러면 벽이 모두 몇 개가 되지?
남자 (손가락으로 헤아린다.) 네 개. (사이) 아니, 세 개 반. (사이) 벽은 모두 세 개 반이야.
여자 그래서?
남자 뭐가 그래서야?
여자 알아차렸느냐고?
남자 (생각한다.) 무슨 뜻인지 잘 모르겠어.
여자 우리가 상자 속에 갇혀 있다는 걸 알아차렸어?
남자 오오. (사이. 생각한다.) 그래, 무슨 뜻인지 알겠어. (생각한다.) 그런데 그게 뭐 새삼스러운 일인가?
여자 상자 속에 갇혀 있는 게 괴롭지 않아?
남자 (생각한다.) 별로. (사이) 어쨌든 특별히 괴롭지는 않아.
여자 〈나〉는 괴로워. (단호하게) 아주 괴로워.
남자 그것 때문에 풀이 죽으면 안 돼. 어쨌든 오래 계속되진 않을 거야.

여자 (미심쩍은 듯) 누가 그래?

남자 그거야 뻔하잖아?

여자 나한테는 뻔하지 않아.

남자 잊어버렸어? 우리는 이렇게 하기로 동의했어.

여자 (생각하다가 마지못해) 막연하게 동의했지. (사이. 화를 내며) 하지만 이럴 줄은 몰랐어.

남자 우리는 일이 이루어지는 것을 돕기 위해 여기 있을 뿐이야.

여자 다른 식으로 도울 수도 있었잖아? 상자라니! (사이) 그건 너무…… 창피해.

남자 우리가 상자 속에 있는 데에는 이유가 있어.

여자 (빈정거리듯) 그래? 그럼 한 가지만 대봐.

남자 내 생각은 중요하지 않아.

여자 이거 알아? 당신은 이유를 한 가지도 찾아낼 수 없는 거야.

남자 그렇지 않아. 이건 어때? (사이. 생각한다.) 상자는 우리의 몸이고, 그 안에 들어 있는 우리의 몸은 우리의 영혼이다.

여자 시시해!

남자 그럼…… 이건 어때? 우리는 모두 혼자다. 어둠 속에서 벽으로 격리되어 있다……. (점점 유창하게) 달랠 수 없는 고독의 어둠 속에서 서로 단절되어 있다.

여자 시시해.

남자 그럼…… (대답을 궁리한다.) 이건 어때? 상자는 그냥 여기에 있고, 우리는 그 상자 안에 있을 뿐이다……. 일이 이루어지는 것을 돕기 위해.
여자 이젠 알았지! 결국 이유 따위는 전혀 없는 거야.
남자 (생각한다.) 흐음…… 무슨 뜻인지 알겠어. (사이) 거기에 대해 생각해 봐야겠군.
여자 오래 생각하지 마. 밤새도록 여기 있을 생각은 없으니까. 하고 싶은 일이 있는데, 이 상자 안에 서서 그 일을 할 수는 없어.

여자가 커튼을 닫는다. 남자는 계속 생각한다. 세 박자 사이. 남자가 커튼을 닫는다. 여덟 박자 사이. 둘이 동시에 재빨리 커튼을 연다. 세 박자 사이.

남자 당신 질문에 대한 대답은…….
여자 뭐지?
남자 이…… 벽으로 둘러싸인 상태에 대한 당신 질문에 대답하자면…….
여자 그래서?
남자 내 생각으로는…….
여자 뭐지?
남자 내 생각으로는…… 해야 할 일은 하나뿐이야.
여자 그게 뭔데?
남자 우리가 해야 할 일을 하는 것.
여자 똑같은 말을 되풀이하고 있잖아?
남자 아니, 차이가 있어.
여자 어떤 차이?
남자 다른 식으로 표현하면…….

여자 그래서?
남자 그건 결국…….
여자 말해 봐.
남자 우리가 해야 할 말을 하고, 해야 할 일을 하고, 해야 하는 방식대로 행동하는 거야.
여자 그다음엔?
남자 그다음은 없어. 그게 전부야.
여자 아아. (미소) 정말 위안이 되는 생각이군. (사이) 그리고 오늘 밤에는 사람들이 모두 우리한테 친절했어.
남자 당신은 거의…… 행복해 보이는군.
여자 나는 무척 행복해. 놀랄 만큼 행복에 차 있어.
남자 당신은 항상 나를 놀라게 해.
여자 나 자신도 항상 나한테 놀라곤 해.
남자 아아, 그래. 무슨 뜻인지 알겠어.
여자 우스워. 그렇지 않아?
남자 그래, 우스워.
여자 슬프기도 해.
남자 그래, 슬프기도 한 것 같아.
여자 그 밖에도 많아.
남자 그래, 그 밖에도 많아.
여자 그리고 삶은 계속되지. 우리가 있든 없든. 안 그래?
남자 그건 사실이야. 우리가 있든 없든.
여자 그래서 내가 이렇게 행복한 거야.
남자 멋진 생각이야. 전적으로 동감이야.
여자 기뻐.
남자 당신한테 키스할 수 있다면 좋으련만.

여자 나중에 기회가 있을 거야.
남자 그랬으면 좋겠군.
여자 희망은 우리가 숨 쉬는 공기야. 희망은 어디에나 있어.
남자 좋은 표현이야.
여자 나도 때로는 멋진 말을 하는 재주가 있다고.
남자 (사이. 손목시계를 들여다본다.) 이제 그만두어야 할 것 같군. 이 역할은 끝났어.
여자 유감이네. 이제 막 발동이 걸리기 시작했는데.
남자 다음에도 기회는 얼마든지 있어.
여자 그렇겠지. 하지만 똑같을 수는 없을 거야. 사람은…… 영감을 받는 순간이 있어.
남자 (초조하게 손목시계를 들여다보며) 이건 뒤로 미루어야 할 것 같아. 시간이 다 됐어.

남자, 갑자기 커튼을 닫는다.

여자 말이 혓바닥에서 굴러 나가는 느낌, 공기 속으로, 세상 속으로, 남의 귓속으로 흘러 나가는 느낌은 정말 유쾌해. 자기 입에서 나오는 말을 듣는 것, 자기가 내는 소리에 맞춰 자기 입이 움직이는 것을 느끼는 건 정말 유쾌해. 그리고…….

남자, 갑자기 커튼을 연다.

남자 여보!
여자 알았어. 갈게.

남자 지금 당장!
여자 (한숨을 내쉰다.) 알았어.

여자, 커튼을 닫는다. 남자, 여자가 커튼을 닫는 것을 확인하려고 귀를 기울이다가 자기 커튼을 닫는다. 여덟 박자 사이. 남자가 커튼을 연다. 여자도 커튼을 연다.

여자 우리가 과연 그걸 찾아낼 수 있을까?
남자 우리가 무얼 찾고 있느냐에 달렸지.
여자 그건 중요하지 않아. 뭐든지 상관없어.
남자 열어야 할 문. 닫아야 할 문. 우리 머리를 둘 곳.
여자 그래. 그 밖에도 많아. (사이) 하지만 그건 사실 중요하지 않아.
남자 그래. 그건 전혀 중요하지 않아.

네 박자 사이. 둘 다 생각에 잠긴다.

여자 우리가 과연 그걸 찾아낼 수 있을까?
남자 별로 기대할 수는 없어.
여자 포기했다는 뜻이야?
남자 꼭 그렇지는 않아. 하지만 시간이 흐르면 그걸 찾아낼 새로운 방법이 생각나겠지.
여자 눈을 감는다든가.
남자 그래. 그럴 수도 있지. 하지만 그건 하나의 예일 뿐이야.
여자 이런 방법도 있어. 눈을 계속 뜨고 있거나, 눈을 깜박거리거나, 색안경을 쓰거나, 안경을 쓰지 않거나, 아니면 그 방법들을 이것저것 또는 모두 결합하는 방법.
남자 그래, 그게 시작이야. 하지만 결과가 어떻게 될지 알기에는 너무 일러.

네 박자 사이. 둘 다 생각에 잠긴다.

여자 우리가 과연 그걸 찾아낼 수 있을까?
남자 우리는 벌써 그걸 찾아냈을지도 모르잖아? 아직 찾지 못했다고 그렇게 확신하는 이유가 뭐지?
여자 내 뼈. 내 뼈가 그렇게 느껴.
남자 뼈는 아무 관계도 없어. 우리는 처음부터 그것에 둘러싸여 있으면서도, 다른 데 정신이 팔려서 그걸 알아차리지 못했는지도 몰라.
여자 그게 반드시 다른 데 있을 필요는 없다는 뜻이야? 여기, 바로 우리 눈앞에 있을 수도 있다는 거야?
남자 증거를 무시하면 안 된다는 뜻이야. 그것뿐이야.

네 박자 사이. 둘 다 생각에 잠긴다.

여자 우리가 과연 그걸 찾아낼 수 있을까?
남자 그걸 찾으려면 우선 떠나야 하고, 그다음에는 계속 가야 해. 도중에 문이 나타나면 더욱 좋지만, 그 문을 열어야 한다고 명령하는 건 아무것도 없어.
여자 어쨌거나 문을 열면?
남자 그러면 문을 연 거지.

여자   빈방에 서 있거나, 아니면 거기가 자기 집이라는 걸 발견하거나.

남자   아니면 그건 단순히 길에 서 있는 문일 수도 있어. 문을 열고 문턱을 넘어서도, 거기에는 방이 없다는 걸 발견하게 되지. 길이 눈앞에 계속 뻗어 있을 뿐이야. 그래서 그냥 계속 길을 가게 되지. 한 발을 다른 발 앞으로 내딛는 동작을 되풀이하면서.

여자   다른 문에 다다를 때까지.

남자   또는 문이 없는 벽에 다다를 때까지.

여자   또는 땅에 뚫린 구멍에 다다를 때까지.

남자   또는 하늘에 뚫린 구멍에 다다를 때까지.

네 박자 사이. 둘 다 생각에 잠긴다.

여자   그런 일이 하나도 일어나지 않으면?

남자   어쨌든 일어날 거야.

여자   (낙담하여) 너무 지쳤어. 거기에 대해서는 더 이상 생각하고 싶지 않아.

남자   그것도 일어나는 일의 일부야. (사이) 그것도 언젠가는 모두 끝날 거야.

여자   그건…… 언제라도 끝날 수 있다는 뜻이군.

남자   (한숨을 내쉰다.) 아마 그렇겠지. 그건 지금 당장이라도 끝날 수 있다는 뜻일 거야.

네 박자 사이. 둘 다 생각에 잠긴다.

여자　우리가 과연 그걸 찾아낼 수 있을까?

네 박자 사이. 남자가 커튼을 닫는다. 네 박자 사이. 여자는 말을 하려다가 말고 커튼을 닫는다. 긴 사이. 어둠.

액션 베이스볼

해설

〈액션 베이스볼〉은 한 명이나 두 명이 할 수 있는 카드 게임으로, 96장의 카드 두 벌과 못을 꽂을 수 있는 야구장 모형판과 기록판으로 이루어져 있다. 어린이와 어른에게 모두 적당하고, 20분 정도면 한 게임을 끝낼 수 있다.

〈액션 베이스볼〉은 복잡한 차트나 규칙 없이 실제 경기장에서 이루어지는 야구를 그대로 본떴고, 메이저 리그 감독의 중요한 작전이 모두 포함되어 있어서 플레이어 스스로 작전을 결정할 수 있다. 투구 하나하나의 결과는 실전을 방불케 하고, 모든 결과는 진짜 야구의 전략적 가능성을 반영한다. 최종 스코어에서부터 볼과 스트라이크의 비율까지, 양 팀이 기록한 안타와 에러에서부터 성공한 도루와 실패한 도루, 희생 번트, 더블 플레이에 이르기까지, 〈액션 베이스볼〉은 실전과 다름없이 흥미진진하게 펼쳐진다.

놀이 방법

야구의 규칙을 따른다. 각 게임은 9회로 되어 있고, 스리 아웃이면 공수가 바뀌고, 스트라이크가 셋이면 삼진이고, 볼이 넷이면 볼넷이다.

각 카드는 세 가지 기능을 갖고 있다. 투수용과 타자용, 그리고 작전 상황이다. 카드 중앙에 그려진 다이아몬드는 〈볼〉(초록)이나 〈스트라이크〉(빨강), 또는 〈스윙〉(검정)을 나타낸다. 카드에 표시된 정보의 두 번째 영역은 타구의 결과를 보여 준다. 유격수 앞 땅볼, 단타, 좌익수 깊숙한 플라이 볼, 에러, 2루타 등이 그것이다. 세 번째 영역은 작전을 다루고 있다.

플레이어는 누가 홈 팀을 맡고 누가 원정 팀을 맡을 것인지를 결정한다. 홈 팀은 빨강 카드를 갖고, 원정 팀은 초록 카드를 갖는다. 홈 팀이 먼저 던지고 원정 팀이 공격한다.

투수는 자기 카드를 한 장씩 뒤집으면서, 그때마다 볼이나 스트라이크를 부른다. 〈스윙〉이라는 카드가 나오면, 타자는 자기 카드에서 맨 위에 있는 카드를 뒤집어 결과를 읽는다.

공격자는 볼과 스트라이크와 아웃을 기록판에 계속 표시하고, 타자가 진루하면 그 베이스에 못을 꽂는다. 삼진 아웃이 되면 투수는 타자가 되고 타자는 투수가 된다.

카드는 게임이 시작될 때와 5회가 끝났을 때 한 번씩 섞는다. 5회가 끝나기 전에 한 플레이어의 카드가 다 뒤집히면, 그 시점에서 두 플레이어가 모두 카드를 섞고 그대로 게임을 재개한다. 연장전으로 들어가면, 9회가 끝난 뒤 다시 카드를 섞는다.

카드 읽는 법

빨강과 초록 다이아몬드 카드(〈스트라이크〉와 〈볼〉)에는 1부터 9까지의 숫자가 적혀 있다. 각 숫자는 선수의 포지션을 나타낸다. 1=투수, 2=포수, 3=1루수, 4=2루수, 5=3루수, 6=유격수, 7=좌익수, 8=중견수, 9=우익수다. 초록 1·2·3·4·5·6은 땅볼을 나타내고, 빨강 1·2·3·4·5·6은 높이 뜬 플라이 볼이나 수평 라이너를 나타낸다. 초록 7·8·9는 얕은 플라이 볼, 빨강 7·8·9는 깊숙한 플라이 볼이다.

검정 다이아몬드 카드(〈스윙〉)에는 단타, 2루타, 3루타, 홈런, 파울 볼이 포함되어 있다. 빨강 단타는 주자들을 2루씩 진루시키고, 초록 단타는 1루씩 진루시킨다. 빨강 2루타는 3루씩 진루시키고, 초록 2루타는 2루씩 진루시킨다. 공격 측 플레이어가 〈파울 볼〉 카드를 뒤집으면 스트라이크로 간주하고, 그 시점에서 스트라이크가 두 개인 경우에는 실제 야구 경기와 마찬가지로 볼 카운트에 변화가 없다.

공격 보류 투수가 〈스윙〉 카드를 뒤집었는데도 공격 측 플레이어가 투구를 그냥 보내고 싶으면 〈공격 보류〉를 선언한다. 이 경우 〈스윙〉은 스트라이크로 간주한다.

히트 앤드 런 1루에 주자가 있을 때, 공격자는 〈히트 앤드 런〉을 선언할 수 있다. 이때 〈스윙〉 카드가 나오면 땅볼인 경우에도 포스 아웃을 면한다. 주자는 2루로 진루하고, 플레이는 처음으로 돌아간다. 단타나 2루타일 경우, 주자는 카드에 표시된 것보다 1루를 더 진루한다. 투수가 〈볼〉이나 〈스트라이크〉 카드를 뒤집으면, 공격자는 카드를 뒤집어 아래쪽 〈도루〉 항 — SB(2) — 을 보고 주자가 2루에서 아웃될 것인지 세이프될 것인지를 확인한다. 초록 점은 세이프를 나타내고, 빨강 점은 아웃을 나타낸다.

폭투 주자가 한 명도 없으면 폭투는 볼로 간주된다. 주자가 있을 때 폭투가 나오면, 주자는 1루씩 진루한다. 폭투가 네 번째 볼인 경우에는 볼넷이 되므로, 주자는 볼넷에 따른 진루만 허용되고 추가 진루는 없다.

투 아웃 주자 1루, 주자 1·2루, 또는 주자 만루 상황에서 스리 앤드 투 피치 공격자가 〈단타〉나 〈2루타〉 카드를 뒤집으면, 주자들은 카드에 표시된 것보다 1루씩 더 진루한다.

작전 기호 읽는 법

E(에러) 공격자가 〈에러〉 카드를 뒤집으면, 투수는 카드를 뒤집어 아래쪽에 적혀 있는 〈E〉 항을 본다. 초록은 1루 에러를 나타내고, 빨강은 2루 에러를 나타낸다. 숫자는 에러를 저지른 선수의 포지션을 가리킨다.

DP(더블 플레이) 노 아웃이나 원 아웃이고 1루에 주자가 있을 때, 공격자가 땅볼 카드(초록 1·2·3·4·5·6)를 뒤집으면 투수는 카드를 뒤집어 아래쪽에 적혀 있는 〈DP〉 항을 본다. 초록 점은 주자가 2루에서 포스 아웃되고 타자는 1루에 세이프되는 것을 나타낸다(더블 플레이 실패). 빨강 점은 더블 플레이에 성공한 것을 나타낸다. 이 경우에는 주자와 타자가 모두 아웃된다. 2루 주자와 3루 주자는 더블 플레이가 시도되면 1루씩 진루한다.

• 주자 1·2루 상황에서 투수는 3루에서 자동 포스 아웃을 얻으려고 노력하거나 〈더블 플레이〉를 선언할 수 있다. 〈더블 플

레이〉를 선언하면 2루 주자는 3루로 진루한다.

LDDP(라인 드라이브 더블 플레이) 노 아웃이나 원 아웃이고 주자가 있을 때, 타자가 〈라이너〉 카드(빨강 1·2·3·4·5·6)를 뒤집으면, 투수는 카드를 뒤집어 아래쪽에 적혀 있는 〈LDDP〉 항을 본다. 초록 점은 주자가 모두 세이프된 것을 나타내고, 타자만 아웃된다. 빨강 점은 더블 플레이를 나타낸다. 주자가 두 명 이상일 경우, 아웃되는 것은 항상 〈가장 적게〉 진루한 주자다.

SacB(희생 번트) 노 아웃이나 원 아웃 주자 1루 상황에서 희생 번트를 시도하고 싶으면, 타자는 투수가 카드를 뒤집기 전에 희생 번트를 선언한다. 그리고 카드를 뒤집어 아래쪽에 적혀 있는 〈SacB〉 항을 본다. 초록 점은 희생 번트 성공을 나타낸다. 주자는 1루에서 2루로 진루하고, 타자는 1루에서 아웃된다. 빨강 점은 희생 번트 실패를 나타낸다. 주자는 2루에서 포스 아웃되고 타자는 1루에 세이프된다. 빨강 점 뒤에 〈DP〉라는 기호가 적혀 있으면, 주자가 2루에서 포스 아웃되고 더블 플레이도 가능하다는 것을 나타낸다. 그러면 투수는 카드를 뒤집어 DP 항에 표시된 결과를 본다.

SB(도루) 주자가 1루나 2루에 있을 때, 타자는 도루를 시도하고 싶다고 선언하고 카드를 뒤집어 아래쪽에 적혀 있는 〈SB〉 항을 본다. 초록 점은 주자가 세이프된 것을 나타내고, 빨강 점은 아웃된 것을 나타낸다. 2루를 훔칠 가능성 — 〈SB(2)〉 — 이 3루를 훔칠 가능성 — 〈SB(3)〉 — 보다 높다. 더블 스틸이나 홈 스틸은 없다.

SacF(희생 플라이) 노 아웃이나 원 아웃이고 3루에 주자가 있을 때, 타자가 플라이 볼 카드(7·8·9)를 뒤집으면 3루 주자의 득점을 시도할 수 있다. 타자는 〈희생 플라이〉를 선언하고 카드를 뒤집어, 플라이 볼이 깊은지(빨강) 얕은지(초록)에 따라 초록이나 빨강 〈SacF〉 항을 본다. 깊숙한 플라이 볼인 경우 주자가 득점할 가능성이 높다. 얕은 플라이 볼인 경우에는 득점 가능성이 낮다. 초록 점은 성공적인 희생 플라이를 나타낸다. 주자는 득점하고 타자는 아웃된다. 빨강 점은 실패한 희생 플라이를 나타낸다. 주자는 홈에서 아웃되고, 기록판에는 투 아웃이 기록된다.

 EB(추가 진루) 〈단타〉나 〈2루타〉나 〈3루타〉가 나오면 타자는 추가 진루를 시도하고 싶다고 선언한다. 그런 다음 카드를 뒤집어 아래쪽에 적혀 있는 〈EB〉 항을 본다. 빨강 점은 주자가 아웃된 것을 나타내고, 초록 점은 주자가 세이프된 것을 나타낸다. 타자가 안타를 쳤을 때 이미 주자가 나가 있으면, 빨강이나 초록 점은 〈그〉 주자의 아웃이나 세이프를 나타낸다. 주자가 아웃되든 세이프되든, 타자는 자동적으로 1루를 더 진루한다.

 Inf In(3)(주자 3루 상황에서 내야 전진 수비) 노 아웃이나 원 아웃 주자 3루 상황에서 투수는 3루 주자가 땅볼로 득점하는 것을 막기 위해 내야 전진 수비를 선택할 수 있다. 타자가 〈땅볼〉 카드(초록 1·2·3·4·5·6)를 뒤집으면 주자를 홈으로 보내고 싶다고 선언할 수 있다. 그러면 투수는 카드를 뒤집어 아래쪽에 적혀 있는 〈Inf In(3)〉 항을 본다. 빨강 점은 주자가 홈에서 아웃된 것을 나타내고, 초록 점은 주자가 홈에서 세이프된 것을 나타낸다. 주자가 홈에서 아웃되든 세이프되든, 타자는 1루에 세이프된다.

주의 내야 전진 수비 상황에서는 일부 땅볼 아웃이 단타가 된다. 이것은 카드 중앙 가장자리에 표시되어 있다.

- 노 아웃이나 원 아웃, 주자 1·3루 상황에서 타자가 3루 주자의 득점을 시도하지 〈않는〉 쪽을 선택하면, 투수는 더블 플레이를 시도할 수 없다. 타자는 1루에서 아웃된다.
- 노 아웃이나 원 아웃 만루 상황에서 땅볼이 나오면, 3루 주자는 홈에서 자동적으로 포스 아웃된다. 투수는 〈Inf In(3)〉 항을 볼 필요가 없다.

2 to 3(땅볼로 2루 주자의 3루 진루) 노 아웃이나 원 아웃 주자 2루 상황에서 내야 땅볼(초록 1·2·3·4·5·6)이 나오면, 공격자는 2루 주자의 3루 진루를 시도하고 싶다고 선언할 수 있다. 그러면 투수는 카드를 뒤집어 아래쪽에 적혀 있는 〈2 to 3〉 항을 본다. 빨강 점은 주자가 아웃된 것을 나타내고, 초록 점은 주자가 세이프된 것을 나타낸다. 주자가 세이프되면 타자는 1루에서 아웃된다. 주자가 아웃되면 타자는 1루에 세이프된다.

노 아웃이나 원 아웃에서 3루에 주자가 있고 내야가 전진 수비를 하지 않을 때 땅볼이 나온 경우

- **주자 3루** 주자는 득점하고 타자는 1루에서 아웃된다.
- **주자 2·3루** 3루 주자는 득점하고, 2루 주자는 3루로 진루하고, 타자는 1루에서 아웃된다.
- **주자 1·3루** 3루 주자는 득점하고, 정상적인 더블 플레이가 시도된다.
- **주자 만루** 3루 주자는 득점하고, 2루 주자는 3루로 진루하고, 정상적인 더블 플레이가 시도된다.

FOUL OUT TO C

2

FOUL OUT TO C

E	DP	LDDP	SacB	SB(2)	SB(3)
2	•	•(DP)	•	•	•

SacF	SacF	EB	Inf In (3)	2 to 3
•	•	•	•	•

FOUL BALL

FOUL BALL

E	DP	LDDP	SacB	SB(2)	SB(3)
6	•	•	•	•	•

SacF	SacF	EB	Inf In (3)	2 to 3
•	•	•	•	•

GROUND OUT TO SS

6

GROUND OUT TO SS

E	DP	LDDP	SacB	SB(2)	SB(3)
6	•	•	•	•	•

SacF	SacF	EB	Inf In (3)	2 to 3
•	•	•	•	•

GROUND OUT TO 3B

5

GROUND OUT TO 3B

E	DP	LDDP	SacB	SB(2)	SB(3)
5	•	•	•	•	•

SacF	SacF	EB	Inf In (3)	2 to 3
•	•	•	•	•

SINGLE

SINGLE
Runners advance 2 bases

E	DP	LDDP	SacB	SB(2)	SB(3)
6	•	•	•	•	•

SacF	SacF	EB	Inf In (3)	2 to 3
•	•	•	•	•

GROUND OUT TO P

1

GROUND OUT TO P

E	DP	LDDP	SacB	SB(2)	SB(3)
1	•	•	•	•	•

SacF	SacF	EB	Inf In (3)	2 to 3
•	•	•	•	•

GROUND OUT TO 2B

4

GROUND OUT TO 2B

E	DP	LDDP	SacB	SB(2)	SB(3)
4	•	•	•	•	•

SacF	SacF	EB	Inf In (3)	2 to 3
•	•	•	•	•

SINGLE

SINGLE
Runners advance 1 base

E	DP	LDDP	SacB	SB(2)	SB(3)
4	•	•	•	•	•

SacF	SacF	EB	Inf In (3)	2 to 3
•	•	•	•	•

FLY OUT TO DEEP CF

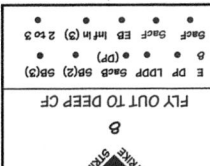

8

FLY OUT TO DEEP CF

E	DP	LDDP	SacB	SB(2)	SB(3)
8	•	•	•(DP)	•	•
SacF	SacF	EB	Inf In (3)	2 to 3	
•	•	•	•	•	

GROUND OUT TO 3B

5

GROUND OUT TO 3B

E	DP	LDDP	SacB	SB(2)	SB(3)
5	•	•	•	•	•
SacF	SacF	EB	Inf In (3)	2 to 3	
•	•	•	•	•	

ERROR

ERROR

E	DP	LDDP	SacB	SB(2)	SB(3)
4	•	•	•	•	•
SacF	SacF	EB	Inf In (3)	2 to 3	
•	•	•	•	•	

POP OUT TO 1B

3

POP OUT TO 1B

E	DP	LDDP	SacB	SB(2)	SB(3)
3	•	•	•	•	•
SacF	SacF	EB	Inf In (3)	2 to 3	
•	•	•	•	•	

FLY OUT TO SHALLOW CF

8

FLY OUT TO SHALLOW CF

E	DP	LDDP	SacB	SB(2)	SB(3)
8	•	•	•	•	•
SacF	SacF	EB	Inf In (3)	2 to 3	
•	•	•	•	•	

GROUND OUT TO 1B

3

GROUND OUT TO 1B

E	DP	LDDP	SacB	SB(2)	SB(3)
3	•	•	•	•	•
SacF	SacF	EB	Inf In (3)	2 to 3	
•	•	•	•	•	

FLY OUT TO SHALLOW LF

7

FLY OUT TO SHALLOW LF

E	DP	LDDP	SacB	SB(2)	SB(3)
4	•	•	•(DP)	•	•
SacF	SacF	EB	Inf In (3)	2 to 3	
•	•	•	•	•	

LINE OUT TO 3B

5

LINE OUT TO 3B

E	DP	LDDP	SacB	SB(2)	SB(3)
5	•	•	•	•	•
SacF	SacF	EB	Inf In (3)	2 to 3	
•	•	•	•	•	

Card: HOME RUN

HOME RUN

```
E  DP  LDDP  SacB  SB(2)  SB(3)
6  •    •     •     •      •
SacF  SacF  EB  Inf In (3)  2 to 3
 •     •    •      •         •
```

(rotated 180°)
```
E  DP  LDDP  SacB  SB(2)  SB(3)
       •      •     •      •
•  •                        •
SacF  SacF  EB  Inf In (3)  2 to 3
 •     •    •      •         •
```

Card: GROUND OUT TO SS

GROUND OUT TO SS

6

Infield In — SINGLE — Runners advance 1 base
BALL / BALL (diamond)
Infield In — SINGLE — Runners advance 1 base

GROUND OUT TO SS

```
E  DP  LDDP  SacB  SB(2)  SB(3)
6  •    •     •     •      •
SacF  SacF  EB  Inf In (3)  2 to 3
 •     •    •      •         •
```

(rotated 180°)
```
E  DP  LDDP  SacB  SB(2)  SB(3)
       •      •     •      •
•  •                        •
SacF  SacF  EB  Inf In (3)  2 to 3
 •     •    •      •         •
```

Card: FLY OUT TO DEEP LF

FLY OUT TO DEEP LF

7

STRIKE / STRIKE

FLY OUT TO DEEP LF

```
E  DP  LDDP  SacB  SB(2)  SB(3)
7  •    •     •     •      •
SacF  SacF  EB  Inf In (3)  2 to 3
 •     •    •      •         •
```

(rotated)
```
E  DP  LDDP  SacB  SB(2)  SB(3)
       •      •     •      •
•  •                        •
SacF  SacF  EB  Inf In (3)  2 to 3
 •     •    •      •         •
```

Card: SINGLE (Runners advance 2 bases)

SINGLE
Runners advance 2 bases

SWING / SWING / SWING / SWING

SINGLE
Runners advance 2 bases

```
E  DP  LDDP  SacB  SB(2)  SB(3)
5  •    •     •     •      •
SacF  SacF  EB  Inf In (3)  2 to 3
 •     •    •      •         •
```

(rotated)
```
E  DP  LDDP  SacB  SB(2)  SB(3)
       •      •     •      •
•  •                        •
SacF  SacF  EB  Inf In (3)  2 to 3
 •     •    •      •         •
```

Card: FLY OUT TO SHALLOW RF

FLY OUT TO SHALLOW RF

9

BALL / BALL / BALL / BALL

FLY OUT TO SHALLOW RF

```
E  DP  LDDP  SacB  SB(2)  SB(3)
9  •    •     •     •      •
SacF  SacF  EB  Inf In (3)  2 to 3
 •     •    •      •         •
```

(rotated)
```
E  DP  LDDP  SacB  SB(2)  SB(3)
       •      •     •      •
•  •                   •    •
SacF  SacF  EB  Inf In (3)  2 to 3
 •     •    •      •         •
```

Card: DOUBLE

DOUBLE
Runners advance 3 bases

SWING / SWING / SWING / SWING

DOUBLE
Runners advance 3 bases

```
E  DP  LDDP  SacB  SB(2)  SB(3)
5  •    •     •     •      •
SacF  SacF  EB  Inf In (3)  2 to 3
 •     •    •      •         •
```

(rotated)
```
E  DP  LDDP  SacB  SB(2)  SB(3)
       •      •     •      •
•  •                        •
SacF  SacF  EB  Inf In (3)  2 to 3
 •     •    •      •         •
```

Card: SINGLE (Runners advance 1 base)

SINGLE
Runners advance 1 base

SWING / SWING / SWING / SWING

SINGLE
Runners advance 1 base

```
E  DP  LDDP  SacB  SB(2)  SB(3)
3  •    •     •     •      •
SacF  SacF  EB  Inf In (3)  2 to 3
 •     •    •      •         •
```

(rotated)
```
E  DP  LDDP  SacB  SB(2)  SB(3)
       •      •     •      •
•  •                        •
SacF  SacF  EB  Inf In (3)  2 to 3
 •     •    •      •         •
```

Card: FLY OUT TO SHALLOW CF

FLY OUT TO SHALLOW CF

8

BALL / BALL (diamond)

FLY OUT TO SHALLOW CF

```
E  DP  LDDP  SacB  SB(2)  SB(3)
6  •    •     •     •(E-2) •
SacF  SacF  EB  Inf In (3)  2 to 3
 •     •    •      •         •
```

(rotated)
```
E  DP  LDDP  SacB  SB(2)  SB(3)
       •      •     •      •
•  •(E-2)                   •
SacF  SacF  EB  Inf In (3)  2 to 3
 •     •    •      •         •
```

SINGLE
Runners advance 1 base

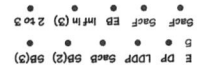

SINGLE
Runners advance 1 base

E	DP	LDDP	SacB	SB(2)	SB(3)
5	•	•	•	•	•
SacF	SacF	EB	Inf In (3)	2 to 3	
•	•	•	•	•	

DOUBLE
Runners advance 3 bases

DOUBLE
Runners advance 3 bases

E	DP	LDDP	SacB	SB(2)	SB(3)
6	•	•	•	•	•
SacF	SacF	EB	Inf In (3)	2 to 3	
•	•	•	•	•	

ERROR

ERROR

E	DP	LDDP	SacB	SB(2)	SB(3)
3	•	•	•	•	•
SacF	SacF	EB	Inf In (3)	2 to 3	
•	•	•	•	•	

FLY OUT TO SHALLOW CF

8
FLY OUT TO SHALLOW CF

E	DP	LDDP	SacB	SB(2)	SB(3)
4	•	•	•	•	•
SacF	SacF	EB	Inf In (3)	2 to 3	
•	•	•	•	•	

GROUND OUT CHOPPER TO C

Runners advance 1 base · WILD PITCH · WILD PITCH · WILD PITCH · Runners advance 1 base

2
GROUND OUT CHOPPER TO C

E	DP	LDDP	SacB	SB(2)	SB(3)
2	•	•	•	•	•
SacF	SacF	EB	Inf In (3)	2 to 3	
•	•	•	•	•	

GROUND OUT TO P

1
GROUND OUT TO P

E	DP	LDDP	SacB	SB(2)	SB(3)
1	•	•	•	•	•
SacF	SacF	EB	Inf In (3)	2 to 3	
•	•	•	•	•	

POP OUT TO 2B

4
POP OUT TO 2B

E	DP	LDDP	SacB	SB(2)	SB(3)
4	•	•	•	•	•
SacF	SacF	EB	Inf In (3)	2 to 3	
•	•	•	•	•	

GROUND OUT TO 3B

Runners advance 1 base · Infield In SINGLE · Infield In SINGLE · Runners advance 1 base

5
GROUND OUT TO 3B

E	DP	LDDP	SacB	SB(2)	SB(3)
5	•	•	•	•	•
SacF	SacF	EB	Inf In (3)	2 to 3	
•	•	•	•	•	

FOUL BALL

FOUL BALL

E DP LDDP SacB SB(2) SB(3)
4   •   •   •   •   •
SacF SacF EB Inf in (3) 2 to 3
 •   •   •   •   •

LINE OUT TO SS

6

LINE OUT TO SS

E DP LDDP SacB SB(2) SB(3)
6   •   •   •   •   •
SacF SacF EB Inf in (3) 2 to 3
 •   •   •   •   •

LINE OUT TO 2B

4

LINE OUT TO 2B

E DP LDDP SacB SB(2) SB(3)
4   •   •   •   •   •
SacF SacF EB Inf in (3) 2 to 3
 •   •   •   •   •

TRIPLE

TRIPLE

E DP LDDP SacB SB(2) SB(3)
3   •   •   •   •   •
SacF SacF EB Inf in (3) 2 to 3
 •   •   •   •   •

LINE OUT TO P

1

LINE OUT TO P

E DP LDDP SacB SB(2) SB(3)
1   •   •   •   •   •
SacF SacF EB Inf in (3) 2 to 3
 •   •   •   •   •

FLY OUT TO DEEP LF

7

FLY OUT TO DEEP LF

E DP LDDP SacB SB(2) SB(3)
7   •   •   •   •   •
SacF SacF EB Inf in (3) 2 to 3
 •   •   •   •   •

FLY OUT TO DEEP RF

9

FLY OUT TO DEEP RF

E DP LDDP SacB SB(2) SB(3)
9   •   •   •   •   •
SacF SacF EB Inf in (3) 2 to 3
 •   •   •   •   •

GROUND OUT TO 2B

4

GROUND OUT TO 2B

E DP LDDP SacB SB(2) SB(3)
4   •   •   •   •   •
SacF SacF EB Inf in (3) 2 to 3
 •   •   •   •   •

FLY OUT TO SHALLOW RF

9

FLY OUT TO SHALLOW RF

E   DP   LDDP   SacB   SB(2)   SB(3)
9   •   •   •   •   •

SacF   SacF   EB   Inf In (3)   2 to 3
•   •   •   •   •

FOUL BALL

FOUL BALL

E   DP   LDDP   SacB   SB(2)   SB(3)
4   •   •   •   •   •

SacF   SacF   EB   Inf In (3)   2 to 3
•   •   •   •   •

DOUBLE

DOUBLE
Runners advance 3 bases

E   DP   LDDP   SacB   SB(2)   SB(3)
4   •   •   •   •   •

SacF   SacF   EB   Inf In (3)   2 to 3
•   •   •   •   •

SINGLE

SINGLE
Runners advance 2 bases

E   DP   LDDP   SacB   SB(2)   SB(3)
6   •   •   •   •(E-2) •

SacF   SacF   EB   Inf In (3)   2 to 3
•   •   •   •   •

FLY OUT TO SHALLOW LF

7

FLY OUT TO SHALLOW LF

E   DP   LDDP   SacB   SB(2)   SB(3)
4   •   •   •   •   •

SacF   SacF   EB   Inf In (3)   2 to 3
•   •   •   •   •

SINGLE

SINGLE
Runners advance 2 bases

E   DP   LDDP   SacB   SB(2)   SB(3)
2   •   •   •   •   •

SacF   SacF   EB   Inf In (3)   2 to 3
•   •   •   •   •

POP OUT TO 1B

3

POP OUT TO 1B

E   DP   LDDP   SacB   SB(2)   SB(3)
3   •   •   •   •   •

SacF   SacF   EB   Inf In (3)   2 to 3
•   •   •   •   •

FLY OUT TO DEEP LF

7

FLY OUT TO DEEP LF

E   DP   LDDP   SacB   SB(2)   SB(3)
7   •   •   •   •   •

SacF   SacF   EB   Inf In (3)   2 to 3
•   •   •   •   •

FLY OUT TO DEEP RF

9

E	DP	LDPP	SacB	SB(2)	SB(3)
9	•	•	•	•	•
SacF	SacF	EB	Inf In (3)	2 to 3	
•	•	•	•	•	

FLY OUT TO SHALLOW RF

9

E	DP	LDPP	SacB	SB(2)	SB(3)
9	•	•	•	•	•
SacF	SacF	EB	Inf In (3)	2 to 3	
•	•	•	•	•	

FLY OUT TO DEEP LF

7

E	DP	LDPP	SacB	SB(2)	SB(3)
7	•	•	•	•	•
SacF	SacF	EB	Inf In (3)	2 to 3	
•	•	•	•	•	

SINGLE
Runners advance 2 bases

E	DP	LDPP	SacB	SB(2)	SB(3)
4	•	•	•	•	•
SacF	SacF	EB	Inf In (3)	2 to 3	
•	•	•	•	•	

FLY OUT TO DEEP RF

9

E	DP	LDPP	SacB	SB(2)	SB(3)
9	•	•	•	•	•
SacF	SacF	EB	Inf In (3)	2 to 3	
•	•	•	•	•	

GROUND OUT TO 2B

4

E	DP	LDPP	SacB	SB(2)	SB(3)
4	•	•	•	•	•
SacF	SacF	EB	Inf In (3)	2 to 3	
•	•	•	•	•	

GROUND OUT TO SS

6

E	DP	LDPP	SacB	SB(2)	SB(3)
6	•	•	(DP)	•	•
SacF	SacF	EB	Inf In (3)	2 to 3	
•	•	•	•	•	

LINE OUT TO 1B

3

E	DP	LDPP	SacB	SB(2)	SB(3)
3	•	•	•	•	•
SacF	SacF	EB	Inf In (3)	2 to 3	
•	•	•	•	•	

LINE OUT TO 2B

4
LINE OUT TO 2B

E   DP   LDDP   SacB   SB(2)   SB(3)
4   •   •   •   •   •
SacF   SacF   EB   Inf In (3)   2 to 3
•   •   •   •   •

FLY OUT TO DEEP CF

8
FLY OUT TO DEEP CF

E   DP   LDDP   SacB   SB(2)   SB(3)
8   •   •   •   •   •
SacF   SacF   EB   Inf In (3)   2 to 3
•   •   •   •   •

SINGLE

SINGLE
Runners advance 2 bases

E   DP   LDDP   SacB   SB(2)   SB(3)
6   •   •   •   •   •
SacF   SacF   EB   Inf In (3)   2 to 3
•   •   •   •   •

SINGLE

SINGLE
Runners advance 1 base

E   DP   LDDP   SacB   SB(2)   SB(3)
3   •   •   •   •   •
SacF   SacF   EB   Inf In (3)   2 to 3
•   •   •   •   •

GROUND OUT TO 1B

3
GROUND OUT TO 1B

E   DP   LDDP   SacB   SB(2)   SB(3)
3   •   •   •   •   •
SacF   SacF   EB   Inf In (3)   2 to 3
•   •   •   •   •

POP OUT TO SS

6
POP OUT TO SS

E   DP   LDDP   SacB   SB(2)   SB(3)
6   •   •   •   •   •
SacF   SacF   EB   Inf In (3)   2 to 3
•   •   •   •   •

GROUND OUT TO 1B

3
GROUND OUT TO 1B

E   DP   LDDP   SacB   SB(2)   SB(3)
3   •   •   •   •   •
SacF   SacF   EB   Inf In (3)   2 to 3
•   •   •   •   •

POP OUT TO 3B

5
POP OUT TO 3B

E   DP   LDDP   SacB   SB(2)   SB(3)
5   •   •   •   •   •
SacF   SacF   EB   Inf In (3)   2 to 3
•   •   •   •   •

Card 1

SINGLE
Runners advance 2 bases

E	DP	LDDP	SacB	SB(2)	SB(3)
3	•	•	•	•	•

SacF	SacF	EB	Inf In (3)	2 to 3
•	•	•	•	•

Card 2

SINGLE
Runners advance 1 base

E	DP	LDDP	SacB	SB(2)	SB(3)
4	•	•	•	•	•

SacF	SacF	EB	Inf In (3)	2 to 3
•	•	•	•	•

Card 3

9
LINE OUT TO SS

E	DP	LDDP	SacB	SB(2)	SB(3)
6	•	•	•	•	•

SacF	SacF	EB	Inf In (3)	2 to 3
•	•	•	•	•

Card 4

SINGLE
Runners advance 2 bases

E	DP	LDDP	SacB	SB(2)	SB(3)
5	•	•	•	•	•

SacF	SacF	EB	Inf In (3)	2 to 3
•	•	•	•	•

Card 5

SINGLE
Runners advance 2 bases

E	DP	LDDP	SacB	SB(2)	SB(3)
1	•	•	•	•	•

SacF	SacF	EB	Inf In (3)	2 to 3
•	•	•	•	•

Card 6

7
FLY OUT TO SHALLOW LF

E	DP	LDDP	SacB	SB(2)	SB(3)
4	•	•	•	•	•

SacF	SacF	EB	Inf In (3)	2 to 3
•	•	•	•	•

Card 7

5
LINE OUT TO 3B

E	DP	LDDP	SacB	SB(2)	SB(3)
5	•	•	•	•	•

SacF	SacF	EB	Inf In (3)	2 to 3
•	•	•	•	•

Card 8

FOUL BALL

E	DP	LDDP	SacB	SB(2)	SB(3)
5	•	•	•	•	•

SacF	SacF	EB	Inf In (3)	2 to 3
•	•	•	•	•

Card 1: GROUND OUT TO 2B

GROUND OUT TO 2B

E	DP	LDDP	SacB	SB(2)	SB(3)
4	•	•	•	•	•
SacF	SacF	EB	Inf In (3)	2 to 3	
•	•	•	•	•	

Card 2: DOUBLE

DOUBLE
Runners advance 3 bases

E	DP	LDDP	SacB	SB(2)	SB(3)
3	•	•	•	•	•
SacF	SacF	EB	Inf In (3)	2 to 3	
•	•	•	•	•	

Card 3: FLY OUT TO SHALLOW RF

FLY OUT TO SHALLOW RF

E	DP	LDDP	SacB	SB(2)	SB(3)
6	•	•	•	•	•
SacF	SacF	EB	Inf In (3)	2 to 3	
•	•	•	•	•	

Card 4: SINGLE

SINGLE
Runners advance 1 base

E	DP	LDDP	SacB	SB(2)	SB(3)
4	•	•(DP)	•	•	•
SacF	SacF	EB	Inf In (3)	2 to 3	
•	•	•	•	•	

Card 5: GROUND OUT TO 3B

GROUND OUT TO 3B

E	DP	LDDP	SacB	SB(2)	SB(3)
5	•	•	•	•	•
SacF	SacF	EB	Inf In (3)	2 to 3	
•	•	•	•	•	

Card 6: FLY OUT TO DEEP RF

FLY OUT TO DEEP RF

E	DP	LDDP	SacB	SB(2)	SB(3)
9	•	•	•	•	•
SacF	SacF	EB	Inf In (3)	2 to 3	
•	•	•	•	•	

Card 7: FLY OUT TO DEEP CF

FLY OUT TO DEEP CF

E	DP	LDDP	SacB	SB(2)	SB(3)
8	•	•	•	•	•
SacF	SacF	EB	Inf In (3)	2 to 3	
•	•	•	•	•	

Card 8: SINGLE

SINGLE
Runners advance 2 bases

E	DP	LDDP	SacB	SB(2)	SB(3)
5	•	•	•	•	•
SacF	SacF	EB	Inf In (3)	2 to 3	
•	•	•	•	•	

GROUND OUT TO 1B

GROUND OUT TO 1B
3
Infield In SINGLE
Runners advance 1 base

E	DP	LDDP	SacB	SB(2)	SB(3)
3	•	•	•	•	•
SacF	SacF	EB	Inf In (3)	2 to 3	
•	•	•	•	•	

SINGLE

SINGLE
Runners advance 2 bases

E	DP	LDDP	SacB	SB(2)	SB(3)
3	•	•	•	•	•
SacF	SacF	EB	Inf In (3)	2 to 3	
•	•	•	•	•	

FOUL BALL

FOUL BALL

E	DP	LDDP	SacB	SB(2)	SB(3)
6	•	•	•	•	•
SacF	SacF	EB	Inf In (3)	2 to 3	
•	•	•	•	•	

POP OUT TO SS

POP OUT TO SS
6

E	DP	LDDP	SacB	SB(2)	SB(3)
6	•	•	•	•	•
SacF	SacF	EB	Inf In (3)	2 to 3	
•	•	•	•	•	

SINGLE

SINGLE
Runners advance 2 bases

E	DP	LDDP	SacB	SB(2)	SB(3)
5	•	•	•	•	•
SacF	SacF	EB	Inf In (3)	2 to 3	
•	•	•	•	•	

FLY OUT TO SHALLOW LF

FLY OUT TO SHALLOW LF
7

E	DP	LDDP	SacB	SB(2)	SB(3)
4	•	•	•	•	•
SacF	SacF	EB	Inf In (3)	2 to 3	
•	•	•	•	•	

POP OUT TO 2B

POP OUT TO 2B
4

E	DP	LDDP	SacB	SB(2)	SB(3)
4	•	•	•	•	•
SacF	SacF	EB	Inf In (3)	2 to 3	
•	•	•	•	•	

DOUBLE

DOUBLE
Runners advance 2 bases

E	DP	LDDP	SacB	SB(2)	SB(3)
6	•	•	•	•	•
SacF	SacF	EB	Inf In (3)	2 to 3	
•	•	•	•	•	

Card 1 (upside down) — HOME RUN

HOME RUN

HOME RUN

E	DP	LDDP	SacB	SB(2)	SB(3)
4	•	•	•	•	•

SacF	SacF	EB	Inf In (3)	2 to 3
•	•	•	•	•

Card 2 (upside down) — FLY OUT TO SHALLOW CF

FLY OUT TO SHALLOW CF

8

FLY OUT TO SHALLOW CF

E	DP	LDDP	SacB	SB(2)	SB(3)
4	•	•	•	•	•

SacF	SacF	EB	Inf In (3)	2 to 3
•	•	•	•	•

Card 3 (upside down) — POP OUT TO 3B

5

5

POP OUT TO 3B

E	DP	LDDP	SacB	SB(2)	SB(3)
5	•	•	•	•	•

SacF	SacF	EB	Inf In (3)	2 to 3
•	•	•	•	•

Card 4 (upside down) — FOUL BALL

FOUL BALL

FOUL BALL

E	DP	LDDP	SacB	SB(2)	SB(3)
3	•	•	•	•	•

SacF	SacF	EB	Inf In (3)	2 to 3
•	•	•	•	•

Card 5 (upside down) — GROUND OUT TO SS

6

6

GROUND OUT TO SS

E	DP	LDDP	SacB	SB(2)	SB(3)
6	•	•	•	•	•

SacF	SacF	EB	Inf In (3)	2 to 3
•	•	•	•	•

Card 6 (upside down) — SINGLE

SINGLE
Runners advance 2 bases

SINGLE
Runners advance 2 bases

E	DP	LDDP	SacB	SB(2)	SB(3)
5	•	•	•	•	•

SacF	SacF	EB	Inf In (3)	2 to 3
•	•	•	•	•

Card 7 (upside down) — FLY OUT TO DEEP CF

8

8

FLY OUT TO DEEP CF

E	DP	LDDP	SacB	SB(2)	SB(3)
8	•	•	•	•	•

SacF	SacF	EB	Inf In (3)	2 to 3
•	•	•	•	•

Card 8 — LINE OUT TO 1B

3

LINE OUT TO 1B

E	DP	LDDP	SacB	SB(2)	SB(3)
3	•	•	•	•	•

SacF	SacF	EB	Inf In (3)	2 to 3
•	•	•	•	•

옮긴이 **김석희** 서울대학교 불문학과를 졸업하고 동 대학원 국문학과를 중퇴했으며, 1988년 『한국일보』 신춘문예에 소설이 당선되어 작가로 데뷔했다. 영어·프랑스어·일본어를 넘나들면서 존 파울즈의 『프랑스 중위의 여자』, 허버트 조지 웰스의 『타임머신』, 『투명 인간』, 존 르카레의 『추운 나라에서 돌아온 스파이』, 폴 오스터의 『스퀴즈 플레이』, 『왜 쓰는가』, 『빨간 공책』, 짐 크레이스의 『그리고 죽음』, 『사십 일』, 허먼 멜빌의 『모비 딕』, 헨리 데이비드 소로의 『월든』, F. 스콧 피츠제럴드의 『위대한 개츠비』, 앙투안 드 생텍쥐페리의 『어린 왕자』, 알렉상드르 뒤마의 『삼총사』, 쥘 베른 걸작 선집, 시오노 나나미의 『로마인 이야기』 등을 번역했다.

빵 굽는 타자기

발행일	2000년 8월 30일 초판 1쇄
	2022년 5월 20일 초판 36쇄
	2022년 7월 10일 2판 1쇄
	2024년 5월 10일 3판 1쇄
지은이	폴 오스터
옮긴이	김석희
발행인	홍예빈·홍유진
발행처	주식회사 열린책들

경기도 파주시 문발로 253 파주출판도시
전화 031-955-4000 팩스 031-955-4004
www.openbooks.co.kr

Copyright (C) 주식회사 열린책들, 2000, 2022, *Printed in Korea.*
ISBN 978-89-329-0322-4 03840